SAKİN SOKAK

Gülçin Ada KARACA

SAKİN SOKAK

Gülçin Ada KARACA

ISBN: 978-625-6067-24-0

Y'OL KURUMSAL HİZMETLER SAN. VE TİC. LTD. ŞTİ.
HASAN MEVSUF SOKAK AYDIN APT. NO:2 K:4
ÇANAKKALE- TURKIYE

0 850 244 17 02
www.yolakademiyayinevi.com

Öncelikle, tüm yazım sürecimde beni sabırla bekleyen, sıkıştığım zamanlarda bilgi, deneyim ve sevgisiyle bana destek olan Toprak'a çok teşekkür ederim. Onun sayesinde romanımı daha özgüvenli bir şekilde ortaya çıkarabildim.

Ayrıca, bana her zaman inanan, elindeki imkânları karşılık beklemeden sunan Özlem'e ve sevgisiyle beni daha mutlu biri yapan köpeğim Maylo'ya da çok teşekkür ederim. Kalabalık bir çevreye sahip olamasam da sizlerin sayesinde kendimi tam ve doygun hissediyorum.

Aslında varoluşumdan bugüne kadar karşıma çıkan iyi-kötü herkese teşekkür etmek istiyorum. Hepinizden beslendim, biriktirdim ve bugün olduğum kişi oldum.

Son olarak, Yol Akademi Grubu'na yapmış oldukları Edebiyat yarışmasında romanımı ödüle layık görüp beni sizlerle buluşturdukları için ayrıca çok teşekkür ederim.

ÖN SÖZ

"Sakin Sokak" adlı ilk romanımı sizinle paylaşmaktan büyük bir mutluluk duyuyorum. Bu romanı yazarken, karakterlerimin karmaşık ve çoğu zaman zorlu yaşam mücadelelerini yansıtmayı amaçladım. Onların hikayeleri, insanın iç dünyasının derinliklerine doğru bir yolculuğa çıkarırken, aynı zamanda toplumun bazen göz ardı ettiği gerçeklilere de ışık tutuyor.

Ancak, bu roman sadece zorluklara odaklanmıyor. Karakterlerimin içsel güçlerini ve direnişlerini de göstermek istedim. Zor hayatlar güçlü insanlar yaratır. Vazgeçmemenin, her şeye ve herkese rağmen ilerlemenin önemini vurgulamaya çalıştım.

Her sayfada, insanın içsel ve dışsal mücadelelerinin karmaşıklığını hissedeceğinize inanıyor, karakterlerle duygusal bir bağ kurmanızı ve onların yaşamlarındaki değişimleri, dönüşümleri keyifle okumanızı diliyorum.

İyi okumalar!
Saygılarımla,

Gülçin Ada Karaca

Oturduğu evden, ev sahibesinin ani kararı üzerine çıkması istenen Tuğçe, emlakçı gezmekten yorulmuş, hatta bıkmıştı. Nereden çıkmıştı şimdi bu? Ne güzel düzeni vardı. Balkonundaki çeri domatesleri saksılarını sevmiş, aldıkları güneşin etkisiyle de kızarmaya başlamıştı. Bir iki haftaya bir bir yiyebilecekti Tuğçe, ne var ki onların yerine hayatın tokadını yemişti. Beş evi olan ev sahibesinin İsviçre'den kızı geliyordu. Normalde o, Almanya'dan gelen oğul değil miydi? Hani şu evlenecek olan... Neyse, Tuğçe çok iyi biliyordu ki bu, her zaman olduğu gibi yalandı, üstelik değiştirilmeye çalışılırken iyice basitleştirilmiş bir yalan. *"Yahu, insan İsviçre'den Türkiye'ye ne halt etmeye gelir ki?"* diye düşünürken emlakçının kapısına ulaşmış ve içeride masanın arkasında oturan sırtlanla göz göze gelmişti. Sırtlan, avını görür görmez yerinden fırlamış; sanki oracıkta Tuğçe'nin şah damarını koparacak ve en yumuşak etinden afiyetle yemeye başlayacaktı.

"Merhaba, ben Emin," deyip elini uzattı emlakçı. *"Emin, Sırtlan Emin,"* diye düşündü Tuğçe. Sırtlan Emin kısaydı ve Tuğçe'nin omuzlarına zor yetişiyordu; Tuğçe ona tepeden bakıyordu. Biraz tiksinerek, biraz da mesafeli, Emin'in parmaklarının ucundan tutarak "Ben de Tuğçe," dedi.

"Memnun oldum, Tuğçe Hanım. Bir şey ikram edeyim size. Çay, kahve, meşrubat... Ne içersiniz?"

"Aman yok, kalsın. Bir an önce evi görmeye gidelim, yapacak çok işim var."

"Hayhay, nasıl isterseniz. Yürüyerek mi gidelim yoksa benim arabayla mı?" derken kapının önünde duran son model cipini gösterdi. Tuğçe, Emin'in sırtlan olduğundan artık tam anlamıyla emindi.

"Yürüme mesafesinde demiştiniz?"

"Öyle öyle, ama istemezseniz, yani yorgunsanız falan diye… Neyse, o zaman biz çıkalım," dedi ve arka tarafa dönerek seslendi: "Oğlum, çıkıyorum ben, dükkân sana emanet."

Emin, arabasının yanından geçerken kaputun üstündeki kuş bokunu fark edip cebinden bir mendil çıkardı ve kaputu silmeye başladı.

"Namussuzlar! Başka yer yok gibi sürekli gelip benim fırtınamın üzerine sıçıyorlar. Yahu hep bu ağaç yüzünden… Ama ben bilirim yapacağımı. Kestireceğim bu ağacı, o zaman da gelip sıçabilecekler mi bakalım," derken tam üstlerinde duran ağaca bakıyorlardı. İki insan canlısı aynı şeye bakıyor, ama birbirlerinin tam zıddı şeyler görüyorlardı. Hiçbir gözlük bu bozukluğu değiştiremezdi.

"Bu ağaç nereden baksan elli yıllık," dedi Tuğçe.

"He ya, demek elli yıldır bu kuşlar, bu ağacın tepesinden milletin malına, hatta kafasına sıçıyorlardır. Ben bu işi çözeceğim, belediyede tanıdıklarım var," derken silme işlemini bitirmişti ve belediyede tanıdıklarının olmasının gururuyla kabarıyordu.

Tuğçe bir kere daha tiksindi. "Bence arabanızı buraya park etmeyin ve ağacı da rahat bırakın," dedi.

Sırtlan Emin, Tuğçe'yi baştan aşağı süzdü; üzerinde, yakası göğüs çizgisine kadar açık renkli bir bluz, altında tayt ve ayağında da spor ayakkabısı vardı; rahat görünüyordu. *"Her yönden rahattır böyleleri,"* diye düşündü

Sırtlan Emin. "Tabii," dedi. "Haklısınız, benim aklıma daha önce gelmemişti, bundan sonra arkadaki otoparka veririm." Alay ediyordu ama Tuğçe'nin buna laf anlatacak hâli kalmamıştı. Emin, eliyle gidecekleri yönü gösterdi. Beş dakikalık olduğunu söylediği eve yirmi dakikadır hâlâ ulaşamamışlardı.

Yol boyu, Emin, mahallenin ne kadar nezih, sakin ve huzurlu olduğundan, komşularının da ne kadar kaliteli olduğundan bahsedip durdu. Hele bir ev sahibi vardı, peygamber gibi bir adamdı. Kaçırılmayacak fırsattı!

Tuğçe ise evdeki eşyayı nasıl toplayacağını, neyi hangi kutuya koysa daha rahat olacağını düşünürken sokağın başına geldiler.

Emin, abartılı hareketlerle, sokağın başındaki apartmanın ilk katına çakılmış "SAKİN SOKAK" tabelasını işaret ediyordu. "İşte tam da bu tabelada yazdığı gibi, sokak fazlasıyla sakindir," derken, Tuğçe onun işaretini takip edip önce tabelayı, sonra tabelanın üzerine denk gelen balkondaki, dokuz yaşlarında olan ve büyüdüğünde fazlasıyla yakışıklı olacağa benzeyen Tayfun'u gördü.

Tayfun gülümseyerek tabelayı gösterdi ve "Noktasız düşün," dedi.

Emin, Tayfun'u kimse duymamış gibi konuşmaya devam etti ve hemen yanındaki apartmanın bahçe katına doğru hızlı adımlarla ilerledi. Kapıyı açtı, evi gezdirdi. Her şey uygundu, en çok da fiyatı uygundu. Apar topar işlemler yapıldı ve Tuğçe yeni evine taşındı.

———————◆———————

1 gün sonra...

Tuğçe, bir şeylerin kırılma sesiyle uyandığında henüz sabahın 07.17'siydi. Her şey kutuda olmasına rağmen anneannesinden kalma o koca ahşap saat, yatağının tam karşısındaki duvarda duruyor ve içeriden gelen sesle bu defa ona korkunç görünüyordu. Sesleri dinlemek için hiç kıpırdamadan, hatta nefes bile almadan yarı ölü gibi duruyordu. Evet, kesinlikle haklıydı; evde biri vardı. Tuğçe, daha ilk günden soyulduğunu düşündü. Bütün vücudu titriyor ama yine de yataktan kalkması gerektiğini düşünüyordu. Etrafta kendini koruyabileceği bir materyal aradı ama ne yazık ki bu antika saatten başka hiçbir şeyi kutusundan çıkarmamıştı. Mutfakta bıçak olabilirdi, gelgelelim mutfağa gitmek hiç de kolay değildi. Yine de çıplak ayaklarıyla ahşap zemine yavaşça basarak ve parmak uçlarında ilerleyerek odanın kapısına ulaştı. Kalbi artık sesi dışarıdan duyulacak kadar hızlı atan Tuğçe, nefesini de kontrol edemiyordu. Kesinlikle bu bir ataktı, panikatak! *"Tanrı'm, hırsız beni bulup öldürmese bile sanırım kalp krizi geçirip şuracıkta öleceğim,"* diye düşündü.

Koridorda, önceki kiracıdan kalma bir boy aynası vardı. Ayna sayesinde, koridorun sonuna kadar olan odaların kapılarını ve en sondaki mutfağı yarım yamalak görebiliyordu. Daha fazla bir şeyler görebileceğini düşünerek hafifçe başını uzattı ve korktuğu o anda başına geldi. Oradaydı! Birini görmüştü, aslında tam olarak görmüş sayılmazdı ama bir gölgenin geçtiğinden emindi. Güneş mutfağa doğmuştu, demek ki sabah güneşi alıyordu ama şu an bunun hiçbir önemi yoktu. Lanet olsundu bu eve! İlk katta oturmak ne kadar da aptalcaydı! Ucuzdu tabii...

"Evi, emlakçıyı, eski ev sahibini, onun kızını, hatta İsviçre'yi sikeyim," diye düşündü.

Artık korkmadığını, sadece sinirli olduğunu fark etti. Damarlarındaki kan ısınmış, hatta kaynama noktasına ulaşmıştı. "Çıkıp göğüs göğüse çarpışabilirim, ne olacaksa olsun," diye mırıldandı ve yavaş adımlarla mutfağa ulaştı. Daha kapıya gelir gelmez tezgâhtaki bıçağı fark edip hemen eline aldı, ama etrafta kapalı kutulardan başka bir şey görünmüyordu. Yine de temkinli davranıp, kuşandığı bıçağını saplamaya hazır pozisyonda tutuyordu. Balkon kapısı da kapalıydı; belli ki salondaydı! Salona baktı; yok. Kapının arkasına bakmayı unutmuştu... *"Doğru ya, kesin orada olmalı,"* diye düşündü. Filmlerde hep öyle olmaz mıydı? Kapıların arkasını, diğer odaları, hatta bahçeyi, yolu bile kontrol etti. Birkaç kedi dışında hiçbir şey yoktu. Kâbus mu görmüştü? Yeni eve çıkılınca böyle şeyler olur muydu? Ne olduğunu anlamaya çalışırken, bıçağı hâlâ sıkıca tuttuğunu fark edip parmaklarını gevşetti. Neyse neydi! Sonuçta kimse yoktu ve daha önemlisi, ölmemişti! Salondaki koltuğa bıraktı kendini...

◆

Tayfun, apartmanlarının önüne gelen lüks arabaya bakıyordu. İçinde takım elbiseli, göbekli, kel bir adam oturuyor ve belli ki annesini bekliyordu! Ne zaman kapının önüne buna benzer arabalar gelecek olsa, annesi saatler öncesinden duş alır ve hazırlanmaya başlardı. Bazen günde üç defa duş aldığı bile olurdu. Tayfun duş almaktan nefret ederdi; haftada bir, o da kavga dövüş yıkanmayı kabul ederdi. Keşke annesi de bu kadar yıkanmasaydı. Tüm nefretiyle arabanın içindeki adamı süzerken, annesinin sesiyle irkildi.

"Tayfuun! Oğlum, neredesin?" Tayfun duyuyor ama sesini çıkarmıyordu. Ses verirse, annesi çıkıp gidecekti; biliyordu. Bir şey demedi!

Anneannesi onun yerine konuştu: "İçeride oyun oynuyordur, git hadi, bekletme herifi!"

Kıymet, "Dün gece geldiğimde de uyuyordu. Görseydim iyi olurdu aslında ama neyse, akşam görürüm artık," dedi. Üzüldüğü yüzünden belli oluyordu ama şu an ondan beklenen son şey, üzgün bir anne olmasıydı.

"Hadi Kıymet, çık artık, ağaç ettin adamı!" dedi Kıymet'in annesi. Sesinde hiçbir duygu yok gibiydi. Kıymet, bu evde öyle kıymetsizdi ki isminin anlamından ne kadar uzak olduğunu düşündü. Aslında çok güzel, hatta başka yerde, başka bir zamanda doğmuş olsa tapılacak güzellikteydi. Sarı saçları, uzun boyu, uzun boynu ve ince kemik yapısıyla âdeta özenilerek yaratılmıştı. Annesi ise güzel denilemeyecek kadar çirkindi ama o, güzelliğini babasından almıştı zaten. Hiç görmediği babasından...

"Tamam, çıkıyorum," dedi ve hiç geri dönüp bakmadan indi merdivenleri. Son basamağa ulaştığında, yüzündeki somurtuk ifadeyi bir anda neşeli bir ifadeyle değiştirmişti. Fazla profesyonel, bir insan için fazla mekanikti.

Tayfun balkonda saklanmış hâlde, arabadaki adama bakmaya devam ediyordu. Hayalinde ona onlarca kez yumruk atmış; kafasını, gözünü, burnunu kırmıştı. Sonra annesini gördü; saçlarına güneş vurunca sanki altından yapılmışlar gibi duruyordu. Topuklu ayakkabılarının üzerinde bir balerin edasıyla o pis adama doğru ilerledi. Tayfun, adamın yüzünü göremiyordu ama annesinin o pislik adama güldüğünden emindi. Adam ise koltuğundan bile kıpırdamadan, annesinin arabaya binmesini bekliyordu. Bindikten sonra, adamın yanağına masum sayılabilecek bir öpücük kondurdu Kıymet. Tiksiniyordu Tayfun, kusmak istiyordu! Neler olduğunu, annesinin neden gittiğini biliyordu. Orospuydu annesi ve orospuydu anneannesi! Nesilden nesile geçen kıymetli bir meslekti bu. Tıpkı annesi gibi kendisi de babasını tanımıyordu. Ama o, yakışıklılığını annesinden almış olmalıydı. Acaba o da büyünce orospu mu olacaktı? Sahi, erkekler de orospuluk yapıyor muydu; bunu henüz bilmiyordu ama büyüdüğünde bir gün zengin olursa, bu lüks arabalardan asla ama asla almayacağını çok iyi biliyordu. Çünkü bu arabaları kullanan takım elbiseli adamlar, çocukları üzer, annelerin ise canını yakardı. Tayfun, "Ben bunları kimseye yaşatmayacağım; takım elbise giymeyecek, lüks araba almayacağım!" diye kendi düşüncelerini, hatta yeminini tekrar etti.

◆

Tuğçe, sabah beri kutu açıp yerleştirmekten yorgun düşmüşse de bir duş alsa sanki sıfırlanacakmış gibi düşündü. Soyundu, uzun ipek sabahlığını üzerine geçirdi. Tam banyoya gireceği sırada zilin sesiyle olduğu yerde sıçradı. İlk defa çalan kapı zili, koridorda öyle bir yankı yapmıştı ki onu hemen söküp atmak istedi Tuğçe. Zili çalan her kimse parmağını çekmek bilmiyor, Tuğçe'nin bütün hücrelerini, kendinden nefret ettiriyordu. Tuğçe daha fazla dayanamadı ve hızla gidip kapıyı açtı. Emlakçıydı gelen, Sırtlan Emin!

Tuğçe kapıyı açar açmaz "Ne var, ne istiyorsun? Ne diye elini çekmeden zile basıyorsun? Deli misin kardeşim?" diye bağırmış, bağırırken boynundaki damarları şişmişti. Üzerinde sabahlık olduğunu bir anlığına unutmuş, Emin'in onu baştan ayağa süzmesiyle fark etmişti. Hemen yakasını kapadı ama iri meme uçlarını Emin çoktan fark etmişti. Tekrar "Ne var, ne istiyorsun?" derken biraz kapının arkasına gerilemiş, sesini alçaltmıştı. Adamın bakışları onu fazlasıyla utandırıyor, bir o kadar da tiksindiriyordu.

"Eee, şey, ben diyecektim ki..." Emin kelimeleri seçemiyor, kekeliyordu.

"Ne diyecektin, söylesene, alacaklı gibi dayanmışsın kapıya!"

"Şey yani, diyecektim ki, ne yaptınız, yerleşebildiniz mi? Var mı yapabileceğim bir şey, falan filan..." Emin, bozuk tonlamalarla da olsa bir şeyler diyebilmiş olmanın rahatlığıyla, o dipdiri bedeni gözleriyle yalamaya devam ediyordu. Sahi, niye gelmişti buraya? *"Neden gelmeden önce iyi bir bahane bulmadım ya da neden bir ev hediyesi, tatlı matlı bir şeyler almadım,"* diye bir an düşünmek istedi ama beynindeki kanın tamamı kasıklarındaydı ve orada da bunların hiçbir önemi yoktu!

"Manyak mısın sen kardeşim? Sana ne benim yerleşip yerleşememmden? Sen kimsin ki gelip benim kapımı bu sebeple çalabiliyorsun?" Tuğçe, Emin'in niyetini anlamış ama anlamazlıktan gelip onu defetmek istemişti.

"Yok, sen, yani siz beni hatırlamadınız galiba. Ben sizin bu evi kiralamanıza aracılık eden emlakçıyım, Emlakçı Emin. Hatırlamadınız mı yoksa?" Emin, geldiğinden beri ilk defa Tuğçe'nin gözlerine odaklanmıştı ve oradaki nefret dolu bakışlardan çekinmiş olacak ki kendini tanıtmanın her şeyi değiştireceğine inanarak, ona iki eliyle kendi bedenini işaret ediyor, hatırlatmaya çalışıyordu.

"Biliyorum, kardeşim, iki gün önce gördüğüm insanı unutacak kadar bunamadım! Ne yapalım, emlakçıysan bu senin kapıma dayanmanı haklı mı çıkaracak sanıyorsun? Ee, o zaman markete gidince de kasiyer arkadan kalksın gelsin, 'Aldıklarınızı yiyebildiniz mi?' diye sorsun. Doktor 'İyileştiniz mi?' diye sormaya gelsin. Allah Allah, çattık ya! Yok, yardıma ihtiyacım falan. Bir daha da kapıma böyle gelme, polisi ararım!" Çektiği azarın ardından kapıyı Emin'in suratına çarpar gibi hızla kapadı. Sonra koridordaki aynada aksini gördü; kıpkırmızı olduğunu ve meme uçlarını fark etti. Sahi ya, neden bu kadar büyüklerdi ki? Utandı hem kendi yerine hem de bunları utanılacak birer organ hâline getirmiş insanların yerine utandı!

Banyoya gidip duşa girdi. Sinirinden titriyordu. Emin ona ağzından salyalar akan bir sırtlan gibi görünüyor ve hâlâ oradaymış gibi hissettiriyordu. Suyu açtığında buz gibi su önce ayaklarına ulaştı. Titredi ve sonra su ısınmaya başladı. Tuğçe, başından aşağı tüm bedenini ıslatırken, Emin'i düşünmeyi de yavaş yavaş bıraktı. *"Duş almak ne muhteşem bir eylem,"* diye aklından geçirdi. Tüm duyguları sıfırlayabilirdi. Ne kadar da mucizevi!

Emin ise suratına çarpılan kapının arkasında kalmış; reddedilmenin sinirini yumruklarını sıkıp, tırnaklarını avuç içine geçirerek yaşıyordu. Şimdi kırabilirdi bu kapıyı, dandik, eski bir şeydi zaten. Bir tekme atsa içeriye dalabilir ve o kaltağa, kendisiyle bu şekilde konuşmasının hesabını sorabilirdi. Belki ağzına iki tane patlatırdı ya da üstündekileri parçalardı ya da saçından tutup duvara yapıştırır ya da, ya da... Her şeyi hak ediyordu böyleleri! *"Kahpe!"* diye içinden geçirirken, karşı dairenin kapısı açıldı.

Selen'di kapıyı açan. Elinde çöp poşetiyle durmuş, Emin'e alaycı bir ifadeyle bakarak, "Ne o, nasiplenemedin mi?" dedi.

"Ne diyorsun lan sen, ayyaş karı!" Bütün sinirini Selen'den çıkarabilirdi ama bu kadında onu rahatsız eden bir şeyler vardı. Selen sanki onun içini görüyordu ve Emin, onun yanında çıplak kalmış gibi hissediyordu. Çıplak olmak, Emin'i bir tek onun yanındayken rahatsız edebilirdi; orası da ayrı.

"İyi ya, ayyaş olunca senin gibiler uzak duruyor, kapımızı penceremizi açmaktan çekinmiyoruz biz de." Selen, yarım ağız alaycı bir gülüşle söylemişti bunları. Ama haklıydı, hiç korkmazdı kapı çaldığında. Birinci katta oturmasına rağmen, evinin pencereleri yaz kış hep açıktı. Onu ilgilendirmiyordu dışarıdaki yaşam; kendi koca evreninde tek başına yaşıyordu. Kimseyle aynı saatte uyumaz, kimseyle birlikte yemek yemezdi. Çok güzel bir kadındı, henüz yirmili yaşlarının sonundaydı. Beyaz teni, siyah gözleri, uzun kızıl saçları vardı ama dünyaya birden fazla sefer gelmişçesine rahattı. Güzel olması onun umurunda bile değildi. Emin gibiler başkasına kriz geçirtebilirdi ama ona bir halt edemezlerdi. Sahi, nereden geliyordu bu cesaret? Genetik miydi yoksa bağımlılığın yan etkilerinden biri mi? Ne önemi vardı ki?..

Emin kısık sesle, "Ya, karı değil misiniz, hepiniz aynısınız amına koyayım!" dedi. Selen'in cevabını duymamak için, henüz konuşurken apartmanın kapısından çıkmış, daha doğrusu kaçmıştı.

Selen'in ise Emin için harcayacağı ne bir fazla sözü ne de duygusu vardı. Siktirsin gitsindi! Tuğçe'nin kapısına baktı. Kız kesin korkmuştu. Taşınırken görmüştü; böyleleri pek nazik, pek kırılgan olurdu. Her hakkı bilir ama hakkını almaya gelince kızarır, titrer, bazen de kekelerlerdi. Gidip kıza bir selam verse belki bir yardımı dokunurdu ama üşeniyordu işte, her şeye olduğu gibi buna da üşeniyordu. *"Ya kız konuşkan bir şey çıkarsa?"* diye düşündü. Böyleleri genellikle çok konuşurdu. Şimdi başlayacaktı hayat hikâyesine, işine, ailesine, arkadaşlarına; öff, yok yok, şimdiden boğuluyor gibi hissetti ama bu sırada Tuğçe'nin kapısına da ulaşmıştı. Ne yaptığını merak ettiği için kulağını gayriihtiyari kapıya yaklaştırdı. Su sesi miydi o? Evet, evet, banyodan su sesi geliyordu; emindi. Ne dandik kapıydı bunlar! *"Perde koysalar bile daha az ses gelir,"* diye düşündü. Kendi dandik kapısına dönüp içeri girdi.

Kim ne yaparsa yapsın, onu ilgilendirmiyordu. Şimdi onun çenesini çekemezdi. Salondaki, üzeri sigara izmaritleri ve yemek artıklarıyla dolu olan, yarı boş yarı dolu bardakların içlerinden bir tekila bardağı seçti. Kullanılmıştı ama kendinden başkası değildi kullanan, o yüzden içinde bir önceki içecekten kalan son yudumun üzerine Red Bull doldurdu ve hemen yanında duran damlalıklı şişeden bir damla ilave etti. Hiç beklemeden fondip yaptı, sonra banyoya gidip duşa girdi.

Tıpkı Tuğçe gibi suyun altındaydı. Şimdi suyun her damlasını teninde hissediyordu. İkisi de aynı erkeğin negatif enerjisini suyla birlikte üzerlerinden kanalizasyona gönderiyorlardı. Tuğçe'yi düşündü Selen. Acaba o, sıcak suyu mu yoksa soğuk suyu mu seviyordu? Kendisi yaz kış soğuk suyla yıkanır, buz gibi suyun altında bir kaya gibi kıpırdamadan dururdu. Tuğçe ise neredeyse kaynar suyla yıkanırdı, bu yüzden derisi yumuşamış ve kıpkırmızı görünüyordu.

———————◆———————

Emin tam sokaktan çıkacaktı ki kasıklarında bir fazlalık hissetti. Kıymet'i hatırladı, geri döndü. Kadınların hepsi onun gözünde aynıydı; kasıklarıyla konuşan canlılar. Kapıyı çaldı, birazdan Kıymet'e yapacaklarını düşünmek bile onu rahatlatıyordu ama yetmezdi; o, düşlemekle yetinemeyenlerdendi. Zili ikinci, üçüncü hatta dördüncü kez çaldı. Tuğçe ona sırf bu nedenle kızmıştı ama o, Tuğçe'ye inat, hiç durmadan Kıymet'in ziline basıyordu. Kapıyı Kıymet'in annesi Sultan açtı. Her zaman fazla dekolteli giyinen, fazla makyaj yapan bir kadındı; fazlaydı yani, başka diyecek söz yoktu.

"Kıymet evde mi?" derken davet beklemeden, Sultan Hanım'ı da itercesine içeri girip etrafa bakınmaya başladı Emin.

"Yok Kıymet, çalışıyor." Sultan bunu söylerken çok rahattı, fazla rahat!

Nerede?"

"Belediyede," dedi Sultan. Emin'in gözlerindeki kızgınlığı fark etti ve hemen toparladı. "Ayol, neredeyse nerede, kim bilir? Kıymet yok ama ben varım!" Zaten yarısından fazlası açıkta olan göğüslerini daha da açıp Emin'i kendi bedenine davet etti.

"Yok, istemez, kalsın." Tiksinmişti Emin. Kendini böyle rahatça sunan kadınları sevmiyordu. Kapıya yöneldi ama gidemedi...

Sultan, Emin'in kararsızlığını fark edip lafa girdi: "Eee, gel işte, rahatlarsın. Belli, gerilmişsin sen. Bu şekilde ya başına bela alacaksın ya da birine bela olacaksın."

Haklıydı Sultan; zevk için değildi, ihtiyaçtı bu! Bir kadının verdiği bu gerginliği ancak başka bir kadın alabilirdi. Emin döndü, daha önceden alışık olduğu Kıymet'in odasına yöneldi ama Sultan onu durdurarak "Benim odama gel," dedi.

"Yok, sen bu odaya gel." Kıymet'in odasında, Kıymet'in yatağında sevişmek istiyordu. Sevişmek de değil, aslında tek istediği boşalmaktı.

Sultan, Emin'in bu sinirli hâliyle mücadele etmek istemediği için ikiletmedi ama yine de odaya girerken, neredeyse duyulmayacak bir sesle söylendi: "Kızıyor, eşyası dağılınca..."

Emin, odada Sultan'dan başka her şeyi inceliyordu. Sahi, neden daha önce bu odaya, bu eşyaya dikkat etmemişti ki? Bu odada tek hatırladığı, Kıymet ve onun iç çamaşırlarıydı. Şimdi ise gördüğü her şeye şaşırıyor, hatta inanamıyordu. Sultan'a döndü ve sordu: "Obsesif mi lan bu?"

Sultan, Emin'in yüzündeki sinirin biraz olsun hafiflemesiyle rahatlamıştı. "Aman işte, seviyor düzeni. Bırak şimdi sen onu, biz işimize bakalım." Yine fazlasıyla davetkârdı ve yeterince seksi olduğunu düşünerek, bıraktı kendini Kıymet'in yatağına.

Emin ise hâlâ etrafa bakınıp eşyayı bir bir izliyordu. Sultan'ın davetkârlığını ise asla görmüyor ve ona çok tanıdık gelen bir duyguyu bulmaya çalışıyordu. Şifonyerin üzerinde kusursuz bir şekilde sıraya dizilmiş makyaj malzemeleri, taraklar, takılar... Masanın üzerindeki kitaplar, kalemler, birkaç çerçeve hatta perdeler bile öyle kusursuz duruyordu ki... Herhangi bir şeye dokunsa asla eski kusursuz hâline geri getiremezdi. Bunu biliyordu, hatırlamıştı. Anneannesinin de obsesif kompulsif bozukluğu vardı. Çocukken onun evine gittiğinde yerinden kıpırdayamazdı. Gardırobun içini merak etti, açtı. İnanılmazdı! Her bir kıyafet, rengine göre gruplandırılmış, aynı boyda katlanmıştı. Bir çekmece gördü, açtı; çoraplar yine renklerine göre gruplandırılmış ve aynı boydaydı. Diğer çekmecede ise iç çamaşırları... Onları gördüğü anda, o odada ne işi olduğunu hatırladı! Eline bir külot aldı ve burnuna götürüp kokladı. Mis gibi çamaşır deterjanı kokuyordu, ama o, Kıymet'in kokusunu almayı bekliyordu.

Sultan, olduğu yerde beklemekten ama daha çok, Emin'in ortalıktaki eşyayı karıştırmasından rahatsız olduğunu belli eden bir ses tonuyla "Eee, hadi aslanım, gelmeyecek misin?" diye sordu.

Emin geri döndü ve zaten soyunmuş hâlde yatan Sultan'ın düzenden, kusursuzluktan çok uzak olan bedenini gördü. Sultan henüz yaşlı sayılmazdı, elli dört yaşındaydı, ama bedenini fazlaca hor kullanmış, hatta kullandırmıştı. Bu sebeple, neresinden bakılırsa bakılsın en az yetmiş yaşında gibi görünüyordu. Hatta o anda Emin'in hissettiği, yüz yirmi yaşında olduğuydu. Ne var ki yaşının da bedeninin de bir önemi yoktu. Emin gözlerini kapatacak ve Kıymet'i hayal edecekti. Ya da Tuğçe'yi... Ama Sultan'ın inlemeleri yüzünden dikkati dağıldı, "Sus!" dedi Sultan'a. Tek bir kelime: "Sus!" Sustu Sultan, zaten umurunda da değildi. Hiçbir şey hissetmiyordu. Yalnızca yılların tecrübesiyle Emin'in ritmine ayak uyduruyordu, ondan beklenen de buydu zaten.

———————◆———————

Otel odası...

Kıymet, yatakta eli kolu bağlı, kendisinin olmayan, siyah suni deriden yapılma, fazlasıyla erotik bir kostümün içinde; dudağı patlak, bir gözü mor ve şişmiş şekilde, korkuyla, kendisine olacakları bekliyordu. Canı yanıyordu, öyle çok yerden yanıyordu ki neresinin daha fazla acıdığını kestiremiyordu. Belki de şu an en kötüsü bağlı olmaktı. Bağlı olmasaydı kaçabilirdi ya da ağzındaki, şu topu tutması için kafasının arkasından bağlanmış deri parçası biraz gevşek olsa ses çıkarabilirdi, ama hiçbirini yapamadı. Öyle savunmasız bir pozisyonda daha ne kadar bekleyeceğini düşünmeden duramıyor, *"Bitsin artık!"* diye içinden yalvarıyordu. Yatağın baş ucundaki saatten takip edebildiğine göre, tam dört saat kırk üç dakikadır bu şekilde işkenceye maruz kalıyordu. Tayfun'u düşündü; onu göremeden ölse, çocuk ne kadar üzülürdü. Ölmeyecek, Tayfun için bugün buradan diri bir şekilde çıkacaktı, çıkmak zorundaydı! Sahi, Tayfun şu an ne yapıyordu acaba? Düşündü ama onun, kendisinin yatağında, Emin'le sevişmekte olan annesini izlediğini bilmiyordu, hiçbir zaman da bilemeyecekti.

❖

Beş saat önce...

Halit, Kıymet için bir hediye aldığını söyleyip elindeki kutuyu ona uzattı. Hediye almak her canlıyı sevindirdiği gibi Kıymet'i de sevindirdi, ta ki kutunun içindeki, suni deriden yapılma seksi kıyafeti görene kadar. Kıyafeti görür görmez rahatsız olmuştu ama belli etmemek için kendini zorladı.

Halit, "Ne oldu, beğenmedin mi?" diye sordu.

"Yoo, beğendim. Gayet güzel. Şaşırdım sadece." Beğenmemişti tabii, ama verdiği cevap tamamen yalan sayılmazdı. Şaşırmıştı, çünkü bu elbisenin içinde; kelepçe, kırbaç, ip, ağız topu, büyük dildolar vb. birtakım seks aksesuarları vardı. Korkutucuydu! Ne istiyor olabilirdi ki ondan? Neden baştan söylememişti? Şimdi kabul etmediğini söylese kesin sorun çıkardı, belliydi. Halit sert adamdı, Kıymet'in hediyesini beğenmediğini düşündüğü anda bile sesi ürkütücü tonda çıkmıştı.

"Soyun, giy bunları!" diye emretti Halit.

"Hemen mi?" diye sordu Kıymet, ürkek ama emri de reddetmeyen bir ses tonuyla.

"Ne bekliyorsun, sana şampanya mı patlatayım?" diye kızdı Halit. Beklemeye sabrı yoktu.

Konuşmadı Kıymet, soyunmaya başladı. Kendini bir anda düşüncelerinin de sözlerinin de hiçbir öneminin olmadığı bir odada buldu.

21

Tayfun, annesinin odasının hafif aralık kapısının ardından anneannesini ve Emin'i gördü. Annesi, Sultan'ın bu odaya girmesinden rahatsız oluyordu. Aslında Kıymet, odasına Tayfun'dan başka kim girerse girsin rahatsız oluyordu ama sırf hayır diyemediği için, zaman zaman bazı adamların girmesine ses çıkaramıyordu. Ancak onlar evden çıktığı anda bütün odayı hızlıca temizleyip, eski kusursuz hâline geri döndürüyor, sonra da defalarca kendini yıkıyordu. Tayfun seviyordu bu düzen işini. Kendisi obsesif olmasa da yapılması gerekenleri annesi için öğrenmişti. Her şeye dokunabilirdi, nasılsa bu eşyayı düzenlerken onu yüzlerce kez izlemiş, neler yapılması gerektiğini en ince ayrıntısına kadar öğrenmişti. Ama şimdi kapının hemen arkasında, işaret parmağının tırnağını kullanarak, başparmağının etini kanatmakla meşguldü. Sinirlenmişti. Sinirlenmişti ama anneannesinin Emlakçı Emin'le sevişmesine değil, annesinin düzenini bu şekilde bozuyor olmalarına dayanamıyordu asıl. Kocaman olmuş ela gözleriyle biraz sonra Emin'i de anneannesini de yakabilirdi ama parmak uçlarındaki ıslaklığı fark etti. Bu defa fazla koparmıştı tırnak kenarlarını, olduğu yere birkaç damla kan damlamıştı, ama umurunda bile değildi. Sokak kapısına gitti ve her zaman olduğu gibi kimse onu fark etmeden dışarı çıktı. Bu, onun en büyük marifetiydi. Tayfun istemediği zaman kimse onu göremez, bulamazdı. Öyle sessiz, öyle hızlıydı ki, hiçbir detayı kaçırmıyor ve asla yakalanmıyordu. Bu yeteneği de daha şimdiden onu profesyonel bir hırsız yapmaya yetmişti. Detayları önemsemeyi annesinden almış olmalıydı, ama bu denli yok olmaya çalışması bütün evrenin suçuydu!

Tayfun, koşarak çıktı apartmandan, tam karşılarındaki apartmanın bahçe duvarından atladı ve ikinci katın balkonuna, her zaman kullandığı boruları tırmanarak çıktı.

Harun her zamanki gibi salondaki on iki kişilik yemek masasının etrafında döne döne puzzle parçalarını arıyor, bulduklarını sevinçle yerlerine yerleştiriyordu. Tayfun sessizce bir süre Harun'u izledi. Az önce gördüklerini unutmak ve zihnini resetlemek istercesine odaklandı. Neden Harun abisi bu oyunu bu kadar çok seviyordu? Kendisi de oynuyordu ama doğru parçayı bulduğunda hiçbir zaman onun gibi sevinmiyordu. Aslında biraz seviniyordu ama sebebi, Harun abisinin mutluluğunu görmekti; parçanın yerine oturup oturmaması umurunda bile değildi. Olduğu yerden salonun kalanına göz gezdirdi. Salonda eski püskü ama rahat bir üçlü koltuk, duvarlarda ucuz çerçeveli tamamlanmış puzzle tabloları, bir pikap ve onlarca plak vardı. Bu evde çok az eşya vardı; normal evlerde olan eşyanın yerine fazlaca puzzle vardı: 250 parça, 500 parça, 1.000 parça, 1.500 parça, 5.000 parça... Binlerce puzzle parçasından oluşan bir ev!

Harun, elindeki parçanın yerini aramaya devam ederken, Tayfun'a arkası dönük şekilde konuştu: "Ne duruyorsun orada, gelip yardım etsene." Sesi dostça ve sakindi.

"Sen beni nasıl görüyorsun?" Her zaman, diğer insanlara yaptığı gibi sessizce, bakmayacağı tarafta duruyor, ama Harun tarafından fark ediliyordu. Şaşırıyordu buna.

Madem o görüyordu, o zaman diğer insanlar neden kendisini görmüyordu? Ya da diğer insanlar görmüyorsa, Harun abi nasıl görüyordu?

Harun, "Benden saklanmıyorsun da ondan," deyip döndü Tayfun'a. Biliyordu; meraklı iki ela göz kendisine odaklanmış, gerçek bir cevap arıyordu.

"Diğerlerinden saklandığım kadar saklanıyorum," dedi Tayfun. Bu cevabın aradığı cevap olmadığına emindi.

"Ruh, Tayfun, birinden ruhunu saklarsan, yanına otursan dahi görünmezsin. Ama ruhunla varsan birinin yanında, sen yokken bile o, seni görebilir."

Kafası karıştı Tayfun'un. Anlamış gibiydi ama tam olarak idrak etmek istiyordu. "Nasıl yani, ben bizim evdeyken de sen beni görebiliyor musun?"

"Bana görünmek istiyorsan görürüm!"

"İstemiyorsam?"

"O zaman göremem."

Anlamış gibiydi Tayfun. Harun abisi onun konuştuğu tek kişi olabilirdi. Zor şeyler anlatıyordu aslında, ama birazını bile anladığında kendisini o an daha iyi hissediyordu. Bilmediği bir şey vardı, o da insanın büyüklüğü bilgisi kadardı, ama zamanla bunların hepsini öğrenecek, çok büyüyecekti.

Harun, Tayfun'a fazlasıyla güveniyor, onun âdeta bataklığa saplanmış bu aileden kopup pırıl pırıl bir hayata gideceğine bütün kalbiyle inanıyordu. Hayat zıtlıklarla büyür, gelişirdi; kendinden biliyordu bunu. Mesela o, şimdi yaşadığı ortamın tam tersi bir evde doğmuştu. Zengin, nüfuzlu, cemiyetin değerli insanları arasında görülen bir ailede altıncı çocuk olarak dünyaya gelmişti ve o ailenin tek çocuğuydu. Kendisinden önceki bütün kardeşleri ya annesinin karnındayken ölmüştü ya da doğduktan birkaç hafta sonra... Bu yüzden annesi de babası da onun hep üzerine titremişlerdi. Öyle çok titriyorlardı ki, ölen bütün kardeşlerinin eksiklerini Harun'un hayatında tamamlıyorlardı. Annesi de babası da o doğduğu andan itibaren hiçbir şeyi istemesine izin vermemişti. İsteme ihtimali olan her şeyi ondan önce defalarca kez düşünmüş ve satın almışlardı. Yaptığı en ufak şeyleri büyütüp yerlere göklere sığdıramamış, tanıdıkları herkese çocuklarının bir dâhi olduğunu anlatıp durmuşlardı. Her gününün, her anının fotoğraflarını çekmişlerdi. Yarın ölebilirmiş gibi, yaptığı hatalar için ona kızmamış hatta onu ödüllendirmişlerdi. Çok bunaltmışlardı Harun'u. Harun, dayanamıyordu onların bütün bu yaptıklarına. On sekiz yaşına geldiğinde, anne ve babası Harun'un isteyebileceğini düşündükleri arabayı, evi ve motosikleti aylar öncesinden almış, ona sürpriz yapmışlardı. Ama Harun ilk defa o gün, lüks villalarının bahçesinde kendisi için hazırlanmış o büyük partide "Sizden bir doğum günü hediyesi daha isteyebilir miyim?" diye sordu.

Şaşırmıştı ailesi. Daha ne istiyor olabilirdi Harun? Neden düşünememişlerdi, neye ihtiyacı olabilirdi ki? Annesi de babası da kendilerinin düşüncesizliklerine kızdı. Peş peşe sürekli konuştular:

"Tabii ki, evladım, sen istersin de biz yapmaz mıyız?"

"Ne istersen iste, söylemene bile gerek yok, kabul ediyoruz."

"Keşke daha önce söyleseydin, bugün almış olurduk. Tüh, bak, olmadı şimdi."

"Alırız hemen, bugün alırız, sen hiç merak etme."

Harun'un derin nefeslerini fark etmiyorlardı.

"Susar mısınız?" dedi Harun. İkisi de sustu. Harun devam etti: "Gitmek istiyorum."

İkisi de bir ağızdan "Nereye?" diye sordular.

"Öteki dünyaya…"

İkisi de yine peş peşe sorularla saldırdılar:

"Nasıl?"

"Nereye?"

"Ne?"

"Ne dedin sen?"

Bu defa bir el hareketiyle durdurdu ikisini de Harun. "Ölmek istiyorum ben!" dedi. Öyle doğal, öyle sakin çıkmıştı ki sesi, şaka olmadığı belliydi ama şaka olmak zorundaydı. Ne saçmalıyordu bu çocuk?

Titrek bir sesle konuştu annesi: "Ne ölmesi, yavrum, sen ne dediğinin farkında mısın?"

"Farkındayım, anne! Dayanamıyorum artık. İsteyebileceğim her şeyi ben istemeden elde etmekten bıktım. Benim hayatımı benden önce yaşamanızdan bıktım. Ya izin verin, gideyim ya da kendimi öldüreyim. Çünkü artık yaşamak istemiyorum. Mutlu olmuyorum, zevk almıyorum, nefes alamıyorum, anne; boğuluyorum, baba!"

Üçünün de gözlerinden yaşlar süzülüyordu. Yüzlerindeki her bir kas donmuş, ama gözyaşları annesinin de babasının da gözlerini kaynatmıştı. Nerede hata yapmışlardı? Çok mu sevmişlerdi onu? Ne demişti öyle? *"İsteyebileceğim her şeyi ben istemeden elde etmekten bıktım,"* mı? Nasıl olabilirdi bu? Onun yerinde olmak için can atan milyonlarca insan varken nasıl derdi bunları? Ölmek mi demişti? Gitmek mi?.. İkisinin de beyni allak bullak olmuştu, ama Harun on sekiz yıldır ilk defa rahatlamış hissediyordu. Bir şey istemiş ve ailesi saniyeler içinde istediğini ona verememişti, şimdiden normalleşmişti. Gülümsedi Harun, ama öyle uzun zamandır gülmüyordu ki yüz kasları nasıl gülüneceğini unutmuş, sadece hormonlarından gelen o güzel duyguya odaklanmıştı.

İstediğini elde edememe duygusu, ne müthiş bir duyguydu!

Harun şimdi otuz altı yaşındaydı ve hâlâ hiçbir şey istemiyordu. O yüzden evde birkaç parça eşyadan başka bir şeyi olmuyor ve yine aynı sebepten görgü kurallarına uygun şekilde giyinmiyordu. Üzerindeki, yıllardır giydiği kıyafetleri çöpün kenarında bulmuştu. Kıyafetler yırtılmıştı ama o, yenilerini yine de istemiyordu. Sadece puzzle istiyor, onu da öyle çok istiyordu ki hayatındaki bütün isteklerini tamamlamasını umar gibi. Tayfun da Harun abisinin bu denli çok istediği bir şeyi ona vermekten son derece mutluydu. Çalıyordu Tayfun. İki sokak arkada bir oyuncak dükkânı vardı, puzzle tamamlandıkça oraya gidip yenisini çalıyordu. Ne de olsa görünmezdi o!

"Harun abi?"

"Efendim?"

"Sen neden puzzle yapmayı bu kadar çok seviyorsun?"

"Hedef... Hedefe ulaşınca tamamlanır insan."

"Nasıl yani?"

"Şimdi bu elimdeki parçayı görüyor musun?" İki parmağıyla, nazikçe tuttuğu puzzle parçasını Tayfun'a gösterdi. "İşte bu parçanın yerini bulmak benim hedefim. Bulduğumda mutluluk hormonu salgılarım. Sonra bir diğeri, yeni hedefim olur, sonra diğeri, diğeri... Yani mutlu olmak için yapıyorum, anladın mı?"

"Biraz anladım." Yine büyümüştü Tayfun.

"Eee, söyle bakalım, senin hayattaki hedefin nedir?"

Çok hızlı cevapladı Tayfun: "Lüks araba almayacak, takım elbise giymeyeceğim."

"Eee, sadece bunlar mı yani?"

Tayfun cevabından öyle emindi ki şaşırmıştı. Şaşırmıştı çünkü Harun abisi hedefini yeterli bulmamıştı. Soran gözlerle başka bir cevap daha bekliyordu. "Eesi yok, bu kadar işte, yani şimdilik," dedi Tayfun.

"İyi de sen bu hedefe zaten ulaşmışsın."

"Nasıl yani?"

"Senin lüks araban var mı?"

Tayfun bir omuz hareketiyle birlikte "Yok," dedi.

"Peki ya takım elbisen var mı?"

Birkaç saniye tavana bakıp düşündü Tayfun, sonra "Var!" dedi. "Sünnetliğim var!"

"O sayılmaz, hani şu hedefindeki gibi bir takım elbisen var mı?"

"Yok."

"Eee, gördün mü, demek ki hedefine ulaşmışsın," dedi Harun. Haklıydı, bu sayılmazdı. Peki, o zaman Tayfun'un yeni hedefi ne olacaktı?

Harun "Bence sen acele etme ama kendine yeni bir hedef belirle," dedi. "Büyüdüğün zaman seni mutlu edecek ve başka canlılara zarar vermeyecek yeni bir hedef bul, anlaştık mı?" Tayfun kafa salladı. Anlaşmışlardı.

Sokağa gelen arabanın sesiyle Tayfun anlaşmayı geride bırakıp pencereye koştu. Annesi taksiyle gelmişti. Çok özlemişti onu, hemen koşup sıkıca sarılacak, anneannesinin dağıttığı odasını toplarken ona yardım edecekti.

———————◆———————

Kıymet eve gelir gelmez duş almak için banyoya gitmişti. Neyse ki evde kimse yoktu ve bu hâlini görmeyeceklerdi. Annesinin görmesinden çekinmiyordu hatta bu adamı tanımadan, ne istediğini bilmeden kendisini onunla gönderdiği için annesini yani Sultan'ı suçluyordu. O, eserini görebilirdi ama Tayfun görmemeliydi. Zaten son dönemlerde iyice içine kapanmış, aynı evin içinde neredeyse görünmez olmuştu. Musluğu tam ortaya çevirdi; suyu ne sıcak ne de soğuk severdi. Ilık olmalıydı suyu, öyle de oldu. Ayaklarının etrafından gidere giden suya baktı, keşke yaşadığı işkenceyi de kendi kanı ile birlikte o delikten gönderebilseydi. Ağlamaya başladı. Öyle içten ve derinden geliyordu ki gözyaşları, ılık su bile yaşların yüzünde bıraktığı sıcaklığı hafifletmiyordu. Sanki bütün hücreleri aynı anda ağlıyor ve hesap soruyordu. "Bunu bize neden yapıyorsun?" diyorlardı.

Kıymet, hayatta kendi değerini hiç anlayamamış, bu dünyaya başkalarını memnun etmek için gelmiş milyonlarca insandan yalnızca biriydi. Güzel, çok güzeldi ve bunun farkındaydı ama güzelliği bile kendisinin değil, başkasının eseri gibiydi. Babasını hiçbir zaman görmemişti. Çocukken annesine "Benim babam kim?" diye sorduğunda, annesi fahişelik yaparken eve gidip gelen adamları kastederek "Seç birini, hangisi olsun?" diye işi dalgaya vururdu. Kıymet ilk zamanlarda gerçekten o adamların yüzünde, bedeninde tanıdık işaretler aramış ama hiçbir zaman bulamamıştı. Onun babası çok yakışıklı, çok kibar, çok kültürlü, çokları çok olan biri olmalıydı. Öyle hissediyordu ama babasını hiç bilemeyecekti çünkü annesi günde en az beş kişi ile yatıyordu. Nasıl bilebilirdi ki?

Tayfun'un banyo kapısını çalması ile sıçradı. "Kim o!" diye bağırdı Kıymet.

Tayfun yumuşak bir sesle "Benim anneciğim!" diye cevapladı.

Kıymet "Oğlum, yıkanıyorum. Çıkacağım birazdan..." dedi. Ağlamaklı bir tonda konuştuysa da suyun çıkardığı sesin eşliğinde pek de anlaşılmamıştı.

Tayfun beklemek için annesinin odasına girdi. Oda hâlâ dağınıktı. Aslında başka birinin evinde ya da odasında olsa, buranın inanılmaz derecede derli toplu olduğunu düşünebilirdi ama konu annesi olunca iş değişiyordu: Bozuk çarşaflar, kaymış bir halı, yarı açık dolap kapağı, çekmeceler, her şey annesi gibi biri için fazlasıyla dağınıktı. Böyle zamanlarda annesi, ne olursa olsun, önce ortalığı istediği nizami hâle getirir, sonra yıkanırdı; fakat bu defa önce duşa girmişti. *"Acaba buranın hâlini görmedi mi?"* diye düşündü Tayfun. Daha önceleri annesine yardım etmekten alışık olduğu gibi eşyayı kendi başına düzeltmeye başladı.

Gerçekten çok iyi biliyordu bu işi; kusursuzluğu yakalamak için eşyaya olması gereken yavaşlıkta ve kontrollü dokunuyordu. Annesi duşta normalden fazla kalmış olacak ki Tayfun tek başına bütün eşyayı eski hâline getirmişti. Ama annesi hâlâ neden çıkmamıştı? Su sesi epey zaman önce kesilmişti. Artık çıkması gerekmez miydi? Tekrar çaldı banyonun kapısını. "Anne?.." diye seslendi.

Kıymet, banyodaki aynada kendine baktığında şoka girmiş hâlde bedenindeki bütün morlukları ve kızarıklıkları nefes almadan inceliyordu. Ne yapmıştı bu adam böyle? Bu hâli de neydi? *"Ölsem daha iyi olurdu,"* diye düşündü. Gözünün biri neredeyse açılamayacak hâlde şişmişti, hastaneye gitse kaşına dikiş atarlardı. Fakat o, hastaneye gidemezdi; yaralarını kendinden başka birinin sarmasına alışık değildi. Aynanın arkasındaki dolaptan, yaralarını saracak birkaç şey buldu. Biraz sargı bezi ve yara merhemiyle kaşına pansuman yaptı. Bornozunu boğazına kadar sıkı sıkıya kapadı. Görmemeliydi Tayfun; görmemesi imkânsızdı ama en azından hepsini görmese iyi olurdu.

Tayfun tekrar çaldı kapıyı. "Anne, iyi misin?" Çok merak etmişti artık annesini. Bu kadar zamandır ne yapıyor olabilirdi ki? Yoksa tekrar dışarı çıkacaktı da bu yüzden mi hazırlanıyordu? *"Lütfen öyle olmasın,"* diye düşündü. Çok özlemişti annesini, artık ona sarılıp bir süre öylece kalmak, hatta o vaziyette uyumak istiyordu. Yorgun hissediyordu. Anne sevgisinden mahrum kalan her çocuk gibi telaşlı ve yorgun...

Kıymet ise kendisinin parçalanmış suratını Tayfun'un görmemesini dileyerek, yaşamaya dair bütün duygularını yine bastırmış ve o yalan gülümsemesini yüzüne takınıp açmıştı kapıyı.

Kapıyı açar açmaz sordu Tayfun: "Yüzüne ne oldu?"

"Küçük bir kaza... Merak edilecek bir şey yok, oğlum."

"Anne, çok kötü olmuş ama..." dedi, uzanıp annesinin yaralarına yakından bakmaya çalıştı.

Kıymet ise geçiştirdi onu: "Abartılacak bir şey yok, sadece küçük bir kaza... Birkaç güne geçer, merak etme sen." Giyineceğini söyleyip odasına gitti ve kapısını kapadı.

Bir dakika bile geçmemişti ki Sultan girdi içeri. "Geldi mi anan?" dedi. Eli kolu doluydu. Marketten, kasaptan yaptığı alışverişi göstererek, "Gel al şunları, belim koptu getirene kadar," dedi ve devam etti: "Annen, diyorum, gelmedi mi hâlâ?"

Tayfun cevap vermedi. Sanki Sultan orada değilmiş gibi, salondan balkona çıktı. Ruhunu saklıyordu Tayfun, en çok da anneannesinden.

Sultan "Bak, görüyor musun şu arsızı ne cevap veriyor ne bir yardım ediyor. Anca yesin, içsin, sıçsın!" diye, balkonda saklanan Tayfun'a sesini duyurmak için yüksek perdeden söyleniyordu.

Tayfun kulaklarını elleriyle kapadığından belki onu duymuyordu ama Kıymet duymuştu. "Ne istiyorsun parmak kadar çocuktan?" diye kapalı kapının ardından kükredi.

"Madem geldin, ne diye çıkmıyorsun? Size yemek taşıyacağım diye belim koptu." Haklıydı, yorulmuştu. Bugün beklemediği bir iş almış, aldığı parayla da gidip onlara et almıştı. Emin'e kendi etini satarak almıştı bu eti. Bir zahmet gelip yardım etsinlerdi.

Elindeki poşetleri salondaki masanın üzerine bıraktı, Kıymet'in ağzının payını vermek için odasının kapısının koluna asıldı. Ama bütün haklı kelimeleri birbirine dolandı.

Kıymet, bedenine yapılan işkenceyi annesine göstermek için odanın ortasında, kapıya bakar şekilde, çırılçıplak duruyordu.

"Ne oldu sana?"

"Ne mi oldu, anne?"

"Ne bu hâlin?" Sultan, Kıymet'in yaralarına bakarken, bazılarının hiçbir zaman iyileşemeyeceğini, izlerinin ömür boyu kalacağını anlamıştı.

"Sen söyle, anne, neden böyle oldu?"

Sultan hiçbir şey anlamıyordu. Ne demekti şimdi bu? Onunla ne ilgisi vardı, o daha yeni gelmişti. "Benimle ne alakası var?" diye sordu nihayet.

"Anne, sen beni kime gönderdin?" diye karşılık verdi Kıymet.

Sultan'ın gözleri büyüdü. "Halit mi yaptı bunu? Vay orospu çocuğu! Sen kimsin de bana bunu yaparsın? Ulan yavşak, sahipsiz mi sandın sen bizi!" Çok görmüştü Sultan böylelerini. Kendi hayatlarında pısırık oldukları hâlde, buldukları fahişelere kabadayılık taslarlardı. "Ben ona yapacağımı bilmez miyim? Donuna kadar almaz mıyım onun? Şerefsiz!" Tabii, alırdı... Sultan, onu tehdit edecek ve istediği miktarda parayı koparabilecekti. Acımazdı, söz konusu para ise kimseye acımazdı, evladına bile!

"Mesele para mı, anne?" Kıymet'in kalbi vücudundaki yaralardan daha çok acıyordu. Anne şefkati görmemiş her çocuk gibi kalbi zaten hiç durmadan acıyordu, ama bu defa acısı çok daha fazlaydı.

"Alacağım tabii, donuna kadar alacağım. Şu yaptığına bak, hâline bak! Kim bilir kaç ay çalışamayacaksın. Gerçi iki haftaya geçer, hafifler yani. Çalışırsın yine... Eee, kızım, sen de dur diyemedin mi? Koruyamadın mı kendini?"

Suçlu çıkmıştı Kıymet! Her şeyin üzerine bir de suçlu çıkmıştı! Tam Sultan'dan beklenecek bir tavırdı bu. Kıymet kapadı gözlerini, sıktı dişlerini ve tısladı: "Senin yüzünden, az kalsın ölüyordum. Sen geçmiş karşıma, para mı diyorsun? Bir de 'Koruyamadın mı kendini?' diye soruyorsun." Tayfun duymasın diye sesini yükseltmiyordu belki ama bakışları Sultan'ı korkutmaya yetmişti.

"Dur, tamam, sakin ol. Ne dediğimi biliyor muyum ben? Şaşırdım... Şoka girdim... Anneyim ben ne de olsa, evladımı öyle görün-"

Kıymet kesti lafını. "Anne mi? Kızını işkenceci orospu çocuklarına satan bir anne mi? Ona anne değil, pezevenk denir!" İyice yaklaşmıştı Sultan'a. Son lafında ağzından çıkan tükürükler Sultan'ın suratına geldi ama asıl sorun tükürük değil, Kıymet'in ona pezevenk demiş olmasıydı. Bunu hiç hak etmediğini düşündü Sultan.

Zamanında çalıştığı genelevden Kıymet'i çıkarabilmek için neleri göze almıştı. Ama sonra parasız kalmışlardı. Ne yapacaktı yani, aç açına oturamazlardı ya... Çalışmak zorundaydı, bildiği tek iş ise fahişelikti. Çalıştı. Kızına da bildiği tek işi öğretti ve çalışmasına yardım etti. Kıymet zaten hiç kıymetini bilmemişti onun. Elini kaldırdı, sınırı aştığı her zaman yaptığı gibi saçlarından yakalayıp sürüklemek istedi. Sultan asla Kıymet'in yüzüne vurmazdı. Mala zarar vermezdi o. Ama bu defa, elini kaldırdığı yerde tuttu. Zaten mundar olmuş bu bedene daha fazla dokunamazdı. Hak ediyordu Kıymet, ama sonraya bıraktı Sultan. Çok sonraya... Hele bir iyileşsin, ona bu lafların hesabını soracaktı!

◆

Tayfun, annesiyle anneannesinin arasındaki konuşmaların tamamını duymuş ve annesinin yüzünün kazadan değil, o kel ayının yüzünden böyle olduğunu anlamıştı. Onun Halit'e yapmak istediklerini Halit, annesine yapmıştı. Parmak uçlarında ıslaklık hissetti, yine etlerini koparıp kanatmıştı. "Öldüreceğim o ayıyı, öldüreceğim!" diyerek, koşarak evden çıktı ve karşıya geçip Harun'un balkonuna tırmandı.

Yine aynı masanın etrafında dönüp puzzle ile uğraşan Harun, Tayfun'un hızlı hızlı alıp verdiği nefes sesine döndü. Hiç konuşmadan kafasıyla bir hareket yaparak, ne olduğunu sordu.

Tayfun, "Bir hedefim var artık. Bugün gelen o kel ayıyı öldüreceğim!" dedi.

Harun, Tayfun'un çatık kaşlarını ve sıkılmış yumruklarını gördü, merak etti. "Kimi?" diye sordu. Tayfun cevap veremedi, yalnızca yutkundu ama Harun ısrar etti: "Söylesene, kim kızdırdı seni?"

Tayfun, "Halit'i..." dedi ve geldiği gibi hızla çıkıp gitti.

Harun ise elinde puzzle parçası ile donup kaldı.

◆

Tuğçe bu taşınma meseleleri yüzünden işini epey aksatmıştı. Evden çalışarak İngilizce çeviri işi yapıyordu. Kazandığı paranın yettiği söylenemezdi ama orta seviyede geçinebiliyordu. Gerçi biriken çevirileri bir an önce bitirip teslim etmezse bu ayı çıkaramayacağı kesindi. Taşınma işleri ucuza gelmiş fakat yine de parası neredeyse bitmişti. *"Oturup çalışabilirim, ne de olsa evin işi bitti sayılır,"* diye düşündü. Günlerdir kısa kısa molalar vererek tek başına evi yerleştirmişti. Yardım alacağı kimsesi yoktu. Babası, o on altı yaşındayken yanlışlıkla fare zehri yemiş ve ölmüştü. Trajik bir ölümdü. Tuğçe, babasının ölümünden dolayı kendini suçluyordu. Onun yemeğine yanlışlıkla fare zehri karıştıran kişi Tuğçe'ydi. O an, sık sık gözlerinin önüne gelip duruyordu. Babası, ağzından tükürükler akarak Tuğçe'den yardım istiyordu. Tuğçe ise donup kalmış, yardım edememişti. Babası gözlerinin önünde can çekişerek ölmüştü. Tuğçe'nin, annesiyle de bu sebepten arası bozulmuş ve bir daha hiç düzelmemişti. Yalnızdı Tuğçe. Yalnızlığa alışmak zor olmuştu ama o, bunu başarmıştı. Badem sütlü kahvesini yaptı ve bir tütsü yaktığı salonda çalışma masasının arkasına geçip koltuğuna oturdu. Her şey hazırdı. Derin bir nefes aldı. Derken hemen arkasındaki pencerenin önünden geçip bahçesine çakılan plazma televizyonun gümbürtüsüyle olduğu yerde sıçradı, badem sütlü kahvesi bilgisayarının üzerine döküldü!

Deprem mi oluyordu? Bina mı yıkılıyordu? Bomba mı patlamıştı? Neydi bu ses, ne olmuştu? Hızla pencereye döndü ve bahçeye baktı, yerde ekranı paramparça olmuş televizyonu gördü. O da neydi şimdi?

"Uzaylılaaaaaaaar!" diye bir ses duydu Tuğçe; yukarıdan gelmişti, üst katlardan birinden... "Evet," dedi. "Çok mantıklı: Uzaylılar!" Neden olmasındı?

Ses devam etti: "Bugün beni alıp, toplantı yapmaya Venüs gezegenine götürdüler. Hepinizi bir bir anlattım. Belanızı sikecekler! Orospu erkeklerin taşaklarını kesecek, dünyaya kayyum atayacaklar!"

Şaka mıydı şimdi bu?

"Sizler düşman gezegenlerden gelen yaratıklarsınız. Solucan deliğine girmiş sıçan döllerini bir bir yargılayacak, konsolosluktan atılacaksınız! Siz konsomatrissiniz!"

"Ehh, yetti ama!" diye söylendi Tuğçe. Ortada büyük bir saçmalık vardı ve bahçeye çıkıp ne olduğunu öğrenecekti, çünkü olduğu yerden televizyondan başka hiçbir şey ya da hiç kimse görünmüyordu. Geri döndü ve bilgisayarı fark etti. Allah kahretsindi! Şimdi ne bok yiyecek, nasıl çalışacaktı?

"Lanet olsun! Lanet olsun! Lanet olsun!" diye bağıra çağıra bilgisayarı ters çevirdi. Klavyenin tuşlarından masasına damlayan mis gibi badem sütlü kahvenin kokusu eşliğinde ağladı.

◆

Doğan lüks arabasıyla sokağa girdiğinde Kadife Hanım, koca plazma televizyonu dar pencereden çıkarmaya çalışıyordu ve Doğan onun ne yaptığını henüz kavrayamadan itiverdi ikinci katın penceresinden aşağı.

Doğan arabanın içinde otururken kendi kendine "Ha siktir!" dedi. Deli miydi bu kadın, ne diye atmıştı koca televizyonu aşağı? Bir an *"Ya aşağıda biri varsa ve üzerine düşmüşse?"* diye düşündü ama karışmamalıydı! Hatta hemen gaza basıp gitmeliydi ama Kadife Hanım'ın bağırarak söylediklerini duyunca, onun sadece bir deli olduğunu anlamıştı. Bu ara ne çok insan deliriyordu. Normaldi aslında; bu leş gibi sokaklarda, bu evlerde yaşayıp delirmemek işten bile değildi. Hak verdi Kadife Hanım'ın deliliğine. Oysa o, Kıymet için gelmişti bu varoş yere. Aniden karar verdiği için haber de vermemişti. *"Evdeyse Kıymet'i birkaç saatliğine alıp götürürüm,"* diye düşündü. İndi arabadan, inmesiyle birlikte Kadife Hanım'ın dikkatini bir mıknatıs gibi üzerine çekti.

"Evet, görüyorsunuz! Geldi terörist! Beni kaçırmak için geldi! Beni bağlayacak ve bana işkence edecekler! Bana tecavüz edecekler! Savunacağım kendimi! Kanımın son damlasına kadar savaşacağım! Topla gelin, tüfekle gelin! Yakın beni, için beni!" Bu sırada işaret parmağıyla Doğan'ı gösteriyordu.

"Ne diyorsun ya, manyak kadın!" dedi Doğan, kendisinden başka kimsenin duymayacağı şekilde, mırıldanır gibi söylemişti. Bu olanları kimsenin görüp görmediğini merak ederek etrafına bakındı ama kimsecikler yoktu. Nasıl oluyordu da insanlar, böyle bir olayı seyretmek için sokağa ya da pencerelere çıkmıyordu, hayret etmişti. *"Alışmışlar demek ki,"* diye düşündü. Onların mahallede olacaktı ki hemen polisi arayıp, aldırırdı. Artık hapishaneye mi yoksa tımarhaneye mi tıkarlar, umurunda bile olmazdı. Bu düşünceler sırasında Tuğçe çıktı apartmandan. Al işte, sonunda biri merak edip çıkmıştı! "Hasta mı bu kadın?" diye sordu Tuğçe'ye.

Tuğçe ise hâlâ gözü yaşlı, sinirli şekilde cevap verdi: "Ne bileyim ya ben? Nereden bileyim, hasta mı, deli mi, manyak mı? Neyse ne, bana ne ondan!" Tuğçe, Doğan'ın yüzüne kükremişti ama henüz onu gerçekten görmemişti bile.

Doğan ise iki elini göğüs hizasına kaldırmış, avuç içlerini Tuğçe'ye gösterirken, tehlikeli olmadığını vücut diliyle ifade etmeye çalışıyordu. "Tamam, sakin ol, sormadım say."

"O kadın yüzünden bilgisayarıma kahve döküldü ve bilgisayarım şu an çalışmıyor. Ya, delireceğim ya! Yeter artık, vallahi billahi yeter, ben dayanamıyorum!" Tuğçe hâlâ ağlıyor, sinirlerini kontrol edemeden, hiç tanımadığı bu insana sokak ortasında dert yanıyordu.

"Alt tarafı bir bilgisayar, sorun buysa hallederiz, merak etme." Çok yumuşaktı Doğan'ın sesi, ama Tuğçe'yi sesinden çok, söyledikleri kızdırmıştı.

Tuğçe gözlerini kıstı, Doğan'a bir adım daha yaklaştı. "Alt tarafı bilgisayar, he? Doğru ya, ben bunu nasıl düşünemedim? Hemen gidip yenisini alayım, değil mi? Ah, salak ben! Oturmuş neye üzülüyorum... Lan, sen benimle taşak mı geçiyorsun? Ben işimi bu bilgisayardan yapıyorum. Bilgisayarım olmazsa aç kalırım, aç! Anlıyor musun?" Tuğçe bu sözleri ardı ardına sıralarken, Doğan'ın hemen arkasında duran son model lüks arabayı fark etmiş ve dönüp Doğan'ı baştan ayağa süzmüştü.

"Bak, sakin ol. Sinirini benden çıkarmak istiyorsun, anlıyorum ama çok ileri gidiyorsun. Yardım edeyim diyorum, kızıyorsun!" Çok değil ama biraz sinirlenmişti sanki Doğan, belki de heyecanlanmıştı. Ne acayip bir kızdı ya!

Yukarıdaki kadın deliydi, belli. Peki ya bu neydi şimdi? Kızın ne olduğunun bir önemi yoktu aslında, onda hoşuna giden bir şeyler vardı. "Doğan ben..." dedi ve elini uzattı.

"Tuğçe," elini uzatmadan, gözlerini devirerek karşılık verdi. Besbelli zengindi. Ne anlayacaktı Tuğçe'nin hâlinden? Çevirdi kafasını ve birkaç sokak ötedeki bilgisayarcının yolunu tuttu.

Kadife Hanım ise tüm o saçmalıkları bağıra çağıra anlatmaya devam etti.

Doğan'ın batıl inançları çoktu. *"Yanlış zamanda yanlış yerdeyim galiba,"* diye düşündü. Yine de Kıymetlerin apartmanına girdi ve dairenin kapısını çaldı. Kıymet'in annesi Sultan açtı kapıyı; Doğan'ı görür görmez kıyafetini, saçını başını düzeltmeye çalıştı. Kim bilir ne kadar dağınık görünüyordu. Hay aksi, şimdi bu adam nereden çıkmıştı ki? Daha önce de böyle habersiz geldiği olurdu ama her seferinde, Allah esirgesin, içeride başka bir müşteriye denk gelirse diye rahatsız olurdu Sultan. Bu defa içeride müşteri yoktu ama Kıymet'in de birini ağırlayacak hâli yoktu. Tüh, Sultan bilseydi böyle olacağını, gider bir duş alır, makyaj yapardı. Eee, kapıya kadar gelen müşteri geri çevrilemezdi sonuçta, o böyle öğrenmişti. Hatta Doğan'ı ağırlamaktan zevk bile alabilirdi. Yakışıklıydı Doğan, çok yakışıklı! Büyüdükçe daha bir yakışıklı oluyordu. Sahi, Kıymet bu kadar yakışıklı müşteriyi nereden bulmuştu? Bir ara soracak gibi olmuştu ama geçiştirmişti sanki Kıymet; Sultan hatırlayamadı. Çok eskiden tanışıyorlardı, Kıymet'in işe başladığı yıllardan beri vardı Doğan. Buna

rağmen arada bir onun yanına gider, sonra aylarca görüş-
mezlerdi. Bir zaman sonra, şimdi olduğu gibi yine çat kapı
çıkar gelirdi.

Doğan, dairenin kapısının dışında, Sultan'ın şekilden
şekle girişini izliyor ve kendisini içeri buyur edip etmeye-
ceğini merak ediyordu. Habersiz gelmişti sonuçta, kapıyı
Kıymet açmadığına göre evde olmayabilirdi de. Sordu
Doğan: "Merhaba hanımefendi, Kıymet evde mi? Yakın-
lardan geçiyordum, bir uğrayıp ziyaret edeyim dedim."

Sultan, *"Duyan da kabristan ziyaret ediyor sanacak..."*
diye düşünse de bunu açığa vurmadı. Peki, ne diyecekti
ki? "Kıymet evde ama kaportası dağınık," mı? "Kıymet bi-
raz rahatsız, yatıyor," mu? "Sen görmeyeli Kıymet çok
değişti," mi yoksa "Kıymet yok ama ben varım!" mı? Her
ihtimali düşündü, sonunda "Eee, şey," demekten öteye
gidemedi. Kıymet'in içeriden seslenişiyle de bu belirsiz
durum çözülüverdi.

"Kim o, kim geldi?" diye seslendi Kıymet.

Doğan'sa henüz Kıymet'i göremese bile sesinden ta-
nımış ve rahatlamış bir tonda "Benim, Doğan!" dedi. Yine
de habersiz gelmiş olmanın mahcubiyetini üzerinden
atamamıştı. *"Ya kız müsait değilse?"* diye düşündü. Yap-
mamalıydı böyle, en azından gelmeden bir mesaj atabi-
lirdi. Kızdı kendine.

Kıymet, Doğan'ın geldiğini anlamıştı ama çıkıp ne di-
yeceğini bilemedi. Şu hâldeyken görmeyi isteyeceği son
insan Doğan olduğu için paniklemişti. Dönüp hızlıca ay-
naya baktı; berbat görünüyordu.

Doğan "Müsait değilse gidebilirim..." dedi.

Sultan'sa kapıya gelen müşteriyi kaçırmamaya kararlıydı. Kıymet istemezse, Doğan'a istediğini o verirdi. *"Adamın buraya ne için geldiği belli,"* diye düşündü ve atıldı hemen: "Ay, olur mu öyle şey? Kapıya kadar zahmet etmişsiniz, geri çevirmek bize yakışmaz," deyip içeri buyur etti Doğan'ı.

Doğan içeri girer girmez Kıymet, odasının kapısını hızla kapadı. Bu durum Sultan'ın hoşuna giderken, Doğan'ı rahatsız etti. "Sanırım Kıymet müsait değil, ben gelmeseydim daha iyi olurdu galiba," diye mahcup tavrıyla gitmeye yeltendi.

Sultan "Ay, o biraz yorgun. Bugünlük Kıymet değil, ben ağırlayayım sizi, olur mu?" diye sordu. Göğüs çatalını aralayarak söylemişti bunları ama Doğan, onun yaptığı şeyi de söylediklerini de fark etmedi. Gözleri Kıymet'in kapısına kilitlenmiş, evde olduğu hâlde neden kendisini görmek istemediğini anlamaya çalışıyordu. Normalde olsa koşup boynuna sarılır, elinden tutup odasına götürürdü. Dışarı çıkmak için hazırlandığı sırada ise Doğan'ın kendisini izlemesine izin verirdi. Ama şimdi kapıyı kapatıp içeri saklanmıştı. Doğan *"Onu kıracak bir şey mi yaptım?"* diye düşündü. Düşüncelerini patavatsız tavrıyla kesti Sultan.

"Dediğim gibi, Kıymet rahatsız ama benim odam hemen şurada." Parmağıyla, kapısı açık olan kendi yatak odasını işaret etti. "Sizi bugün ben ağırlayayım."

"Ne?" Doğan anladığı şeyden tiksinmişti ama yanlış anladığını düşündü.

"Yani, diyorum ki, buyurun, geçelim benim odama, rahatlayın siz..."

Kıymet, annesinin söylediklerini duydu ve sinirle odasından dışarı çıktı. "Anne!" diyerek susturdu Sultan'ı. Ne ahlaksız bir kadındı! Kendisi de fahişe olabilirdi ama hiçbir zaman annesi kadar ahlaksız biri olmamıştı. Çok ileri gitmişti annesi, her gün daha da ileri gidiyordu, ama bu yaptığı hepsinden beterdi. Sonuçta Doğan, Tayfun'un babasıydı! Bunu bilen tek kişi kendisi olsa bile, annesinin bu yaptığını kabul edemezdi.

Doğan, Kıymet'i görür görmez şoka girmiş bir hâlde ardı ardına sordu: "Neyin var? Ne oldu sana? Kıymet, iyi misin sen? Kaza mı geçirdin?"

Sultan ise Kıymet'in perişan görünen hâline bakıp onu bakışlarıyla küçümsedi. *"Madem odadan çıktı, demek ki şu rezil hâline rağmen ilgilenecek,"* diye düşünüp mutfağa gitti. Kendisine okkalı bir kahve yapacak, yanına da bir sigara yakıp içecekti.

"Merak edilecek bir şey yok, küçük bir kaza..." dedi Kıymet.

"Nasıl küçük? Şu hâline bak! Doktora gittin mi?"

Kıymet "Gerek yok doktora, birkaç güne geçer," derken odasına gitti, yatağına oturdu.

Aceleyle peşinden gitti Doğan. "Nasıl gerek yok, Kıymet? Şu dudağının, gözünün hâline bak! Çıkar şu kaşındaki sargı bezini, bakacağım," dedi ve uzanıp, kanlanmış sargı bezini çıkarmaya çalıştı. Orada nasıl bir yara varsa hâlâ kanıyor olmalıydı. Küçükken kaşı yarılmıştı, bilirdi bu durumu... Dikiş atılması gerekebilirdi.

Kıymet ise aniden elini tutup onu durdurdu. "Gerek yok, dedim. Senin ne işin var burada, neden geldin?"

"Seni görmek istedim…" Kıymet'in verdiği tepkiden rahatsız olmuştu ama onun bu hâline üzüldüğü de fazlasıyla belli oluyordu.

"Gördün işte, git şimdi, olur mu?" Yumuşamıştı Kıymet'in sesi. Doğan'ın bir suçu yoktu sonuçta, sinirini ondan çıkaramazdı. Zaten sinirini çıkarabileceği hiç kimse de yoktu ama şu an önemli olan bu değildi. Çok kötü görünüyordu. Doğan ise kendisinin aksine her zamanki gibi çok yakışıklıydı. Koyu yeşil gözleri, ancak bir bebeğin sahip olabileceği parlaklıktaki kumral saçları, pürüzsüz cildi, pembe dudakları ile çoğu kadından daha bakımlı, daha güzeldi.

"Gel, bir hastaneye gidelim. Kaşına dikiş atsınlar, pansuman yapsınlar, ilaç alalım. Hadi, kırma beni." Doğan fazlasıyla nazik ve yumuşak bir ses tonu ile konuşmuştu. O böyle konuştuğu zamanlarda Kıymet ona hayır diyemezdi.

"Gerçekten gerek yok." Gözüne dolan yaşları tutamadı. Dışarıdan hâlâ sesler geliyordu. Kadife Hanım, tüm ses tellerinin gücüyle "Beni kaçıracaklar, bağlayıp tecavüz edecekler ama ben direneceğim, savaşacağım, göğüs göğüse çarpışacağım düşmanla…" diye bağırıyordu.

Doğan, sesin kimden geldiğini ve önemli olmadığını bildiğinden, "Deli herhâlde, saçmalıyor işte. Gel hadi, tanıdığım bir doktor var, özel muayenehanesine gideriz. Kimse görmeden hızlıca çözeriz," dedi.

Kıymet hafif alaycı bir ses tonu ile "Tabii ya, kimse görmeden, değil mi?" dedi.

"Hayır, benim için fark etmez, sen yanlış anladın. Sen daha rahat edersin diye söyledim."

Kıymet kendi tavrından rahatsız olup, sesini yumuşattı. "Anladım ben, merak etme," dedi. *"Hiç gerek yok şimdi bu tribe,"* diye düşündü. Kadife Hanım'ın hiçbir şeyden habersiz söyledikleri beyninde dönüp dururken ayağa kalktı. "Tamam, gidelim. Hem şu kadını daha fazla dinlemek istemiyorum," dedi ve giyinmek için gardırobunu açtı, giyebileceği kıyafetlere baktı.

"Nedir bu kadının olayı?" diye sordu Doğan.

"Deli işte…"

"Onu anladım da neden kimse bir şey demiyor?"

"İlaçlarını almayı unutmuştur, yakında gelir biri, içirir, o da normale döner." Ne kadar rahat söylemişti bunları Kıymet.

"İyi, kimse sorun etmiyorsa..."

"Etmiyor," dedi Kıymet.

"Aslında sokaklar deli kaynıyor ama işte şu ilaçlar sayesinde saklıyor insanlar," diye tespitte bulundu Doğan.

Kıymet "Öyle…" dedi arkası dönük, üzerindekileri çıkarırken. Gardırobun aynasından Doğan'ın, bedenindeki morluklara bakışını görüp, giyinme işini daha da hızlandırmaya çalıştı ama Doğan onu durdurdu.

Nasıl bir kazaydı ki bu? Takla atan bir arabanın içinde miydi Kıymet? Yoksa yürürken bir araba gelip hızla çarpmış mıydı? "Şu kaza dediğin, tam olarak ne kazası?" diye sordu Doğan, gözlerini morluklardan alamıyordu.

"Kaza işte, soru sorma lütfen!"

"Kıymet!" Bu defa gözlerinin içine, en derinine bakarak söyledi adını. Ne güzeldi Kıymet. *"Hâlâ ne güzel…"* diye düşündü Doğan.

"Yalvarırım, sorma..." Kapadı Kıymet gözlerini. Sanki Doğan'a gerçeği söylemese bile o, gözlerinin içine bakarak her şeyi anlayabilir gibi gelmişti.

"Tamam, giyin de gidelim o zaman," dedi ve sağlam olan omzunun üzerinden koklayarak öptü. Ürperdi Kıymet.

——————◆——————

Tuğçe, elinde hâlâ ters şekilde tuttuğu bilgisayarıyla, neon ışıklı tabelasında "Elektronik-Telefon-Bilgisayar Tamircisi" yazan dükkâna girdi. Sanki bir hastanenin acil bölümünde doktor ararmış gibi telaşlı şekilde bağırdı: "Lütfen, yardım edin! Kimse yok mu?" Kimse yok gibiydi. Zaten küçücük dükkândı, birileri olsa kesin görürdü, yoktu işte, lanet olsundu, yok! "Ya of, madem kimse yok, kapı niye açık?" diye söylenirken, bu küçük dükkânda müşteriler ayakta kalmasın diye konmuş sandalyeye bıraktı kendini. Hastası ölmek üzereydi, hastaneye yetiştirdi ama doktoru bulamadı! O kadar çeviri işi vardı, nasıl yetiştirecekti? *"Yetişmeyecek hiçbiri, aç kalacağım sonunda! Sonunda babamın dediği olacak işte,"* diye düşündü. Babasının bunu dediği günü hatırladı. Babası, Tuğçe'ye sinirlenmiş bağırırken kalp krizi geçirmişti. Evde sadece ikisi vardı ve Tuğçe ambulansı aramak yerine babasını seyretmişti...

Timur telaşlı ama güler yüzüyle girdi dükkâna, Tuğçe'yi düşüncelerinden çekip çıkardı.

"Çok affedersiniz, geldim. Buyurun, nasıl yardımcı ola-"

Lafını kesti Tuğçe: "Neredesin kardeşim? Madem yoksun, kapı neden açık?"

46

Kendisini hiç ilgilendirmeyen şeyleri merak ediyordu, ama bu tavrı Timur'u güldürmekten öteye gidememişti. "Kusura bakmayın, bir dahaki sefere kilitlerim," dedi.

Doktora ulaşmıştı ve çocuğunu sedyeye, deneyimli ellere bırakırcasına bankonun üzerine bıraktı. "Bilgisayarım!.. Kahve döküldü üzerine."

"Neyli kahve?"

"Bademli," diye yanıtladı Tuğçe ve bir an durup düşündü: "Bu nasıl bir soru ya? Ne önemi var ki? Sütlü, sütsüz, inek sütlü, soya sütlü, fındık sütlü... Yahu ne fark eder ki? Laf olsun diye mi soruyorsunuz?" diye çemkirmeye başladı.

Timur güldü, Tuğçe ona oyuncağı bozulduğu için söylenen küçük bir kız çocuğu gibi görünüyordu. "Onlar fark etmez ama şekerli mi yoksa değil mi, o fark eder işte," dedi.

"Neden?" diye sordu Tuğçe.

"Şekerli kahvenin dökülmesi daha fenadır çünkü şeker, klavyenin içinde birikerek yapışkan bir yüzey oluşturur ve klavyenin tuşlarına yapışır. Bu da tuşların işlevini bozabilir ve temizlenmesi daha zordur. Sade kahve döküldüğünde ise yapışkanlık sorunu olmaması nedeniyle temizlenmesi daha kolaydır. Ancak, yine de klavyenin içine kahve sızabilir ve cihazın içindeki bileşenlerin zarar görmesine neden olabilir. Sonuç olarak, klavyenin üzerine herhangi bir sıvı döküldüğünde hızlı bir şekilde temizlenmesi önemlidir."

"O zaman öyle sorsanıza!"

"Nasıl?"

Tuğçe derin bir nefes aldı ve burnundan verdi. "'Dökülen kahve şekerli mi yoksa şekersiz miydi?' diye sorsanıza," dedi. Allah'ım, bugün ne lanet bir gündü böyle. Sanki herkes akıl tutulması yaşıyor gibiydi. Herkes goygoy peşindeydi, Tuğçe ise bu ay aç kalabileceğini düşündü. Tabii ya, kimin umurundaydı ki aç kalması? Hatta evde tek başına ölse, kimsenin haberi olmaz, bir ay sonra kokudan gelip bulurlardı onu!

Yalnızdı Tuğçe. Hatırladı yalnız olduğunu ve bir kez daha yalnız ölmekten korktu.

"Eee, cevap ne peki?" diye sordu Timur. Şimdiden bilgisayarın tuş takımını sökmeye başlamıştı.

"Neyin cevabı?"

"Şekerli mi şekersiz miydi?"

"Şekersiz tabii... Yapacak mısınız yapmayacak mısınız?" Bankonun arkasını görmeye boyu yetmiyordu ama sanki bir şeyler yapıyor gibiydi Timur. Yine de kendisine bir şey söylememişti ki. *Nereden bileyim orada ne yaptığını?"* diye düşündü.

"Merak etmeyin, sorun olmaz, bir iki saat sürer ama çözülür."

"Oh, çok şükür." Rahatlamıştı ama çok sürmeden bir daha strese kapıldı. Ne kadar para isteyecekti ki şimdi? "Peki, borcum ne?" diye hafif çatallı bir sesle sordu.

"Henüz bilmiyorum. İş bitsin, söylerim."

"İyi de ya söyleyeceğiniz kadar param yoksa? Ya o fiyata yeni bilgisayar almak daha mantıklıysa? Ya..."

Timur sözünü kesti. "Merak etmeyin, çok bir şey tutmaz. Ayrıca paranız yoksa, olduğu kadarını verirsiniz, kalanını da daha sonra, paranız olunca verirsiniz. Olur mu?" dedi.

Olurdu. Hatta harika olurdu! *"Bugün aldığım en güzel haber bu olabilir,"* diye düşündü Tuğçe. Ama şimdi de Timur'la karşılaştığından beri takındığı tavırdan utandı. "Kusura bakmayın, size de garip davrandım ama..."

Yine kesti Timur. "Önemi yok. Panik yapmıştınız, normal. Hepimiz insanız. Eğer şu an için bir bilgisayar gerekiyorsa, sizin bilgisayarınız yapılana kadar buradaki eskilerden birini verebilirim."

"Yok, olur mu öyle şey, olmaz. Olur mu ki?" Olsa süper olurdu ama *"Bu kadar iyilik biraz fazla değil mi?"* diye düşündü Tuğçe.

"Alıp kaçacak hâliniz yok sonuçta. Sizin bilgisayarınız da bende olduğuna göre..." Uzanıp arka raftan bir laptop ve bir tane de ona uygun şarj aleti aldı. Tuğçe alabilsin diye bankonun üzerine koydu. "Poşet lazım mı?" diye sordu.

"Yok, lazım değil. Yani yakınım zaten, iki sokak geride, Sakin Sokak'ta oturuyorum," dedi ve sonra *"Ne saçmalıyorum, niye evimin adresini veriyorum ki?"* diye düşündü. Hırsız olmadığını mı kanıtlıyordu? Neydi şimdi bu yaptığı saçmalık?

"Peki o zaman. Bir iki saate olur dedim ama isterseniz siz yarın gelin, garanti olsun. Nasılsa bilgisayarınız var şu an," dedi ve kendi verdiği laptopu işaret etti.

"Evet, tabii, olur. Yani ben yarın uğrarım. Acele etmeyin siz de." En iyisi çıkmaktı. "Kolay gelsin size, iyi akşamlar," dedi ama henüz öğlen saatiydi. Pot üstüne pot kırdığından, daha fazla konuşmayıp çıktı dükkândan Tuğçe.

Timur ise hâlâ gülümsüyordu. "Size de…" dedi ama Tuğçe duyamadan gitti.

◆

Tayfun sakinleşmek için bir süredir Selen'i izliyordu. Ne zaman içi daralsa ya Harun abisine gider ya da Selen'i izlerdi. Harun abisinin evine istediği zaman girip onunla sohbet edebiliyordu. Aslında Selen'in evine de istediği zaman giriyordu ama bundan Selen'in hiç haberi olmuyordu. Film gibiydi Selen'in hayatı. Dışarıda kıyamet kopsa o, hiçbir şeyden etkilenmiyor, sanki başka bir boyutta yaşıyordu. Şimdi de müzik açmış, dans ediyordu. Yavaş hareketlerle sağa sola gidiyor, sanki orada başka birileri varmış gibi elleriyle onlara estetik hareketler yapıyordu. Tayfun daha önce Selen'in evinde kimseyi görmemişti. Selen yalnız yaşıyor ve yemeğini de uyuşturucusunu da kapısına gelen kuryelerden alıyordu. Sahi, Selen ablası çalışmıyorsa -ki çalıştığını hiç görmemişti- parayı nereden buluyordu? Evindeki eşyası güzeldi. Buzdolabı hep boş olsa bile, çift kapılı, çok fonksiyonlu ve epey pahalı görünüyordu. Kocaman bir televizyon ve Tayfun'un ne zamandır almak istediği bir iPad dahi vardı. Belki de bu mahalledeki en zengin yaşayan kişi oydu ama çalışmıyordu!

Tayfun gittikten sonra canı sıkılan Harun, puzzle yapmayı bırakmıştı. Pencereden dışarı baktı. Tam da tahmin ettiği gibi Tayfun yine Selen'i izliyordu. *"Acaba Selen şu an ne yapıyor?"* diye düşündü. Normalde olsa Tayfun, Selen'i izlemekten sıkılınca Harun abisine gider, gördüklerini anlatırdı: *"Dans ediyor yine"*, *"Duşa girdi"*, *"Suşi yiyor"*, *"Uyuyor"*, *"Film izliyor"*, *"Şarkı söylüyor"* vb. Ama şu an her ne yapıyorsa, Tayfun gelip anlatmadan bilemeyecekti. *"Tayfun neden öyle dedi?"* diye düşündü. Birini öldüreceğinden bahsetti. Küçücük bir çocuk kime bu denli kızmış olabilirdi ki? Evdekilerin durumunu gayet iyi biliyordu ama belli ki bu defa farklı bir sorun vardı. *"Gelse de konuşsak,"* diye düşünürken, Tayfun saklanmak için oturduğu yerden çıktı ve kendisini izleyen Harun abisini gördü.

Harun kimseye istemediği bir şeyi yaptıracak biri değildi. Eğer gelmek istiyorsa kendisi gelirdi; çağırmazdı o, davet etmezdi. Herkes kendi kararını kendi versindi!

Tayfun ise kararını verdi ve Harun abisine gitmek yerine kendi evine gitti. Onların da evlerinin sokak kapısı dandikti. İçerideki ses olduğu gibi dışarıya çıkıyordu. Bu yüzden telefonda Halit'le konuşan, daha doğrusu ona tehditler savuran anneannesinin, yani Sultan'ın sesini duydu. Bir süre içeri girmeden kapının önünden dinledi.

"Bana bak, eğer bu kızın yatarını ödemezsen seni bütün sülalene rezil ederim! Ulan, biz sana karıyı sik diye gönderiyoruz, sen ağzını burnunu kırıp gönderiyorsun. Lan, sen onu sahipsiz mi sandın? Sapık herif, karına da böyle mi yapıyorsun sen? Tabii vereceksin, eşek gibi vereceksin. O kız çalışmadığında ne kadar zarar edeceğiz, haberin var mı senin? Ödeyeceksin o zararı, hatta doktor masraflarını da ödeyeceksin; hatta ve hatta bıraktığın hasarın izi kalacak, belki estetik gerekecek, onu da ödeyeceksin!" dedi. Belli ki Halit her şeyi ödemeyi kabul ediyordu. Sultan da olan olmayan bütün masrafları sıralıyor, krizi fırsata çeviriyordu. Tam Sultanlık işlerdi.

Tayfun'un kapıyı açmasıyla irkildi Sultan. Kıymet sanmıştı, gerek yoktu şimdi onun yanında Halit'le konuşmaya, anlaşmıştı işte, konu kapansın gitsindi ama neyse ki Kıymet değildi gelen.

Tayfun, Sultan hiç orada yokmuş gibi davranıp odasına gitti ve kapısını kilitledi.

Sultan ise para gelecek olmasının sakinliğine bürünmüştü. "İyi, gönder parayı, bir dahaki sefere de efendi ol!" diye tembihleyip telefonu kapadı.

Tayfun tekrar etti: "Bir daha ki sefere..."

◆

Doğan araba sürerken bir yandan da gidecekleri doktora mesaj attı:

"Bir arkadaşı getiriyorum ama ona ne olduğunu sorma."

Doktordan cevap geldi:

"Tabii Doğan Bey."

Kıymet ise zihninde durmadan dönüp duran, Kadife ablanın dediklerini tekrar etti. *"Göğüs göğüse çarpışacağım, kendimi savunacağım..."* Halit'in yanında öyle davranmalıydı ama yapmamıştı. Koyun gibi bütün olanları kabul etmiş, karşı durmamıştı. Kızıyordu şimdi kendine.

"Kadının dedikleri diline dolandı, değil mi?" dedi Doğan, gülümsüyordu, arabaya bindiklerinden beri ilk defa konuşuyorlardı.

"Nasıl?" diye karşılık verdi Kıymet. Anlamamıştı sorduğu soruyu. Zihni o kadar doluydu ki ne yolu görüyor ne de Doğan'ı duyuyordu.

"Sen az önce deli kadının dediklerini tekrar etmedin mi?" diye sordu Doğan. Duyduğu şeyden emindi çünkü, her ne kadar araba sürse ve Kıymet hiç konuşmasa da onun kulağı Kıymet'teydi. Kıymet konuşmak isteyene kadar sessizce beklemeyi seçmişti.

"Ah, evet, Kadife ablayı diyorsun." Az önce düşündüklerini sesli söylediğini fark etmemişti. Ama bozuntuya vermedi.

"Adı Kadife mi?"

"Evet."

"Ne ilginç... Adına hiç benzemiyor," dedi Doğan.

"Neden?"

"Şey, yani ne bileyim, açmış camı, küfrediyor, kaba saba biri diye dedim."

Kıymet donuk bir sesle "Yok, o hastalıktan..." dedi.

"Ya, tabii, orası öyle... Neyse, haklısın. Ön yargılı davrandım. Kadıncağız kim bilir neler yaşamıştır," diye düzeltmeye çalıştı Doğan.

"Çocuğu ölmüş onun," diyerek sadede geldi Kıymet.

"Hadi ya, ne zaman?"

"Olmuş bayağı... Bu olaydan sonra delirmiş işte."

"Kötüymüş, nasıl ölmüş ki?"

"Balkondan düşmüş"

"Yok artık!"

"O yüzden de arada atak geçirir, evde ne bulursa pencereden aşağı atar."

"Demek, bugün ondan attı televizyonu."

"Ondan," dedi Kıymet, sonra sustu yine.

Doğan da sustu. Kıymet biraz olsun konuştu diye sevinmişti ama Kadife ablayı da fena yargılamıştı. *"Kadın kim bilir ne acılar çekmiş,"* diye düşündü. Daha çok soru sormak istiyordu ama Kıymet başını pencereden yana çevirmiş, konuşmak istemiyor gibi görünüyordu.

İkisi de hiç konuşmadan doktorun muayenehanesine vardılar. Doktor, fazlasıyla güler yüzlü, kırklı yaşlarında, bakımlı bir adamdı. Zenginlerin doktoruydu ve kendisi de zengindi.

Doktor, tıpkı Doğan'ın istediği gibi davranarak, nasıl olduğunu sormamış ama "Yüzünüzdekilerin dışında başka bir yerinizde sorun var mı?" diye sormuştu. Kıymet'in hiç konuşmadan bluzunu çıkarmasıyla dövüldüğünü anladı. Kim dövmüştü onu böyle? Doğan Bey mi? O yapmazdı böyle şeyler, yıllardır kendisini de ailesini de tanıyordu. Böyle insanlar değillerdi onlar. Aslında çok da normal sayılmazlardı ama bir kadını dövüp hastaneye getirecek biri de değildi. Sorgulamamaya karar verdi. "Kaşınıza dikiş atmamız gerekiyor," dedi.

"Tamam," dedi Kıymet. Bedenine yapılacak muameleyi onayladı.

Doğan ise Kıymet'in yaralarını görünce bir kez daha üzüldü. *"Bunu hangi orospu çocuğu yaptı?"* diye düşünmeden duramıyordu. Doğan da aynı şeyi ona yapmak istiyordu.

Doktorun sesiyle bu düşüncelerinden uzaklaştı. "Doğan Bey, dilerseniz siz dışarıda bekleyin."

Doğan, Kıymet'e baktı; o isterse gider, istemezse kalırdı. Kıymet'se bir göz hareketiyle gitmesini istedi, Doğan da gitti ve şık bekleme salonunda bir koltuğa oturdu. Sekreter kız geldi ve sordu: "Size ne ikram edelim?"

"Su."

"Tabii, başka bir şey istemez misiniz? Çay, kahve, taze meyve suyu..."

"Sadece su, soğuk su!"

"Hemen getiriyorum."

Bütün bu olanların üzerine ancak soğuk su içebilirdi. Kıymet'e belli etmiyordu ama içi içini kemiriyordu. Ne olmuştu bu kıza? Kim dövmüştü? Canı kim bilir ne kadar yanmıştı... Kıymet'e çok değer veriyordu, şimdi bunu çok daha iyi anlamış ama anlayınca canı yanmıştı. *"Nasıl kıyılır böylesi güzel bir kadına,"* diye düşündü. Kıymet'in bedenini düşündü; ipek gibi yumuşacık saçları, mavi-gri karışımı gözleri, pürüzsüz beyaz teni ve kusursuz fiziğiyle sanki bu dünyadan değil gibiydi. Nasıl? Nasıl? Nasıl olurdu da biri ona vurmak isterdi, aklı almıyordu.

Sekreter, suyu getirdi. "Buyurun," dediğinde zihnindeki girdaptan kurtuldu, suyu aldı ve tek seferde içti. Biraz iyi gelmişti. Elindeki boş bardağı, hemen yanındaki, üzerinde dergiler olan sehpaya bıraktı. Dergilerin arasından bir tanesini çekti aldı. Aklını meşgul edecek bir şeyler bulmalıydı; düşündükçe sinirleniyor, sinirledikçe daha çok düşünüyordu. Aldığı derginin içindeki hiçbir şeyi beğenmeyip, sayfaları birkaç saniyede bir değiştiriyordu. Dergi bitti, başka bir tanesini aldı, o da bitti; sonra diğerini aldı...

Kıymet, yanında doktorla birlikte bekleme odasına geldi. Doğan ikisini görür görmez ayağa fırladı. "Bitti mi? Nasılsın? Canın çok yandı mı?" diye sordu.

"İyiyim, merak etme." Yorgundu Kıymet, çok yorgun. Yine de daha iyi görünüyordu. Normaldi, bir günde canı fazlasıyla yanmıştı. Dinlenmesi hatta güzel bir yemek yemesi gerekiyordu.

"Kıymet Hanım gayet iyi. Dikiş attık, pansuman yaptık. Yalnız birkaç ilaç yazdım; antibiyotik, ağrı kesici, yara merhemi falan..." Doktor, Kıymet'in elinde tuttuğu reçeteyi göstererek konuşmaya devam etti: "Birkaç gün güzelce dinlensin, yaralarına su değdirmesin, bir hafta sonra da dikişler için kontrole gelsin. Olur mu?" diye sordu.

Doğan, doktorun her dediğini başıyla onaylayıp, Kıymet'in elinde emanet gibi tuttuğu reçeteyi aldı. "Tabii, tabii, hiç merak etmeyin. Ben bakarım ona! Teşekkür ederiz, biz geliriz bir hafta sonra. Hadi gidelim, Kıymet. Acıkmışsındır, güzel bir yemek yer, sonra da ilaçlarını alırsın," dedi.

Doktor, önlerinden çekilip, gitmeleri için kapıya kadar eşlik etti. Kıymet ise söylenen her şeyi hiç konuşmadan kabul edip, Doğan'ın yönlendirmesi ile muayenehaneden çıktı.

"Evet, ne yemek istersin, nereye gidelim?" Arabanın ön yolcu kapısını Kıymet için açan Doğan, "Aç değilim!" diyen Kıymet'i duymamış gibi yapıp, kendi koltuğuna geçti.

"Balık?" diye sordu Doğan. Kıymet balık yemeyi çok severdi; hatırlıyordu. Daha önce çok kez balık yemeye gitmişler ve Kıymet her defasında mutlu olmuştu.

"Olur," diye onayladı Kıymet. Çok uzun süredir konuşmuyordu, bu yüzden de düşünceleri zihninde bir nehir gibi akıyor; hiç durmadan hayatı, kendi hayatını sorguluyordu. Neden Doğan balık yemelerini teklif etti? Neden olacaktı, onları kimse görmeden gidebildikleri tek restoran balıkçıydı. Şehrin dışında, insanlardan uzak...

Görünmek istemiyordu Doğan, utanıyordu Kıymet'ten. Haklıydı utanmakta, sonuçta *"Ben bir fahişeyim, bir orospu..."* diye geçirdi içinden Kıymet. Hak etmiyordu sevilmeyi. Yılda birkaç kez oynadıkları bu sevgili oyunu şimdi ne kadar da sahte gelmişti. Aslında gerçek olması için hayatını bile verebilirdi Kıymet; âşıktı Doğan'a, hem de sırılsıklam. Onu tanıdığı ilk günden beri âşıktı. Henüz birbirlerini tanıdıklarında çocuk sayılabilecek yaştaydılar. Rastlantılar onları bir araya getirmiş ve Kıymet, Doğan'dan hamile kalmıştı. Ona sormadan çocuğunu doğurmuş, onun bir parçasını hep yanında taşımak istemişti. Doğru bir karar değildi, hatta epey kötü bir karardı ama o zaman öyle düşünmemişti Kıymet. *"Acaba şimdi öğrense..."* diye düşündü. Tayfun'un kendi oğlu olduğunu bilse, yine Kıymet'e böyle iyi davranır mıydı Doğan? Sanmıyordu Kıymet, daha önce birkaç kez ağzını arayacak olmuştu; çocuklardan hoşlanmıyordu Doğan. Hayatı boyunca evlenmeyeceğini ve çocuk sahibi olmayacağını söylemişti. Öyle umursamıyordu ki çocukları, dokuz yıl boyunca Tayfun'un kim olduğunu bir kez bile sormamıştı. Hoş, Tayfun yabancılarla, hele bir de annesi için eve gelen yabancılarla karşılaşmamaya çalışırdı. Yine de kısa süreli de olsa Doğan, Tayfun'u daha önce görmüş ve kim olduğunu sormamıştı. Biliyordu Kıymet; Doğan onu hiçbir zaman gerçekten sevmemişti. Tuhaf saplantıları olan biriydi. Kim bilir kendisiyle birlikte kaç kadınla daha beraberdi... Acaba hepsiyle kendisiyle ilgilendiği gibi ilgileniyor muydu? Öyle olmalıydı, çünkü Doğan'ı altı ayda bir, bazen çok daha uzun süreler görmediği oluyor, o zaman zarfından Doğan'dan bir mesaj bile almıyordu. Gerçekten sevse aramaz mıydı, kısacık bir mesaj yazmaz mıydı? Kimse sevmiyordu Kıymet'i; biliyordu! Midesi iyice bulandı. "Dur!" dedi, ardından eliyle ağzını sıkı sıkı kapadı.

Kıymet'in düşünceleri birazdan ağzından çıkacakmışçasına hızla akarken, Doğan sağa çekti, otobanın kenarında durdu. "İyi misin?" diye sordu ama Kıymet onu duyamayacak kadar hızla çıkıp yolun kenarına kustu. Bütün acılarını, şansızlığını, kaderini kusmak istedi. Hatta öyle çok kusmak istedi ki sonunda kendisinden geriye bir hücre bile kalmasındı. Ama başaramadı. İstediği neyi başarabilmişti ki bunu başarsın!

Doğan, elinde bir pet şişe su ile geldi, Kıymet'e uzattı. "Daha iyi misin şimdi?" diye sordu.

Kafası ile onayladı Kıymet, suyu aldı, ellerini ve ağzını yıkadı, sonra hızla arabaya geri dönüp oturdu. *"Bütün çirkinliklerimi gördü,"* diye düşündü. Muhtemelen bugün bitince Doğan gidecek ve onu yıllarca aramayacaktı. Belki de bugün onu son görüşüydü. Ona kendisi ile daha fazla işkence etmek istemiyordu. Bir an önce Doğan'ı kendisinden kurtarmak için "Dönelim, lütfen," dedi.

"Neden?"

"Dönmek istiyorum."

"İyi de çok az kaldı, eğer yemek yersen kendini çok iyi hissedeceksin, söz veriyorum sana."

"Doğan, dönelim!"

"Peki," dedi Doğan, arabayı ilk dönüşe doğru sürdü. Kıymet yanındaydı ama ona ulaşamıyordu. Ne yaparsa yapsın Kıymet kapamıştı kendini. Biri ona böyle davrandığında kötü hissediyor, o daha da uzağa kaçmak istiyordu. Madem yardımını istemiyor, o hâlde kendi bilirdi.

İkisi de hiç konuşmuyor, kendi düşüncelerinde, kendi değerlerini tartıyorlardı. *"Hak etmiyorum bunu..."* diye düşündü Doğan. *"Hak ediyorum bütün bu olanları..."* diye düşündü Kıymet. Düşüncelerin gücüyle hayatlarını şekillendirdiklerini düşünmeden düşündüler.

Doğan, Kıymetlerin evine yaklaşınca bir eczanenin önünde durdu. Doktorun verdiği reçeteyi cebinden çıkardı ve eczaneye girdi. Eczacı ilaçları ararken raflarda göz gezdirdi. Ne kadar çok ilaç vardı. Her biri, hasta insanına ulaşmak için zamanını bekliyordu. Eczacı ilaçları verdi, Doğan cüzdanını çıkarıp bedelini ödedi.

Döndüğünde Kıymet arabadan inmiş, Doğan'ı bekliyordu. "Buradan itibaren kendim gideceğim," dedi.

"Bıraksaydım," diye ısrar etmek istedi ama "Gerek yok," dedi Kıymet.

İlaçları uzattı. "İlaçların..."

Aldı Kıymet. "Teşekkür ederim."

"Rica ederim."

Sanki az önce yolda karşılaşmışlar ve hiçbir şey yaşamamışlar gibi yoluna gitmek istedi Kıymet.

Kendisinden birkaç adım uzaklaşmış Kıymet'e seslendi Doğan: "Kıymet!"

Döndü Kıymet. "Efendim?"

"Kendine iyi bak, dinlen."

Cevap vermedi Kıymet, başıyla onaylar gibi bir hareket yaptı ya da yapamadı. Tekrar arkasını döndü ve gitti.

◆

Tuğçe, elinde laptopuyla tam apartmana girmek üzereyken Selen'e sipariş için gelen kurye ile karşılaştı. Kenara çekildi ve çıkması için yol verdi. Ne zaman biriyle yakın mesafeye gelse, kalp atışları hızlanırdı. Yine öyle oldu. Alışıktı bu duruma, aldırmadı, hızla kendi dairesinin kapısına yürüdü. Ama bu defa, elinde siparişiyle karşı kapıda duran Selen'i gördü.

"Merhaba, ben yeni taşındım, karşı dairede oturuyorum, komşuyuz yani..." diye açıklama yapma gereği duydu Tuğçe.

"İyi yaptın," dedi Selen gülümseyerek.

İyi mi yapmıştı? Saçmaydı sanki bu cevap. *"Yani insan "Hayırlı olsun", "Hoş geldin", "Memnun oldum", ne bileyim işte, söylenecek bir sürü mantıklı şey bulabilirdi ama "İyi yaptın," demezdi,"* diye düşündü. "Neyse, ben gideyim. Memnun oldum tanıştığımıza," dedi Tuğçe. Birazcık bozulmuş görünüyordu, kendi dairesine girmek için anahtarını ararken.

"Tanışmadık ki..." dedi Selen.

"Nasıl?"

"Yani henüz tanışmadık, diyorum. Memnun oldun ya sen..."

Haklıydı Selen. Adını sormamış, kendi adını söyleme-
mişti Tuğçe. Tanışmış sayılmazlardı.

"Selen ben." Hâlâ ceplerinde anahtarını arayan
Tuğçe'ye boştaki elini uzattı.

Selen'in kendisine uzanan elini tutarak "Siktir!" dedi
Tuğçe.

"Güzel isim," diye karşılık verdi Selen.

"Pardon ya, Tuğçe ben. Anahtarımı evde unutmuşum.
Of ya, şimdi bir de çilingir mi çağırmam gerekiyor?

"Yok artık, bu kapıyı komple değiştirsen daha ucuza
gelir."

"Nasıl?"

"Kapı, diyorum. Bu kadar eski bir kapı için çilingire ge-
rek yok. Kır, aç, daha iyi."

Tuğçe, yarım ağız gülümseyerek *Esprinin de tam sı-
rasıydı,* diye düşündü.

Selen, Tuğçe'nin bu fikri beğenmediğini fark edip
"Farkında mısın, bilmiyorum ama ilk katta oturuyoruz.
Açık bir pencere ya da balkon kapısı yok mu?" diye başka
bir yol önermek istedi.

Doğru, nasıl düşünememişti? Düşünememişti çünkü
henüz farkında değildi. Hayatında ilk defa giriş katta otu-
ruyordu. Şimdi düşündü... Ne var ki rahat çalışabilmek
için sessizliğe ihtiyacı olduğundan bütün pencerelerle
birlikte balkon kapısını da kapatmıştı. "Hepsi kapalı,"
dedi, yılgın bir ifade ve ses tonuyla.

"Bekle iki dakika, geliyorum," dedi Selen, arkasını
döndü ve zaten kapısı açık olan dairesine girdi. Girişte bir
vestiyer vardı, hâlâ elinde duran yemeğini onun üzerine

bıraktı. Hemen yanında duran derin kâsenin içinden bir kredi kartı aldı ve Tuğçe'nin yanına geri döndü.

Kapının önünde duran Tuğçe'ye elindeki kartı gösterdi ve "Çekil," dedi. Kredi kartını, kapı kilidindeki kilit mekanizmasını açmak ve kapamak amacıyla yerleştirilmiş olan hareketli kilit dilini bulmak için kapı ve pervaz arasındaki çizgiden çekti, tıpkı bir pos cihazında yapıldığı gibi. Birinci denemede bulamadı, ama ikinci denemede kartla kilidin dilini geri itti. *"Klink!"* Kapı, kredi kartıyla bedavaya açılmış oldu.

"Nasıl yani, bu kadar basit miydi? Ee, o zaman hırsız da aynı şekilde girebilir." Tuğçe hem rahatlamış hem de gelecekte gerçekleşme ihtimali olan bir hırsız vakasına karşı şimdiden paniklemişti. Acaba geçen gün evde duyduğu o sesler bir hırsıza ait olabilir miydi? Olabilirdi ama *"Madem öyle, neden hiçbir şey eksik değil?"* diye düşündü.

"Merak etme, hırsızlar böyle kapıları olan evlere tenezzül etmez."

Tuğçe kendisinin ve Selen'in kapısını işaret ederek, "Yüksek güvenlikli kapılar yani..." dedi.

Güldü Selen, hoşuna gitmişti bu kız. *"Fazla telaşlı, fazla panik, fazla ürkek gibi ama yalnız yaşayacak kadar da cesaretli,"* diye düşündü. "Aç mısın?" diye sordu Selen.

Açtı Tuğçe, Selen sorana kadar fark etmemişti ama kurt gibi acıkmıştı. "Evet," dedi, bir anda söylemişti. Kabalık ettiğini düşündü. "Yani biraz... Pek değil aslında.

Sen aç mısın? İstersen senin için bir şeyler hazırlayabilirim ya da kahve... Kahve içer misin?" Yine kekeler gibi konuşuyordu Tuğçe.

Selen, onun söylediklerine aldırış etmiyormuş gibi arkasını döndü ve kendi dairesine girdi. Tuğçe, *"Rezil oldum yine,"* diye düşünürken, Selen elinde az önce vestiyere bıraktığı yemekle geri döndü. Kendi kapısını kapadı, hiçbir şey demeden Tuğçe'nin dairesine girdi.

"Suşi sever misin?" diye sordu Selen. Bir yandan da etrafa göz atıyordu. Kendi dairesiyle aynı ölçülerde olan bu dairenin ne kadar farklı göründüğüne şaşırdı; hoşuna gitmişti. Buradaki eşya ve eşyanın konumu evde sıcak, renkli bir ambiyans yaratıyordu. Kendi evinin o koyu tonlarını düşününce, her şey tam zıddı gibi göründü. *"Bu evler bir elmanın iki yarısı kadar benzer yapıdaysa, biz de içindeki çekirdekler miyiz?"* diye düşündü. Tuğçe, elmanın çekirdeği olabilirdi belki ama Selen, kendisinin elma kurdu olabileceğine karar vermişti.

Bu sırada Tuğçe mutfağa gitmiş, iki bardak ve ayran alarak geri dönmüştü. Güldü Selen, "Suşiyle ayran mı içiyorsun?" dedi. *"Gerçekten öyle olabilir mi?"* diye düşündü. Saçma geldi; olmamalıydı.

"Ay, ben şaka yapıyorsun sandım. Yani gerçekten suşi mi yiyeceğiz?"

"Vejetaryen ya da vegan falan değilsen, tabii..." dedi Selen.

Tuğçe vegan olmayı hep istemişti; yine de "Yok, değilim," dedi. "Yerim. Aslında daha önce hiç suşi yemedim ama yerim tabii."

"Gel o hâlde, bırak, getirme yanına bir şey," dedi Selen.

Tuğçe ayranı geri götürdü ve tekrar geldi. Sahi ya, neden daha önce hiç suşi yememişti? O kadar parası mı yoktu? Ne kadardı ki suşi? Fiyatını bile bilmiyordu ama pahalı olduğunu düşündü. Keşke daha önce yemiş olsaydı... *"Şu an bu duruma düşmek hiç hoş değil,"* diye geçirdi içinden.

Selen'in ise her zamanki gibi umurunda bile değildi. Suşi yemek için chopstickleri değil, ellerini kullandı. Tuğçe de o ne yapıyorsa aynısını yaptı.

Selen, sehpanın üzerinde duran antidepresan ilaç kutusunu gördü. Kutuyu işaret ederek "Sen mi kullanıyorsun?" diye sordu.

Tuğçe, misafir beklemediği için kutuyu sehpanın üzerine bırakmıştı ama Selen fark etmişti ve hafif utanarak cevap verdi. "Evet, yani her zaman değil, bazen..."

"İyi geliyor mu?"

Tuğçe "Evet, bazen çok heyecanlanıyorum, duygularımı kontrol etmekte zorlanıyorum," dedi, yine öz güvensiz ses tonuyla karşılık vermişti.

"Sonra bundan içiyorsun ve mutlu mu oluyorsun?"

"Hayır, ona mutlu olmak denmez. Normalleşiyorum, diyebilirim."

"Gerçekten sadece normalleşmek için mi?"

"Evet."

Selen ise normal olmamak için bir kimyager edasıyla birçok farklı uyuşturucuyu birbirine karıştırıyor ve ne zaman normale dönse tekrar yeni bir doz alıyordu. *"Tam olarak zıt kutuplarız,"* diye düşündü. Ama hayat garipti işte, zıt kutuplar birbirini çekiyor, birbirine çekiliyordu. İnsan kendinde olmayanı arayıp buluyor ve bulunca da ona bağlanıyordu. Selen, Tuğçe'nin yanında ne hissettiğini anlamak için kendini dinledi. Huzurlu hissediyordu. Hislerine kulak vermek konusunda oldukça iyiydi. Bu, onun en iyi yaptığı şeylerden biri sayılırdı. Aldığı her uyuşturucunun kana karışıp, zihninde yaratacağı etki için beklemesi gereken bir süre olduğunu bilirdi. Bazen fazlasıyla beklerdi ama hiçbir şey hissetmezdi. O zaman da gelen uyuşturucunun sahte ya da çoğaltılmak üzere aspirin gibi bir ilaçla karıştırılmış olduğunu anlayıp kızardı.

Kalktı Selen. "Neyse, memnun oldum," dedi ve geldiği gibi zahmetsiz şekilde çıkıp gitti.

Tuğçe, koştu arkasından, kendi dairesine girmek üzereyken Selen'i yakaladı. "Teşekkür ederim, kapı için... Suşi için de... Teşekkür ederim Selen, zah-zahmet oldu sana." Kekeler gibi çıkmıştı Tuğçe'nin sesi.

"Önemli değil. Biraz rahat ol, belli ki çok sıkıyorsun kendini. Ayrıca, ikisini de kredi kartıyla yaptım, pek de zahmet etmiş sayılmam," dedi ve kendi dairesine girdi.

"Haklısın," dedi Tuğçe, haklıydı gerçekten. Selen öyle basit bir şekilde söylemişti ama aslında Tuğçe'ye hayatının tespitini yapmıştı; çok sıkıyordu kendini. İnsan böyle bir canlıydı işte, bazen birkaç dakikalık bir karşılaşmada bile kendisi hakkında iyi-kötü tespitler duyar ve hayatında ilk defa duyuyormuş gibi, çözülmesi aşırı basit bir sorunu nasıl daha önce düşünemediğine şaşırırdı. Aslında en yakınındaki insanlar bunu çığlık atarak söylemiş bile olabilir, ama işte, bir şeyi insanın ne zaman ve kimden duyduğu bütün idrak şeklini değiştiriyordu.

Tuğçe, Selen belki son bir kez daha geri dönüp bakar diye sevimli bir ifade takınmıştı yüzüne, ama o bakmadan kapadı kapısını. Selen'in rahatlığına öyle çok özenmişti ki, *"Ne olurdu ona biraz benziyor olsaydım,"* diye düşündü. Aslında, Selen örnek alınacak biri değildi; olsa olsa ibretlik biri olabilirdi, ne var ki Tuğçe bunu henüz bilemezdi. Kapadı kapısını, döndü kendi yarım elmasının çekirdeği olmaya, yüzünde Selen'den kalma imrenme gülümsemesiyle.

◆

Doğan, yakın arkadaşının doğum günü partisi için on iki metrelik yatıyla denize açıldı. Yatta tam dokuz erkek vardı. Arkadaşlarından biri "Abi, ne iyi yaptık böyle erkek erkeğe gelmekle..." dedi. Bir diğeri "Tabii abi, arada karı kız olmadan da eğlenelim, değil mi?" dedi. Bir diğeri ise "Günün sonunda birbirimizi sikmeyiz, değil mi?" diye sordu. Hepsi beraber büyük kahkahalar atıp içkilerini yudumladılar. Kimi denize giriyor kimi güneşleniyor kimiyse dans ediyordu ama Doğan sanki orada olmaktan mutlu değilmiş gibi masa başında oturuyordu. Arkadaşları bir bir yanına uğruyor, Doğan birkaç cümleyle onların boş muhabbetlerine katılıyor, sonra yine kendi hâline geri dönüyordu. Doğan'ın bu hâline alışık olmadıklarından, bir sorunu olduğunu anlamışlardı. Defalarca ağzını yoklamalarına rağmen, Doğan durgunluğunun sebebini kimseyle paylaşmadı.

İçlerinden koca ağızlı, boş boğazlı olan biri gelip; "Ne o abi, karı yok diye mi bozuldun?" dedi. "Vallahi böyle olacağını bilsem gelmezdim amına koyayım. Benim doğum günümü hatırlasana, ne güzeldi. O gece kaç hatun kaldırdığımı ben bile hatırlamıyorum. Ne yapsak? Geri dönüp, adam gibi bize yakışır bir parti mi düzenlesek?” diye de teklifte bulundu.

Doğan neredeyse hiçbir sözünü dinlememişti ama bu son dediğine bir cevap beklediğini fark edip “İyi böyle, ama sıkılırsanız döneriz,” dedi.

“Dönersek partiler miyiz?” diye sorusunu yineledi arkadaşı.

“Siz bilirsiniz, ben yorgunum gelemem.”

“Oyunbozanlık yapma işte...”

Doğan kendinden emin; “Dedim ya, yorgunum, istemiyorum, siz istiyorsanız takılın,” dedi.

“İyi ya, anladık, istemiyorsan gelme. O zaman biz yaparız...” Tam gidecekken geri döndü koca ağızlı arkadaşı ve “Ben bir sürpriz yapıp hatunları organize edeyim diyorum. Madem gelmiyorsun, sendeki Altın Kız’ın numarasını versene,” dedi.

“Kim?”

“Ya hani şu Elflere benzeyen kız yok mu? Madem bir sürpriz yapacağız, doğum günü için en güzelini ayarlayayım. Sen gelsen senin olurdu ama madem yoksun, hediye paketi yapalım.”

“Yok bende numarası!”

“Nasıl lan, ee, oteldeki partiye beraber gelmiştiniz?”

“Yok dedim amına koyayım! Yok! Yok! Neyi zorluyorsun?”

“Tamam lan, ne bozuluyorsun? Alt tarafı bir orospu için...”

"Ağzını yüzünü sikerim senin, doğru konuş!" Doğan bunu söylerken, geldiği andan beri hiç kalkmadığı yerinden fırlamış, koca ağızlı arkadaşının yakasına yapışmıştı.

Onları gören diğerleri bir bir yanlarına gelerek, neler olup bittiğini sordu, ama koca ağızlı hiç de beklenmedik bir şekilde; "Tamam, sakin beyler, sorun yok. Şakalaşıyorduk ama ben biraz fazla üzerine gittim galiba," dedi. Herkesi sakinleştirmek için toparlamaya çalıştığı belliydi, Doğan da ona ayak uydurdu.

"Evet, sorun yok. Şakalaşıyorduk." Tekrar kalktığı yere gidip oturdu.

"Sıkıldım ben, dönelim mi?" dedi bir başkası.

Bir diğeri "Olur, dönelim," diye onayladı. Oy birliğiyle karar alındı ve kaptana dönmesi söylendi.

Doğan ise yol boyunca Kıymet'i düşündü; acaba şimdi ne yapıyordu?

———◆———

Sultan, Halit'ten gelen 50.000 TL ile hayli keyiflenmiş, ama bu paradan Kıymet'e hiç bahsetmemişti. Halit, çoğu müşterinin yaptığı gibi parayı Sultan'ın hesabına yollamıştı. Bazı müşteriler sonradan başlarına bela almak istemeyecek kadar dikkatli olduklarından, elden ödemeyi tercih etse de Halit öyle yapmamıştı, bu da Sultan'ın gözündeki ikinci büyük aptallığı olmuştu.

Sultan, balkonda okkalı kahvesini içerken aklından bir hesap yaptı. Sonuçta bu para, Kıymet'in dağılan ağzı yüzü içindi. Eee, tabii canım, bunun doktoru, ilacı, yolu, yemeği, zıttırı pıttırı vardı. Sultan bunların hiçbiri için bir kuruş ödememişti ama ödeseydi eğer, ancak yeterdi. Peki o zaman, hani bu kızın evde yattığı günlerde, yatamadığı adamlardan alacağı paralar? Ya, işte, yanlış hesap yapmıştı Halit. Eksikti! En az bu kadar daha göndermesi gerekiyordu. Yalnız kaldığı ilk anda arayıp eksik kısmını da istemeye karar verdi. Kararının keyfine eşlik eden kahvesinden bir yudum aldı ve Kıymet'in çalan telefonuna kulak kabarttı. Arayan, belli ki Emin'di, Emlakçı Emin.

"Ne istiyorsun Emin?" diye sordu Kıymet. *"Ne soğuk bir telefon açmak bu!"* diye düşündü Sultan.

"Hayır, gelme, çalışmıyorum... Çalışmıyorum diyorum, anlamıyor musun? Ne yaparsan yap, bana ne!" deyip telefonu kapadı Kıymet.

Sultan bu tavrına kızdı. Ayol, şimdi hasta olabilirdi, tamam, ama gelecekte çalışmaya başlayacaktı. Bu şekilde müşterilerin kalbini kırarsa, sonra nereden iş bulacaklardı? Kolay mıydı devamlı müşteri bulmak? Normalde kalkıp iyice bir fırçalardı Kıymet'i, ama bu defalık bir şey dememeye karar verdi. Ayrıca Emin'e de biraz bozuldu. *"Daha yeni geldin be adam, bende yetmeyen neydi de taşağına sperm dolmadan arıyorsun yine?"* diye düşündü. Çok sürmedi düşünmesi. Yüzüne vuran güneşin tadını çıkarmak için boynunu biraz geri saldı ve gözlerini kapadı. Bir sabah programındaki doktor, D vitamini almanın çok faydalı olduğunu söylemişti. Bağışıklık sistemini güçlendirir, kemiklere, kalbe iyi gelir... Daha bir sürü şey söylemişti ama o, bu kadarını aklında tutabilmişti. Kendine iyi bakmaya karar vermişti artık. Ne de olsa parası vardı; hak ediyordu. *"Belki de birkaç günlüğüne kaplıcaya gitmeliyim,"* diye düşündü.

———◆———

Tayfun, Harun abisi için çaldığı yeni 2.000 parçalık puzzle kutusuyla balkondan çıkamayacağı için kapı ziline bastı.

Harun kapıyı açtı ve Tayfun'un elindeki puzzle kutusuna bakıp gülümsedi. "Daha bitmemiş iki kutu duruyor..." dedi. Tayfun'un uzattığı kutuyu elinden alıp bir kenara bıraktı. Üzerindeki resme bile bakmamıştı. Vaktinden önce gelen bir hediyeydi, sevmiyordu böyle şeyleri ama Tayfun'a sevmediğini söylemedi. Aslında kendisi için hırsızlık yapıyor olmasına üzülmeliydi ama üzülmedi, çünkü herkes, ne yaparsa yapsın kendi için yapardı. Başkaları, Tayfun'un bu tip şeyleri hesaplayabilecek yaşta olmadığını düşünebilirdi ama o, düşünmezdi. Kendi kararıydı; isterse çalar isterse hediye alır, istemezse de hiçbir şey yapmayabilirdi! Kimsenin seçimine karışamazdı.

Tayfun'sa, getirdiği puzzle ile Harun abisinin hiç ilgilenmediğini fark etti, bu yüzden uzunca bir süre getirmemeye karar verdi. *"Önce elindeki iki kutu ve bu son getirdiği puzzle bitsin,"* diye düşündü. Düşünebildi! Sonra da Harun abisinin on iki kişilik masasının üzerinden bir puzzle parçası alıp ait olduğu yeri ararken "Selen abla yeni kiracıya gitti," dedi.

"Kime?"

"Karşı komşusu işte, yeni taşınan ablaya..."

"Neden gitti?"

"Bilmiyorum, birlikte yemek yediler."

"Selen mi?" Harun duyduğuna fazlasıyla şaşırmıştı. Selen hiç kimseye gitmezdi, yani daha önce bu sokakta kimseye gittiği görülmemişti; tarzı değildi. Peki, şimdi değişen neydi? "Daha önceden birbirlerini tanıyor olabilirler mi?" diye sordu.

"Sanmam..." dedi Tayfun, puzzle parçasının yerini hâlâ bulamamıştı.

"Ne konuştular peki?"

"Duyamadım."

"Ne yaptılar peki?"

"Yemek yediler,"

"Ne yediler?"

"O yuvarlak şeyler var ya, hani çubuk gibi bir şeyle yenen..."

"Suşi mi?"

"Evet, suçi!"

"Suşi!" diye tekrar ederek düzeltmek istedi Harun.

"Tamam işte, ondan." Tayfun aynı şekilde söylediğinden emindi.

Harun üstelemedi ve Selen'i düşünerek "Tuhaf," dedi sadece.

Tayfun, Selen ablasını kastettiğini anlamıştı. "Evet, onu başka bir evde görmek tuhaftı."

"Peki, diğer kız... O nasıl biri?" diye sordu Harun.

"İyi birine benziyor, eşyası çok renkli," diye cevap verdi. Tayfun elindeki parçanın yerini bulmuş, yeni bir parçanın yerini aramaya başlamıştı.

"Başka?" diye sordu Harun.

"Hep evde, sanırım işe gitmiyor, Selen abla gibi..." diye cevap verdi Tayfun. Aslında Selen tam bir mirasyediydi. Tek çocuktu ve ailesi ölünce tüm mal varlıkları kendisine kalmıştı.

Harun "Belki yeni taşındığı için izin almıştır," dedi ve ekledi: "Tek mi yaşıyor?"

"Tek," dedi Tayfun.

"Anladım," dedi Harun, daha fazla soru sormayacaktı. Ama Tayfun "Bir de ilaç kullanıyor, hasta galiba," deyince "Ne hastası?" diye sorma ihtiyacı hissetti.

Tayfun doğal olarak "Bilmiyorum," dedi. *"Küçücük çocuk ne bilsin,"* diye düşündü Harun. Çok soru sormuştu, sustu ve aldığı bilgiler arasında onu tek ilgilendireni düşündü. Selen'in başka bir evde yemek yediğini öğrenmiş ve biraz kıskanmıştı. *"Keşke biz de birlikte yemek yiyebilsek,"* diye düşündü.

Tayfun "İşte bu!" diye bağırdı ve Harun, düşüncelerinden kopup ona döndü. Yeni parçanın yerini bulmuştu.

———————◆———————

Tuğçe, bütün gece hiç durmadan Timur'un verdiği laptopta çeviri yaptı. Bu eski laptopun, kendi laptopundan çok daha hızlı çalışıyor olmasına da şaşırdı durdu. İşlerinin hepsini bitirememişse de düşündüğünden çok daha fazlasını yaptığı için gayet memnun şekilde yattı yattığına. Hâlâ ara ara yüzüne uğrayan o gülümsemeyi görmek için kalktı yatağından, şifonyerin önündeki sandalyeyi çekip aynada kendini inceledi. Masmavi gözlerinin içinde sarı hareler vardı. Ne kadar da mutlu görünüyorlardı. Kim bilir ne kadar zamandır gözlerinin içine bakmamıştı. Uzun uzun baktı. Uzun kirpiklerinin arasına saklanmış, derin bir deniz gibiydi. Kendi gözlerine daldı. Unutuyordu insan kendine bakmayı, yabancılaşıyordu sonra gördüğünde. Hatırlamak için kendini, çıktı gözlerinin derininden, kaşlarına geçti. Doğuştan mükemmel bir dizayna sahiptiler. Herkes kaşlarını aldığını düşünebilirdi ama o, bugüne kadar kaşlarının arasından bir tel bile koparmamıştı. Parmak uçlarıyla, ipek gibi yumuşak kumral saçlarını sevdi. Sonra biçimli burnuna geçti, elmacık kemiklerine, dudaklarına, çenesine, boynuna ve sonra tekrar dolgun pembe dudaklarına geri döndü. Sağ elinin işaret ve orta parmağını dudaklarının üzerinde gezdirdi. Ne kadar da yumuşaktı... Aklına Selen geldi; onun da dudakları çok güzeldi. Gözlerini kapadı, kendi dudaklarının üzerinde dolaşırken Selen'in dudaklarına yaklaştığını hayal etti ve bir anda gözlerini açıp ellerini çekti dudaklarından. Tekrar yüzüne odaklandı; az önceki gülümseyen ifadesi gitmiş, yerini kaşları çatılmış, yargılayıcı bir ifade almıştı. Tekrar gözlerine odaklandı ve bir kez daha en derinine daldı. Gülümsemesi geri döndü, kendi derininden tutup çıkardı gülüşünü ve tekrar kaybetmemek için, onunla birlikte aynanın karşısından kalkıp yatağına yattı. Kendi kendine "Rahat ol!" dedi, rahatladı. Uzun süredir ilk defa uykuya bu kadar hızlı daldı ve onu korkutan kâbusları görmeden, sabaha kadar deliksiz uyudu.

◆

Doğan, Kıymet'i düşünmeden duramıyor, ne olursa olsun onun yanında olmak istiyordu. Fahişelik yapıyor olabilirdi, ama Doğan onu öyle düşünmüyor, düşünmek istemiyordu. Çocukluk aşkıydı Kıymet. Masumdu, temizdi, hoşsohbetti, güler yüzlüydü. Ondan öyle büyük dersler almış, onun tarafından öyle güzel sevilmişti ki şimdi bu hâlde bırakmak içine sinmiyordu.

Kıymet başka bir yerde, başka birinin çocuğu olarak dünyaya gelseydi, çok başka bir hayatı olabilirdi fakat olmamıştı. Bu onun suçu olamazdı. Kızcağız ne hâldeydi ama yine de hiç şikâyet etmemişti. Hatta onu tanıdığından beri bir kez bile sızlanmamış, yüzünü astığını görmemişti, ama bu son görüşünde içi parçalanmıştı. Birkaç gün sonra dikişlerini aldırmak için doktora gitmesi gerekiyordu, bunu hatırlamak Doğan'ın içini biraz rahatlattı. Telefonunu çıkardı ve Kıymet'e mesaj attı.

"Merhaba Kıymet, nasılsın?" Yazdı, sildi.

"Kıymet, dikişlerin için doktora gitmemiz gerekecek. Gelip seni alırım." Yazdı, sildi.

"Kıymet, nasıl olduğunu merak ediyorum. Dikişlerin için doktora gitmemiz gerek. Gelip seni alırım." Daha fazla düşünmedi ve gönderdi.

"Merak etme, dikişlerim alındı. İyiyim. Gelmene gerek yok," diye cevap geldi.

Doğan tekrar yazdı. "Ne çabuk! Bu kadar hızlı mı iyileşti?" diye sordu.

Cevap geldi: "Evet. İşim var, hoşça kal."

Uzatmadı Doğan. Belli ki Kıymet konuşmak istemiyordu. İstemiyorsa istemesindi. *"Zaten iyileşmiş, ben çok büyütmüşüm,"* diye düşündü. Daha doğrusu böyle düşünmek için kendini zorladı. Niye takmıştı ki yine bu kıza bu kadar? Hep aynı şey oluyordu. Ne zaman bir kadına takılıp kalsa, diğer bütün insanları unutuyor; hep onu düşünüyor, işini, arkadaşlarını, herkesi unutuyordu. Sonra başka bir kadın buluyor, bu defa ona saplanıp kalıyordu. Sonra başka bir kadın daha... Hatta arada bir eskilerinden birine dönüp tekrar kafayı takıyordu ama hepsi en fazla birkaç ay sürüyordu. Sadece biri iki yıl kadar sürmüştü ve sırf bu yüzden yurt dışına gitmiş, bir süre boyunca da psikolojik tedavi görmüştü. Aşkkolikti Doğan. Artık ne zaman saplantılı olduğunu fark etse, kendini daha başında durdurmaya çalışıyordu.

Kıymet ise gözyaşları içinde, kaşındaki dikişleri bir makas ve cımbız yardımıyla çıkarıyordu.

Henüz iyileşmemişti ve yüzü kan içinde kalmıştı. Kaşındaki yaranın izi kalacaktı, ama umursamadı. İçindeki yaraların bıraktığı iz canını çok daha fazla acıtıyordu.

Kapının ardından, annesinin yüzünden akan kanı gören Tayfun ise tırnak etlerini parçalayarak kendi bedeninin kanına karıştırıyordu. Daha fazla izlemeye dayanamadı ve koşup evden çıktı. Yapılacak en mantıklı şeyi yapmaya, Selen'i izlemeye gitti.

◆

Selen, piyasada "likit ekstazi" olarak bilinen bir tür uyuşturucunun bağımlısı olmuştu. Gelgelelim bir süredir bunu kullandığı için insan beyninin her uyuşturucuya verdiği standart tepkiyi veriyor, her defasında istediği etkiyi yaşayabilmek için sürekli dozunu arttırması gerekiyordu. Kullandığı bu son uyuşturucu öyle tehlikeliydi ki, bir damla yerine beş damla koyarsa bayılıp kalır, hatta ölebilirdi. Uyuşturucuyu getiren kuryenin tüm uyarılarına rağmen, ilk günlerdeki etkisini tekrar yaşamak için, bir damlayla başladığı dozu yedi damlaya kadar yükseltmişti. Bu defa çok daha fazlasını denemek istedi ve saymadan on, belki de daha fazla damlayı Red Bull dolu tekila bardağına damlattı. İçtikten sadece bir dakika sonra etkisini hissetmeye başlamıştı, deli gibi ter atıyordu. Duşa girmek istedi. Ne zaman yüksek dozda bir uyuşturucunun etkisinde olsa, suyun tenine temas edişini hissetmek isterdi. Sırf bu yüzden buz gibi soğuk su ile yıkanır, tabii uyuşturucunun etkisini de çok daha hızlı geçirmiş olurdu ama yine de bunu yapmaktan çok hoşlanıyordu.

Tayfun'un kendisini izlediğini fark etmeden salonun ortasında soyunmaya başladı. Her bir kıyafetini yavaş yavaş çıkarıyordu. Hayat sanki yavaşlamıştı; zaman slow motion akıyordu. O da bu yavaşlığa karşı koyarcasına soyunurken aniden yere düştü. Sanki fişi çekilmiş bir makine gibi o kadar ani, o kadar hızlıydı ki...

Tayfun, yere düşen Selen'i göremediği için hızla kalkıp onu görebileceği bir açıya geçti. Selen koltuğun arkasında kalmıştı; hiçbir şekilde göremiyordu onu. Kalbi hızla atmaya başladı, açık olan pencereye koştu ve içeri girdi.

"Selen abla!"

Ses yoktu, Selen kıpırdamadı bile. "Selen abla, iyi misin?" Tayfun bu defa temkinli şekilde omuzuna dokundu, ama Selen hiçbir şekilde kıpırdamıyordu.

Koştu Tayfun, geldiği pencereden geri çıktı. Karşı apartmana girdi, Harun abisinin kapısını yumruklamaya başladı. Açtı Harun.

"Selen abla..." Nefes nefeseydi Tayfun.

Harun "Ne oldu?" diye sordu. Tayfun'u ilk defa böyle görmüş ve kötü bir şeyler olduğunu hemen anlamıştı.

"Düştü."

"Eee?"

"Hareket etmiyor!"

Harun, Tayfun'un dediğini duyar duymaz panikleyerek Selen'in evine koştu. Açık olan camdan girmeyi düşünemedi ve bir omuz atıp kapıyı açtı. Öyle kolay açılmıştı ki, bundan daha yavaş vursa yine de açılabilirdi ama şu an kapıyı düşünmenin zamanı değildi.

Selen yerde çırılçıplak yatıyordu. Harun nabzını yokladı; varla yok arasında bir yerdeydi. Masanın üzerine göz gezdirdi. Ne içmişti bu kız? Kesin bir şey içmişti, öldürecekti kendini. Resmen eliyle, ayağıyla hatta dişleriyle kendi mezarını kazıyordu! Ne vardı bu kadar içecek? Ölmüş müydü yani şimdi? Kalbi deli gibi çarparken bir daha dinledi nabzını. Var mıydı? Yoksa yok muydu? Bir türlü emin olamıyordu. Ona her zaman dokunmayı hayal etmişti ama ölüyken ya da ölürken değil. Mutfağa koştu, eline geçen ilk kabı aldı, su doldurdu ve geri dönüp Selen'in yüzüne, boynuna, bedenine döktü. Yanaklarına minik tokatlar attı, uyanması için yalvardı ama Selen hiçbir yaşam belirtisi göstermiyordu.

O sırada Tuğçe dışarıdan gelen sesi merak etti ve kapının dürbününden baktı. Karşı dairenin yani Selen'in kapısı açıktı, ama görünürde kimse yoktu. "Beni ilgilendirmez," dedi ve geri çekildi, ama dayanamayıp, kısa süre sonra kendi kapısını açtı. Tam çıkacakken geri döndü. Kapının arkasında takılı duran anahtarını aldı, cebine koydu ve kendi kapısını kapattıktan sonra yavaşça Selen'in kapısına yaklaştı. İçeriden sesler geliyordu, ağlama veya inleme gibi. Duyabilmek için kafasını biraz daha içeri uzattı, ama göremiyordu. Biri ağlıyordu, o kesindi artık, ama neler olduğunu anlayamamıştı. İçeri bir adım attı, bir adım daha, bir adım daha ve Selen'i gördü; yerde çırılçıplak yatıyordu. Hemen yanındaki koltukta ise daha önce hiç görmediği evsiz tipli bir adam, başı ellerinin arasında oturuyordu!

"Katil, katil, katiil!" diye çığlık attı Tuğçe. Adamın katil olduğuna emindi, çünkü adam tam bir katile benziyordu. Belli ki saçları aylardır yıkanmamıştı. Üzerinde kirden renk değiştirmiş yırtık-pırtık bir ceketle Selen'in hemen yanındaki koltukta oturuyordu. Katil o olmalıydı; bu evde yaşamıyordu, bu apaçık ortadaydı. Yaşlı sayılmazdı, ama saçları ve cildi, gördüğü muameleye dayanamayıp erkenden ölmek istercesine hızlı yaşlanmış gibiydi. Anlamıştı, çünkü gözleri Tuğçe'nin sesiyle büyüdüğü anda delikanlı bir genç gibi diri bakıyordu. Ama kaç yaşında olursa olsun, o adam tam bir katil gibi görünüyordu. Tuğçe, saniyeler içinde verdiği karardan öyle emindi ki bu adam Selen'i öldürmüş, hatta ve hatta öldürmeden önce tecavüz etmişti ya da edecekti ama fırsat bulamamıştı, çünkü Selen ölmüştü.

Harun, "Katil!" diye kulak zarlarını yırtarcasına bağıran iki çift taze mavi gözün kendisine saplandığını fark edince, oturduğu koltuktan aniden fırladı: "Hayır, ben değilim! Ben yapmadım! Dur, bağırma!" diye onu durdurmayı denedi.

"Sen yaptın, öldürdün onu, sapık herif! Poliis!" diye bağırırken apartmanın içine doğru gerileyen Tuğçe'nin korktuğu belli ama kararlı cesareti paha biçilmezdi.

"Yahu, dur! Ben yapsam ne diye oturup başında bekleyeyim?" diye sordu Harun.

Haklıydı; *"Neden kaçmamıştı?"* diye düşündü Tuğçe. Dahası, şu an bile kaçabilirdi, çünkü birinci kattalardı ve odanın penceresi ardına kadar açıktı. Madem bu adam öldürmüştü, odadaki pencere açıkken neden hiç kimse bir ses duymamış ve gelmemişti? Tuğçe çıldırdığını düşündü. Kâbus olmalıydı bütün bunlar. Taşınalı daha bir hafta bile olmamıştı ama şimdiden karşı komşusu öldürülmüş ve belki de tecavüze uğramıştı. Güvende değildi. Burası hiç de düşündüğü gibi sakin çıkmamıştı. Oysa adı bile Sakin Sokak'tı.

"Hayır, ben değilim! Ben yapmadım. Sus, sus, sus! Ben geldiğimde ölmüştü o!" dedi Harun.

Bu sırada üst katın merdivenlerini terlikle yalar gibi ama sürtünme hızına bakılırsa hızlı hızlı inen Kadife Hanım bornozuyla göründü. "Ay, n'oluyoor, ne bağırıyorsunuz, kim öldü?" diye sordu.

Tuğçe, kurtarıcısı gelmişçesine rahatlayarak Kadife Hanım'ın koluna yapıştı ve olayı anlatmaya başladı.

"Orada, yerde, ölü, bu ka-katil, öldürdü, teca-tecavüz etti, çıplak, yerde, kız, ölü, öl-öldürmüş, hayvan, hayvan..." derken, ne dediği anlaşılmayan Tuğçe nefes nefese kalarak Kadife Hanım'ın dizlerinin dibine çöktü.

Kadife Hanım sakince bir Harun'a, bir de kıza bakıp, eteğinden silkelercesine Tuğçe'ye "Peki ya sen kimsin, ne arıyorsun burada?" diye sordu. Tuğçe afallamış, kadının katili değil de kendisini sorgulamasına şaşırmıştı.

"Ben, ben mi?"

"Evet, sen, kimsin sen? Ne belli senin yapmadığın? Ne işin vardı burada? Kim yolladı seni? Yoksa beni öldürmeye mi geldin? Biliyordum, biliyordum. Tabii ya, hepimizi öldüreceksin. Onlar gönderdi seni, değil mi?"

"Ko-kom-şu…" derken işaret parmağıyla kendi dairesinin kapısını gösteriyordu. Neler söylüyordu bu kadın? Afallamıştı, çünkü kurtarıcısı onu kurtarmayıp kendisini suçluyor, dahası bu sapık katille birbirlerine gayet tanıdık gözlerle bakıyorlardı. Tuğçe, bu defa Harun'un replikleriyle kendini korumaya çalıştı. "Ben değil, ben yapmadım. Ben geldiğimde ölmüştü! Açıktı kapı, ben yardım için geldim. Ben yapmadım, neden yapayım? Delirdiniz mi? Neden öyle bakıyorsunuz?" Derken Tuğçe, Kadife Hanım'ın kulağından çıkan bir sineğin kendisine doğru geldiğini ve başının etrafında döndüğünü gördü. Olanların psikolojisini daha fazla kaldıramayıp, tüm yaşadıklarının yorgunluğu ile Kadife Hanım'ın ayaklarının dibine yığılıp kaldı. Son gördüğü, bir çift terlik ve üzerlerindeki, neredeyse elma büyüklüğünde olan plastik mor güllerdi…

Harun ise hayatında hiç olmadığı kadar korkmuştu! Selen ölmüş, Tuğçe bayılmış, Kadife Hanım ise yine atak geçirmeye başlamıştı. Zaman dursun ve her şeyi çözmek için biraz düşünebilsin istiyordu. Aşıktı Selen'e. Ama Selen daha bunu öğrenemeden ölmüştü işte. Neden söylememişti? Neden? *"Keşke daha önce kapısını çalıp, 'Ben sana âşığım,' deseydim,"* diye düşündü.

"Hareket etti!" Tayfun'un sesiydi bu. Yine pencereden girmiş ve Selen'in göz kapaklarının hareket ettiğini görüp, kapının önünde saçmalayan herkesi durdurmak için bağırabildiği kadar yüksek sesle bağırmıştı.

Harun koşar adım gitti ve tekrar nabzını kontrol etti. Evet, nabzı atıyordu. Kalbini dinledi; bu, hayatında duyduğu en güzel ses olabilirdi. *"Daha fazla aptallık etmeyeceğim,"* diye düşündü ve Selen'in sehpanın üzerinde duran telefonunu aldı, kendi babasını aradı.

"Baba, benim! N'olur, bana yardım et!" dedi.

Babası birden fazla yoğun duyguyu aynı anda yaşıyordu ama en önemlisi, tam on altı yıldır sesini bile duymadığı oğlundan bir haber alışıydı. "Oğlum, iyi misin?" diye sordu.

"Ben iyiyim, merak etme. Ama Selen... O, o iyi değil, baba. Ne olur, ona yardım et."

"Neredesiniz?"

"Mesaj atıyorum," dedi ve kapattı telefonu.

Harun'un babası başhekimdi ve çalıştığı hastane, Harun'un evinden arabayla en fazla yirmi dakikalık mesafedeydi. Onları on altı yıldır ayrı tutan yirmi dakikalık kocaman mesafe!.. İnsan böyleydi işte, görünmek istemiyorsa eğer, yan yana dursa yine de görünmezdi.

Harun'un babası, son model aracıyla sadece on altı dakika içinde geldi, sert bir frenle kapının önünde durdu. On altı yıllık mesafeyi on altı dakikada aşıp evladının yanına gelmişti!

Harun, babasının geldiğini arabasının sesinden değil, sanki ruhundan hissetti. Selen'in yanından ayrılamadı. "Baba, buradayım!" diye bağırdı. Koştu babası... Yavrusunun sesine doğru koşarken, onu ne hâlde bulacağını bilmeden, apartmanın her zaman açık duran kapısından girdi. Yerde yarı baygın hâlde Tuğçe ve onun başında hâlâ konuşan Kadife Hanım vardı ama oğlu neredeydi? "Haruun!" diye haykırdı.

Bir kez daha seslendi Harun. "Baba, buradayım, acele et!"

"Geldim, geldim yavrum, geldim oğlum!" diye karşılık verdi babası ve koşar adım Selen'in salonuna girdi. İçeri girdiğinde her şeyi aynı anda gördü: oğlunun hırpalanmış bedenini ve Selen'in kıpırtısız duran çıplaklığını...

"Baba, uyuşturucu komasına girdi. Nabzı çok yavaş, şimdi atıyor ama korkuyorum. Baba, ona yardım et, yalvarırım sana. Çok seviyorum onu, âşığım ben ona. Yalvarırım, yardım et!" Gözlerinden yaşlar boşanırken, babasına bir çırpıda her şeyi anlattı.

"Buradayım, korkma. İyi olacak, merak etme oğlum!" Hiç sorgulamadı olanları. Ne önemi vardı ki? Oğlunu bulmuş ve hatta onun âşık olduğu insanı bile bulmuştu. Başka hiçbir şeyin önemi yoktu. Yeter ki oğlunun istediği olsundu. Selen'in nabzını dinledi; dengesizdi ama atıyordu. Gözlerini kontrol etti; bilinci kapalıydı. Babası her şeye çok önceden hazırlanmış gibi, koltuğun üzerinde duran örtüyü çekip Selen'in üzerini örttü, onu kucakladı ve gözlerinden boşanan yaşlarla, evladının âşık olduğu kadını o odadan çıkardı. Tam apartmanın kapısından çıkarken ambulans geldi. Babası, gelirken haber vermişti onlara. Ne bulacağını bilmeden, sadece babalık içgüdüleriyle hareket etmiş ve haklı çıkmıştı. Sağlık çalışanları ambulansın içinden koşar adım çıkıp geldiler, Harun'un babasının kucağından Selen'i aldılar. Tayfun koştu peşlerinden, "Tuğçe ablayı da alın!" dedi. Aldılar.

Selen'in yanında ambulansa Harun da binmek istedi, ama ambulans görevlileri onun hâline bakıp izin vermedi. Babası "Oğlum o benim! Binsin!" dedi, böylece bindi Harun.

Harun'un babası, ambulansın arkasından bir süre bakakaldı. Bulmuştu oğlunu! Nasıl haber verecekti şimdi karısına? Fakir bir mahallede, uyuşturucu içilen bir ortamda bulmuştu işte! *"O da bağımlıdır,"* diye düşündü babası. Olsun, ne önemi vardı? Yaşıyordu ya, bu yeterdi. Oğlu ne isterse yapmaya hazırdı. Karısını aramak için biraz beklemeye karar verdi ve olanların şokunu bir kenara bırakıp arabasına koştu. Gözyaşlarını koluna silip son hızda sürdü, oğlunun peşinden gitti.

◆

Tuğçe, gözlerini aralayabildiği zaman önce yabancı bir yatakta, sonra da bir hastane odasında olduğunu fark etti. Yoksa burası bir otel odası mıydı, emin olamadı. Başını hiç oynatmadan, gözleriyle odayı gezinmeye başladı. Karşı duvarında kocaman bir plazma televizyon, altında iki tane şık berjer ve ortalarında bir sehpa, sehpanın üzerinde boş bir modern vazo, solunda beyaz bir gömme dolap, sağında ise yüksek pencereler, pencerelerin kenarlarında da kalın yeşil perdeler ve ortalarında beyaz tüller... Tüllerin hemen önündeyse, kendi yatağının yanında tıpkı kendi yatağı gibi olan, üzerindeyse hâlâ gözleri kapalı, kolunda serum bağlı olan Selen vardı. Selen'in yanında ise yaşlı bir kadın oturuyordu. Tuğçe'nin uyandığını görünce kalktı, yanına geldi ve yüzüne doğru eğildi. Sonra "Geçmişi bil ama takılıp kalma!" dedi ve odadan çıkıp gitti.

Tuğçe hâlâ ilaçların etkisindeydi; bilinci yerine tam olarak gelmemişti. Gözlerini birkaç defa daha kapatıp açtı. Kendini çimdiklemek istedi, parmaklarını oynatabilse de kolunu bedenine doğru götüremedi. *"Sorun ne?"* diye düşünürken hemşire odaya girdi. *"Tanrı'm, sonunda delirdim herhâlde, babam haklı çıktı; benim sorunlu biri olduğum daha en başından belliydi,"* diye içinden geçirdi.

Hemşire fazlasıyla güler yüzlü bir ifadeyle "Demek uyandınız, Tuğçe Hanım," dedi ve gelip tansiyonunu ölçmek için kolunu yakaladı.

Tuğçe'nin düşünceleri yüz ifadesine vurmuş olacak ki hemşire onu aydınlatma ihtiyacı duydu: "Merak edilecek bir şeyiniz yok. Bir sinir krizi geçirip bayılmışsınız. Size sakinleştirici yapıldı. Tansiyonunuz da gayet iyi. Doktor Bey'e bilgi vereceğim, en kısa zamanda gelip sizi görecektir. Geçmiş olsun." Ardından tansiyon değerlerini baş ucundaki hasta dosyasına yazdı. Çabuk hareketlerle Selen'in de serumunu kontrol edip odadan çıktı.

Tuğçe, hemşireyi hiçbir şey demeden izlemeye devam etti. Yüzündeki şaşkın ifade ve yanında baygın hâlde yatan Selen'le birlikte bu lüks hastane odasında yalnız kaldı. Tekrar gözünü kapadı ve uykuya dalmak için, zaten yorgun olan beynine komut verdi. Beyni daha önce hiç bu kadar uyumlu hareket etmemişti, dakikalar içinde tekrar uykuya daldı.

<hr>

Harun, babasının arkasından, Selen ve Tuğçe'nin yattığı odaya girdi. Tuğçe, onların sesine tekrar uyandı. Hızla yan tarafına baktı; Selen hâlâ uyuyordu. Hayır, bu bir rüya değildi; gerçekti! Yatakta doğrulurken "Ne oluyor burada?" diye sordu.

Harun'un babası "Merak etmeyin, Tuğçe Hanım, sadece panikatak geçirip bayılmışsınız ama hastanedesiniz ve gayet iyisiniz. Bir süre daha dinlenip çıkabilirsiniz," dedi.

"Bayıldım mı?"

"Evet," dedi Harun'un babası. Sadece bayılmıştı ama uzun sürmüştü. Bu, bedenin kendini koruma yöntemiydi. Ani ve kaldırılamayacak yüklemeler yapıldığında, beyin hareket sistemini geçici olarak durduruyor, o sırada sisteme reset atıyordu.

Harun'un babası yeteri kadar açıklayıcıydı, ancak Tuğçe'nin merak ettiği bir şey vardı. "Peki, Selen? O nasıl?" dedi.

"Gayet iyi," diye kısa ve net bir cevap aldı.

Tuğçe bu sefer de Harun'a dikti gözlerini, ama bu bakışın altında tiksinme duygusu olduğu bütün mimiklerinden anlaşılıyordu. "Onun burada ne işi var? O bir katil!" dedi.

Ortada bir ölü olmasa bile Tuğçe inatla katili bulmuş gibi davranmaya devam ediyordu.

"Selen Hanım yaşıyor, yüksek dozda uyuşturucu almış ama merak etmeyin, düzelecek," dedi Harun'un babası. Ardından oğlunun sırtını eliyle okşayarak devam etti: "Harun benim oğlum. Selen Hanım'ın hayatını kurtardı. İkinizin de buraya gelmenizi sağlayan kişi o." Baba yüreğiydi işte, iyi bir babanın yüreği. Ne oğlunun yıllardır uzamış, bakımsız kalmış saçlarıyla ilgileniyordu ne de pis kıyafetleriyle. Onun sadece ruhunu görüyordu. O, hâlâ onun gencecik, pırıl pırıl oğluydu! Şekillere bakmazdı seven bedenler. Şekiller değişir, düzelirdi; önemli olan, sevmekti, ruhunu sevmek.

Tuğçe bir kez daha şaşırdı. *"Asıl şimdi her şey rüya gibi görünüyor,"* diye düşündü. Koskoca bir doktorun leş gibi tipte bir oğlu olduğunu geçmiş, bir de ona hayranlıkla bakışını izliyordu. Harun ise içeride Selen'den başka kimseyi görmüyordu.

Harun'un babası, iki hastanın da baş ucunda duran dosyaları kontrol etti ve tekrar gördü; birinin kanında yüksek dozda uyuşturucu, diğerinin kanında antidepresan ilaçları vardı. İkisi de hayat parkurunda fazlasıyla zorlanan insanların kanında bulunan türdendi.

"Çıkalım biz, oğlum." Yıllardır gösteremediği babacan tavrıyla oğlunu kapıya yönlendirdi.

Birlikte babası için ayrılmış özel odaya gittiler. Bu oda sanki bir otel odasını andırıyordu. Koltuk takımı, yatak, gardırop, buzdolabı, banyo ve dahası... Bir insanın ihtiyacı olabilecek her şey vardı. Babası sadece başhekim değil, aynı zamanda bu hastanenin ortağıydı.

"Gel böyle, oğlum," dedi ve banyoyu gösterdi.

Gitmedi Harun. Yıllardır ayna kullanmıyordu, görmek istemiyordu aksini.

"Gel hadi, Selen uyanınca seni temiz görsün, sevinecektir..." dedi babası, ama bilmiyordu ki Selen daha önce Harun'u hiç görmemişti. Aslında sokakta birkaç defa karşılaşmışlardı ama Selen bakmamıştı ona, yani uyanırsa ilk defa görecekti. Babası tamamıyla haksız sayılmazdı; temiz görünmeliydi Selen'e.

Babası sabırla Harun'un banyoya gelişini bekledi. Kendi tıraş makinesi ile oğlunun sakallarını kesti. "Saçlarını da keselim," dedi ve gözyaşlarına hâkim olmaya çalışarak kesti oğlunun saçlarını. Bir bir temizleyecekti o bedeni ve gerekirse kazıyıp, altından oğlunun o temiz ruhunu çıkaracaktı. Soyunmasına yardım etti. Harun hiçbir şeye itiraz etmeyip kendini babasının yönlendirmesine bıraktı. Kurtardı oğlunu, o kime ait olduğu belli olmayan pis kıyafetlerden. Öyle çok zayıflamıştı ki yavrusu, canı acıdı bakarken ama belli etmemek için dilini, dudağını ısırdı. Babası banyodaki suyu açtı, eliyle sıcaklığını kontrol etti. Uygun seviyeye gelince, aynadaki aksinde kaybolmuş oğlunu çağırdı. "Gel yavrum!" Gitti Harun. Yıkadı yavrusunu, defalarca yıkadı; oğlunun parmak uçları büzüşene kadar yıkayıp temizledi onu. Sonra bir havlu aldı ve oğlunu sarıp sarmaladı. "Gel oğlum," dedi yine, banyodan çıkmasını, gardırobun önüne gelmesini istedi. Kendi kıyafet dolabından, giymesi için boxer, eşofman, tişört, çorap ve spor ayakkabısı çıkardı. Harun hepsini giydi, yenilendi, başka biri oldu! Her saniyesine babası yardım etti, sonra bir adım geri çekildi ve oğluna baktı. Bir sanatçının, eserine baktığı gibi baktı ve sonra kucakladı oğlunu; hiç bırakmayacakmış gibi sıkı sıkı sardı, kokusunu içine çekerek, boynundan koklayarak öptü ve gözyaşları boynundan ruhuna aktı.

Harun "Özür dilerim baba!" dedi ve babasının gözyaşlarına kendi gözyaşlarıyla karşılık verdi.

<hr>

Tuğçe, yatağından kalkıp hastane odasındaki tuvaleti kullanmaya gitti. *"Ne kadar lüks bir oda, acaba buradan çıkmak için para ödemem gerekecek mi?"* diye düşündü. Lanet olsun, tabii ki ödemeliydi! Böyle bir yer bedava olacak değildi ya. Ama yanında hiç parası olmadığını fark etti. Elini cebine attı; sadece evinin anahtarı vardı. En azından onların kaybolmadığına sevindi. Buradan nasıl çıkacağını düşünürken aynadaki yansımasını yakaladı. Yine kaşları çatık, yine panik hâlindeydi...

Banyodan çıktıktan sonra geri döndüğünde Selen'in gözlerini araladığını fark etti. Koştu yanına, elini tuttu; yumuşacıktı. "İyi misin?" diye sordu.

"Neredeyim ben?" diye karşılık verdi Selen.

"Hastanede..."

"Neden?"

"Bayılmışsın," dedi. *"Uyuşturucu komasına girmişsin,"* diyemedi. Sonuçta Selen, ona bu bilgiyi vermemişti. Nasıl söyleyebilirdi ki?

"Sen mi getirdin beni?"

"Hayır, yani ben de seninle geldim ama baygın olarak." Nasıl anlatacaktı ki şimdi ona?

"Nasıl yani, sen de mi bayıldın?"

"Evet."

"Neden?"

"Panikatak geçirmişim."

"Neden?"

"Senin öldüğünü sandım."

"Neden?"

"Şey, yerde kıpırdamadan yatıyordun, başında da evsiz gibi bir tip vardı. Çıplaktın sen... Seni öyle görünce korktum, sana bir şey yaptı sandım."

Selen kaşlarını çattı. "Yapmış mı?" diye sordu.

Tuğçe "Yapmamış, merak etme, iyisin. Sanırım ben yanlış anlamışım," diyerek durumu düzeltti.

"Kimmiş o?" Selen bu soruyu sorduğunda kapı açılmış ve Harun yeni görünümüyle onları kontrol etmeye gelmişti.

Tuğçe, Harun'u görünce afallayıp "Sen o musun?" diye sordu.

"Evet," dedi Harun, Tuğçe'nin haklı şaşırmasına anlayış göstererek. O da kendisinin bu hâlini aynada görünce şaşırmıştı. Haklıydı kız.

"O kim?" diye sordu Selen.

"Bizi buraya getiren kişi. Az önce dedim ya, sana bir şey yaptığını sandığım..."

"Evsiz tipli?" Bir Harun'a, bir de Tuğçe'ye baktı Selen. Harun, o pahalı olduğu besbelli giysilerin içinde hiç de evsiz gibi görünmüyordu.

"Az önce böyle değildi, yemin ederim, saçı, sakalı, kıyafetleri korkunç görünüyordu. Ya, sen beni delirtmeye mi karar verdin?" dedi Tuğçe, hiç konuşmadan Selen'i izleyen Harun'a. Sonra da Selen'e dönüp "Onu tanıyor musun?" diye sordu.

Selen bir kez daha inceledi Harun'u. Kel denebilecek kadar kısa saçlarını, kemikli yüzünü, solgun dudaklarını, yeşil gözlerini ve cılız yapısını hiç acele etmeden inceledi ve net bir şekilde "Hayır," dedi.

"Harun ben, karşı apartmanınızda ikinci katta oturuyorum."

"Sen mi getirdin beni?" diye sordu Selen.

"Aslında önce Tayfun buldu..."

Selen ve Tuğçe bir ağızdan "Tayfun kim?" diye sordular.

"O da yan apartmanınızda oturuyor. Kıymet Hanım'ın dokuz yaşındaki oğlu."

"Eee," dedi Selen, hikâyenin kalanını merak eder bir ses tonuyla.

"Eesi, gelip bana haber verdi..."

Sözünü kesti Tuğçe: "Neden sana haber verdi? Ben daha yakınım, bana söyleseydi ya?"

Selen durdurdu Tuğçe'yi. "Bırak anlatsın," dedi, bıraktı Tuğçe.

Harun "Beni uzun süredir tanıyor, ondan bana gelmiş. Ben geldiğimde yerde yatıyordun, nabzın yok gibiydi. Üzerine su döktüm ama bir türlü kendine gelemedin. Masanın üzerindeki uyuşturucuları görünce hastaneye götürülmen gerektiğini düşündüm," dedi ve o sırada kıpırdandı Tuğçe. Bir şey demedi ama uyuşturucu lafı geçtiğinden, ne yapacağını bilemez hâlde tedirginliğini saklamaya çalıştı. Ne var ki saklayamadı.

"Sonra Tuğçe Hanım geldi. Bunu size benim yaptığımı düşünüp panikledi ve bağırmaya başladı. Kadife Hanım da indi; yine atak geçiriyordu. İlaçlarını almamış sanırım. O da Tuğçe Hanım'ı suçladı. Tuğçe Hanım da olanları kaldıramayıp bayıldı. Sanırım kendisi de zaten antidepresan kullanıyormuş. Panikatak hastasıymış..." Onaylatmak istercesine baktı Tuğçe'ye.

Tuğçe; Selen ve Harun'un aynı anda kendinden onay bekleyen bakışlarını görünce "Ya ne var, ne olmuş, herkeste olabilir," dedi, dönüp Selen'e bakarak devam etti: "Sen zaten ilacımı görmüştün, saklamadım ben, sadece anlatacak kadar uzun konuşmadık." Sakladığı bir gerçeğin ortaya çıkmasından dolayı rahatsızlanıp paniklemişti.

"Dur, tamam ya, rahat ol azıcık! Benimkilerin yanında seninki ne ki? Hatta belki buradan çıkarken senin ilaçlarından yazarlar bana da" deyip güldü Selen; güldü Tuğçe, güldü Harun. "Açım ben," dedi sonra.

"Ben hemen gidip bakayım. Ne yersiniz?" diye sordu Harun.

"Suşi," dedi Tuğçe, ama hemen sonra kızardı. "Son karşılamamızda suşi yemiştik, ondan dedim. Şimdi suşi istiyorum diye değil, yani zaten normalde suşi yemek gibi bir alışkanlığımda yok, Selen getirmişti…"

Kesti Selen onun sözünü. "Rahat ol be kızım!" dedi. Sustu Tuğçe, rahatladı. "Fark etmez, ne olursa yeriz," dedi Selen ve çıktı Harun. Doğruca babasını bulmaya gitti. Tüm dilek ve isteklerini parmak şıklatarak halleder gibi bir hızda gerçekleştirebilen o büyük güce sığınmaya gitti.

◆

Halit, Sultan'ın tehditlerine boyun eğip 10.000 TL daha göndermiş ve "Daha fazla para isteme," demesine rağmen, Sultan tekrar istemişti. 10.000 TL de neydi canım! O, önceki gönderdiği kadar, yani 50.000 TL bekliyordu. *"Sonuçta 40.000 TL eksik gönderip 'Daha fazla para isteme,' demesi saçma değil mi?"* diye düşünmüş ve kalan parasını gönderirse artık istemeyeceğini söylemişti. Şunun şurasında kızının hakkını savunmaya çalışıyordu. Ana yüreğiydi yahu! Kolay mıydı yaşadıkları? Böyle düşündü Sultan. Hatta bunları Halit'e de anlattı. Ama Halit "Beni bir daha arar, tehdit edersen sonuçlarına katlanırsın," demişti. Çok da umurundaydı Sultan'ın... Bu tehditleri, gitsin yeni yetme kızlara anlatsındı. Sultan, hak ettiğini düşündüğü parayı ne olursa olsun alacaktı.

Böyleydi insan. Ne zaman tehdit edilse ve tehdit edene boyun eğse daha fazlasını talep ederdi. Sürü psikolojisini yansıtan bu davranış bozukluğu, insanlığın varoluşundan beri süregelen en büyük salgın hastalıktı ve henüz tedavisi bulunamamıştı.

Kıymet odasından çıktı ve salonda, hiç olmadığı kadar keyifli görünen Sultan'la karşılaştı.

"Ooo, kıymetlimiz sonunda teşrif ettiler," dedi Sultan; ama aldırmadı Kıymet, mutfağa gitti. Karnı acıkmıştı. Peşinden gitti Sultan, konuşmaya devam etti: "Tabii, acıktın, değil mi? Eee, ben olmasam ne yiyip içeceksiniz? Kaç gündür çalışmıyorsun... Bu yaşımda, onca ağrıma sızıma rağmen sana da oğluna da ben bakıyorum." Sultan az önceki keyifli edasını bırakıp, hep alışık olduğu tonda mağdur edebiyatına başlamıştı. Duymamaya çalıştı Kıymet. Günlerdir neredeyse hiçbir şey yemiyordu. Zaten zayıftı ama artık daha fazla zayıflamıştı. Aç kalmaya devam edemezdi. Dolaptan biraz peynir, biraz da zeytin aldı, bir ekmeğin arasına koydu.

"Tabii ya, doldur hepsini, doldur! Sen o peynirin, zeytinin fiyatını biliyor musun? Yo! Kıymet Hanım'ın ne umurunda! O anca odasında yan gelip yatsın. Anası her şeyi halleder ne de olsa. Ama anne de bir yere kadar... Benimki de can. Bak, boynum tutuldu yine, kemiklerim ağrıyor. Romatizmam iyice azdı. Ayakta durduğuma bakma, acı çekiyorum ben, acı! Kime diyorum!"

"Ne var? Ne? Ne? Ne?" Üst perdeden bağırmaya başladı Kıymet. "Ne istiyorsun benden? Daha ne yapayım senin için? Öleyim mi, canımı mı istiyorsun? Yaşadığımı bile hissetmiyorum ben. Daha benden alacağın ne kaldı?" Kendi üzerindeki kıyafetleri yırtmak istercesine çekiştirerek, annesine haykırabildiği kadar haykırıyordu. Tek istediği, biraz sessizlikti.

Sultan, duyduklarıyla birlikte öfkeden dolup taşmış, bu defa kaldırdığı elini Kıymet'in suratına patlatmıştı. Hemen ardından da "Benimle konuşmalarına dikkat et!" diye ekledi. Sultan'a göre, hak etmişti Kıymet; bir anneyle bu şekilde konuşma cesaretini nereden buluyordu? *"Bu kadarı da terbiyesizlik,"* diye düşündü.

Kıymet, gözlerini Sultan'ın gözlerine dikmiş hâlde, "Senden sadece tek bir şey istiyorum: Öldür beni, anne. Ruhumu çoktan öldürdün, bedenimi de öldür, kurtul benden!" dedi.

Tayfun'un çarptığı sehpanın üzerinden düşen vazonun sesiyle ikisi de aniden kendine geldi. Çocuk yine her şeyi duymuştu. Yine, yine, yine! Bunca şeye şahit olan bir çocuk büyüdüğü zaman ne olacaktı, Sultan hiç düşünmüyordu ama Kıymet bunu düşünmeden bir gün bile geçiremiyordu. Tayfun koşarak evden çıktı, Kıymet ise hazırladığı sandviçi yiyemeden odasına geri gitti.

Gecikmedi Sultan, devam etti söylenmeye: "Madem yemeyeceksin, ne diye dışarıda bırakıyorsun? Bozulsun da çöpe mi atalım?" Kıymet'in sandviçini aldı, kendi yedi... *"İsraf edecek kadar zengin değiliz,"* diye düşünüyordu.

———————◆———————

Harun, babasını ofisinde buldu ve dileğini söyledi. Babası da hiç bekletmeden telefona sarıldı. Protein, sebze ve karbonhidrat bakımından tamamen zengin ve kaliteli üç kişilik yemek söyledi. İkisi Selen ve Tuğçe'nin odasına, biri de oğlu Harun için kendi odasına...

Harun, kendisi için bir şey istememişti. Hatta bu sipariş işini hallettikten sonra Selen'in yanına dönmek istemişti, ama babası onu durdurdu. Kapı çaldı, kapının ardından tekerlekli sandalyenin önce ayak kısmı göründü, sonra da kalanı içeri girdi ve Harun, üzerinde oturan annesini gördü.

Babası daha fazla dayanamamış ve karısına, elinden geldiği kadar az heyecanlandıracak şekilde, oğullarının döndüğünü anlatmıştı. Hiçbir kötü şeyden bahsetmedi ama şoföre, karısını hemen hastaneye getirmesini söyledi.

Harun, yakında annesini göreceğinden emindi ama onu bir tekerlekli sandalyenin üzerinde, sağ tarafı komple felçli şekilde göreceğini hiç düşünmemişti. Ne olmuştu annesine, neden bu hâldeydi? Koştu, dizlerinin üzerine çöktü, annesinin her yerini öptü, o da hareket eden her yeriyle sardı oğlunu. Düzgün konuşamıyordu annesi, ama zar zor anlaşılacak şekilde "Oğlum!" gibi bir ses çıkarıyordu. Yavrusunu sol tarafından ayırmıyor, bedenindeki bütün suyu gözlerinden akıtıyordu.

Harun'un babası da katıldı onlara; üçü birleşmiş, sanki tek bir beden olmuştu. Sonunda babası geri çekildi ve felçli karısını sakinleştirmeye çalıştı.

Harun'un annesi, Harun gittikten sonra kendini kahretmişti. Sık sık bayılıyordu; beyni bu kadar acıyı taşıyamıyor, sisteme reset atmak istiyordu. Nihayet bir gün yine bayılmıştı, uyandığında ise sağ tarafını artık kullanamaz olmuştu. Babası birçok tedaviyi denemek istese de o iyileşmek değil, oğlunu istiyordu ama oğlu yoktu. Harun'la beraber altı çocuk kaybetmiş bir kadındı o. Hepsi canını çok yakmıştı ama Harun bir başka yakmıştı. O gittikten sonra hep ölmeyi diledi annesi. Bedeni de buna cevap verip yavaş yavaş ölmeye başladı. Ama bütün bu olanlardan Harun'a bahsetmeye gerek yoktu; kendini suçlayabilir, belki de tekrar giderdi. Bu defa ona, doğru şekilde davranmaları gerekiyordu. Ne istiyordu Harun? İstemek mi istiyordu? Tamamdı! Bu defa anlamışlardı. O istemeden ona hiçbir şey vermeyecek, onun istemesi için hazır olup bekleyeceklerdi...

———————◆———————

Sultan, alacaklı gibi yumruklanan kapılarına gitmeye çalışırken bir yandan Kıymet'in kalkmayışına kızıyor, bir yandan da kapıdakinin kim olduğunu bilmeden söyleniyordu: "Yahu, patlama be, geldim, geldim, hay elin kopsun, emi!" Daha kapıyı açar açmaz, Halit kapıya bir tekme savurdu ve kapının arkasındaki Sultan'ın büyük bedeni yere yığıldı. "Ay, ne oluyor, Halit, delirdin mi, ne yapıyorsun?" diye sordu sonra.

"Sana, 'Beni bir daha tehdit etme!' demedim mi lan ben?" Halit bunları söylerken elindeki silahı Sultan'ın ağzına sokmaya çalışıyordu.

Sultan kafasını bir sağa, bir sola kaçırarak Halit'in silahından kendini korumaya çalışırken "Tamam, anladım, tamam!" diye inlemeye başladı.

Halit "Aramayacaksın lan beni, duydun mu?" diye gürledi. "Aramayacaksın! Bir kez daha beni arar ya da bana mesaj atarsan, aldığın paraları senden geri alır, bu silahla da senin o boş beynini patlatırım! Anladın mı lan beni?" Sinirden gözleri dönmüştü.

"Anladım, söz veriyorum, anladım. Bırak beni, n'olur." Anlamıştı Sultan, çok iyi anlamıştı. Halit çıksın gitsin, başka da bir şey istemiyordu. Ödü patlıyordu, ölmek istemiyordu ama ölmeye çok yakın olduğunu da hissediyordu. Canını kurtarmak için her şeyi yapabilirdi ama Halit ondan hiçbir şey istemedi, istediği tek şey; bir daha Sultan tarafından tehdit edilmemekti. Canına tak etmişti artık. Yüz vermişti, astarı isteniyordu.

"Lanet olsun böyle orospulara, nereden bulaştım ki?" diye düşünüp çıktı evden Halit. Lüks arabasına bindi ve onlarla bir daha karşılaşmamak ümidiyle gitti.

Kıymet, Halit'in sesini duymuş ama odasından çıkamamıştı. Ne zaman ki pencerenin arkasından Halit'in gittiğini gördü, o zaman çıktı. Sultan düştüğü yerde yatıyor ve korku içinde titriyordu. Kıymet koştu, hâlâ açık olan sokak kapısını kapadı. Sultan'ı tutup kaldırmak istedi ama Sultan ondan iki kat daha kiloluydu. Kıymet, son zamanlarda gücünü de iyice kaybetmişti. Kaldıramayınca gitti, mutfaktan bir bardak su aldı, Sultan'a içirmeye çalıştı. Sultan bir yudum içip gerisini elinin tersiyle itti ve suyla dolu bardak yere düştü.

"Senin yüzünden," dedi Kıymet'e. "Bu adam senin yüzünden başımıza bela oldu!"

Kıymet daha fazla dayanamadı. "Benim yüzümden mi? O adama beni sen satmadın mı? Sırf para koparmak için tehdit mi ettin? Bana neler yaptığını görmedin mi? Sen hangi cesaretle bu kadar aptal olabildin? Bir de beni mi suçluyorsun? Nasıl bir insansın sen? Nasıl bir annesin sen? Canavarsın sen! Nefret ediyorum senden, senin gibi anne olmaz olsun!" diyerek ağlamaya başladı.

Sultan ilk defa Kıymet'e cevap vermedi, aslında dediklerini çok da fazla dinlememişti. Canıyla meşguldü. O an fısıltıyla inleme arasındaki bir ses tonuyla "Obsesif orospu!" dedi ama daha fazla uzatmadı.

Kıymet ise gidip kendini odasına kapadı. Bir anne nasıl bu kadar kötü olabilirdi? Kendi bedeninden çıkan bir bedene nasıl bu kadar kötü davranabilirdi?

———————◆———————

Harun, anne ve babasının kendisinden bir dakika bile ayrılmak istemediklerini bildiği hâlde Selen ve Tuğçe'yi evlerine götürmek istediğini, ancak ondan sonra yanlarına dönmeye çalışacağını söyledi. Kabul ettiler, nasılsa artık yerini biliyorlardı. Onu sıkboğaz etmeyecek, her şeyin yavaş yavaş düzelmesini bekleyeceklerdi.

Harun'un babası rahat gidebilmeleri için arabasını ve şoförünü onlarla birlikte göndermeyi teklif etti. Kabul etti Harun, Selen'i bu hâldeyken daha fazla yormak istemiyordu.

Son model özel araçlarıyla eski püskü mahallelerine ulaştıklarında, şoför arabayı durdurduktan sonra hiç beklemeden indi ve arkasındaki yolcu kapısını açtı. Tuğçe kapısının açılmasına fazlasıyla şaşırdı ve arabanın içerisinde bir süre daha kaldı. Harun da ön koltuktan inmiş, Selen'in kapısını açmıştı. Tuğçe'nin henüz inmediğini görünce Selen güldü. Şoförü kastederek "Korkma, arkadaş ısırmaz, inebilirsin," dedi ama o sırada Tuğçe zaten inmek için hamlesini yapmıştı. Selen'in şakasından dolayı utanıp kızardı.

Tayfun uzaktan onları görüp koşarak yanlarına geldi. Şaşıracak ne çok şey vardı o karede... Neden lüks bir arabayla gelmişlerdi? Harun abiye ne olmuştu böyle? Neden hepsi bu kadar mutlu görünüyordu? Ne olursa olsundu, hepsi iyiydi ya, asıl önemli olan buydu. Nasılsa birazdan her şeyi Harun abisinden öğrenirdi.

Harun, Tayfun'u omuzundan yakalayıp; "İşte, Selen'i ilk gören, bu yakışıklıydı," diyerek kızlarla tanıştırdı.

"Sahi ya, sen beni nasıl gördün ki?" diye sordu Selen. Bu sorunun cevabını henüz Harun'dan da almamıştı.

Tayfun "Eee, şey..." derken Harun sözünü kesti. "Hadi, girin içeri, bunları sonra uzun uzun konuşuruz," diye geçiştirdi.

Tayfun kurtulduğuna sevinmiş, ama ne zaman bu kadar kaynaştıklarına akıl sır erdirememişti. Bu büyükler hayatı ne kadar da hızlı yaşıyordu.

Selen "Peki, öyle olsun bakalım," dedi ve Tayfun'un saçlarında parmaklarını gezdirdi. İkisinin de hoşuna gitti. Tam apartmana gireceklerken Tuğçe, "Ee, gelin bir kahve içelim," dedi. Hepsi kabul etti ama en başta Tayfun koşup girdi Tuğçe'nin hiç de yabancı olmadığı evine.

En son da Tuğçe gitti peşlerinden. *"Ne tuhaf, buradan nasıl çıktık, şimdi nasıl dönüyoruz,"* diye düşündü. Resmen yeni arkadaşlar edinmişti: bir bağımlı, bir katil ve bir de çocuk... Gerçi ortada bir katil yoktu ama Harun'a isminden çok katil demişti Tuğçe. *"Ne tuhaf, katil sandığım kişi, kahraman çıktı,"* diye düşündü. Utandı yine, ama bu sefer çok rahatsız olmadı. Kimse onu yargılamamıştı. Selen'in yargılamaması normal olabilirdi ama Harun'un yargılamayışı daha bir rahatlattı. Peşlerinden apartmana girdi. Olay yerinden geçerken tüm yaşananları zihninde bir kez daha izledi. Yüzündeki rahat gülümsemesini diğerleri de fark etti.

"Ne anı oldu ama!" dedi Selen. Haklıydı; anıydı bunların hepsi. İyisiyle kötüsüyle her şey yaşanacak ve geçmişte kalacaktı, ama olay anında verilen tepkiler aşağı yukarı aynı olacaktı, ta ki farkına varıp değiştirmek isteyene kadar.

<hr>

Doğan, Kıymet'e olan saplantısının farkında olup, eski yaşadıklarını yaşamamak adına kendince önlemler almaya karar vermişti. Hiç istemese bile kendini arkadaşlarının ortamına zorla götürüyor, orada biriyle tanışıyor, sevişiyor, içiyor, dans ediyor; kusuyor, bayılıyordu. Sonra başka bir yere gidiyor, orada biriyle tartışıyor, kavga ediyor, dövüyor, dayak yiyordu. Yine içiyor, içiyor ve yine bir yerlerde bayılıyordu. Çevresindeki herkes bir şeylerin normal olmadığının gayet farkındaydı ama ne zaman soracak olsalar, Doğan kendisiyle tartışmak istediklerini ya da artık onu sevmediklerini düşünüyor, kavga çıkarıp ortamı terk ediyordu. Bu yüzden de kimse soru sormak istemiyor, üstelik aynı ortamda olunca yine sorun çıkaracak diye rahatsız olduklarından ondan uzaklaşmaya çalışıyorlardı. Kimi arasa işi olduğunu söylüyor, kime katılmak istese ortamı erkenden terk ediyordu. Çevresindekilere en çok ihtiyacı olduğu bir zamanda çevresini kaybetmenin verdiği acı onu daha fazla hata yapmaya itiyordu.

Kimsenin onu istemediği bir gün, kendi lüks evinin bahçesinde zilzurna sarhoş hâldeyken Kıymet'i aramak istedi. Aradı ama Kıymet cevap vermedi. Defalarca aramaya devam etti, açana kadar arayacak ve sonunda Kıymet'i geri kazanacaktı. Ne yapmıştı ki? Suçu neydi? Kesin hata kendisindeydi! Her gün öyle çok hata yapıyordu ki, *"Farkında olmadan Kıymet'e de bir şey yapmış olmalıyım,"* diye düşündü. Öğrenecekti yaptığı hatayı ve ne olursa olsun telafi edecekti. *"Ah, bir açsa telefonu, bir açsa, o zaman her şey düzelecek,"* diye düşünüyordu. Bir bağımlılığın yoksunluğunda yaşadığı kriz gibi atak geçiriyor ve telefonu açıp ona ihtiyacı olan dozu vermesi için çırpınıyordu. "Aç şu telefonu, aç, aç, aç!" Defalarca aradı ve sonunda Kıymet'in telefonu tamamen kapandı. Ona ulaşamayacağını anladığında da elindeki viski şişesini yere fırlattı, tuz buz etti.

<hr>

Tayfun, her zamanki gibi olmaması gereken yerde, duymaması gereken şeyleri duyuyordu. Doğmaması gereken bütün insanların başına gelen normal bir durumdu bu. Ama en azından bu defa yüzü gülüyor, kendine zarar vermiyordu.

Tuğçe kahve yapmak için mutfağa girdiğinde, Selen iki dakikada evden sigarasını alıp döneceğini söylemiş ve elinde sarılı bir esrarla geri dönmüştü. Tuğçe ise fark eder etmez gözlerini büyütüp, "Yok artık, daha bugün bu yüzden ölümden döndün!" diye tepki göstermek istedi.

Selen ise, "Yok anneciğim, bu masum. Onu yapan başkaydı, hatta bu, seninkilerden bile daha masum, o yüzden rahat ol!" deyip evde sigara içilip içilmediğini sormadan yaktı. Kocaman bir nefes çekti, dumanını üflerken Tayfun'u fark etti. Henüz yarısını boşaltabilmişti, kalanını ise içinde tutarak yok etmeye çalıştı ama burnundan çıkmasını engelleyemedi. "Ya, sen burada olmasan daha iyi değil mi?" diye sordu Tayfun'a ve o da hemen dudağını büktü. Niye gelmişti ki, zaten kimse onu çağırmamıştı. *"Keşke gelmeseydim,"* diye düşündü ve kalktı. "Yanlış anlama, sigaradan dolayı dedim, çocuksun ya, dokunmasın diye," dedi ve sonra toparlamaya çalıştı: "Ya asma suratını hemen." Bu kadar küçük bir çocukla en son kendi çocukluğunda bir araya gelmişti. Nasıl davranması gerektiğini bilemiyordu.

Tayfun, "Onu bizim evde de içiyorlar," diye savunmaya geçti.

"He, iyi o zaman, kal, kahramanım benim!" diye yüceltti onu Selen. Mutlu oldu ve kaldı Tayfun. Ne Harun bir şey dedi ne de Tuğçe. Aslında Tuğçe, "Onun küçük ciğerleri..." diye kritize etmek istedi ama Selen'in defalarca tekrarladığı *"Rahat ol!"* şartlanmasına girmişti; rahat oldu ve bu defa umursamamayı seçti.

Dördü de hiç konuşmadan rahatça oturdu. Selen, telefonundan sözsüz, sakin bir müzik açtı. Önce bedenlerinin birbirlerine alışmasına izin verecek, daha sonra kendilerinden bahsedeceklerdi ama bugün değildi. Bugün birbirleri hakkında fazlasıyla özel bilgiler edinmişlerdi ve bütün olanları sindirmek için zamana ihtiyaçları vardı.

Hastaneden çıkarken Harun'un babasının verdiği telefonun çalmasıyla sessizlik bozuldu. Yıllardır telefon kullanmadığı için alışık olmadığından, cebindeki telefonun çalmasıyla bir anda yerinden sıçradı Harun. Telefonu cebinden çıkardı; numara kayıtlı değildi ama babasının numarasını çocukluğundan beri ezbere biliyordu.

"Açmayacak mısın?" diye sordu Selen.

"Siktir!" dedi Tuğçe, çoktan vermesi gereken laptopun hâlâ masanın üzerinde olduğunu fark etti.

Açtı Harun. "Baba..."

Kalktı Tuğçe, laptopu aldı.

Kalktı Harun, babasına "Ne oldu anneme!" dedi.

Kalktı Selen ve Tayfun, telefonun diğer ucundaki babasını dinleyen Harun'a, aynı anda "Ne olmuş?" diye sordular.

Kapattı Harun ve "Ölmüş," dedi. "Annem ölmüş!"

"..." Hepsinin ifadesi yüzlerinde dondu.

Harun gözlerini tek tek odadakilerin gözünde gezdirdi. Kimdi bu insanlar, ne işi vardı burada? Ona olan sevgisinden felç olmuş annesini, on altı yıl önce terk ettiği yetmezmiş gibi bugün bir kez daha terk etmişti. Nasıl bir kötülük yapmışlardı ki ona? Çok mu sevmişlerdi, çok mu üstüne düşmüşlerdi, her istediğini yapmak suç sayılır mıydı? Ne yapmışlardı ki, onlara bu kadar acı çektirmişti?

Ölmüştü işte annesi. Bir daha onu hiç göremeyecek, ondan hiçbir şey isteyemeyecekti. Belki isteyecekti ama annesinin artık onun isteklerini yerine getiremeyeceği kesindi işte. Her şeye rağmen babası, telefonda ne kadar sevgi dolu bir sesle konuşmuştu. Babasının sesini, dediklerini hatırladı: *"Oğlum, canım yavrum, annen... Biliyorum, çok üzüleceksin ama gerçeği nasılsa öğreneceksin. Anneni... Kalbi iyice zayıflamıştı... Tedavi olmayı hiçbir zaman kabul etmedi. Yavrum, anneni... Kaybettik! Gel, son bir kez gör, olur mu? Senin bildiğin evden taşınmıştık. Bu evi bilmiyorsun. Sana şoförü göndereceğim."*

"Başın sağ olsun!" dedi Selen ve sarıldı ona.

"Başın sağ olsun!" dedi Tuğçe, hâlâ Harun'a sarılan Selen'i de Harun'u da aynı anda kucakladı.

Tayfun da gitti, kollarının uzunluğu yettiğince hepsine birden sarıldı. Bir süre öylece durdular. İlk ayrılan Selen oldu. "Ee, gitmeyecek misin?"

"Gideceğim."

"Nerede oturuyorlar?" diye sordu Tuğçe.

"Bilmiyorum."

"Nasıl gideceksin peki?" diye sordu Selen.

"Şoför gelip alacak."

Şoka girmişti Harun. Selen, Tuğçe'ye döndü. "Bir bardak su getir," dedi. Koştu Tuğçe mutfağa, elinde suyla döndü. Selen, sehpanın üzerinde duran antidepresan ilacından bir tane çıkarıp Harun'un ağzına soktu, Tuğçe'nin elindeki suyu da alıp burnunun dibine uzattı. "Yut onu!" dedi. Yuttu Harun!

Tuğçe, "Aslında yarım verseydik daha iyi olurdu..." demeye çalıştı ama Selen bakışlarıyla kesti onun sözünü. Sustu Tuğçe.

Arkada hâlâ Selen'in açtığı müzik çalmaya devam ediyordu, kimse kapamadı. Hepsi zihinlerinde empati yapmayı deniyordu.

Selen, henüz ilkokul birinci sınıfta kendisini yatılı okula verip, bir daha eve gelmesine hiç izin vermeyen annesinin ölümünü hatırlıyordu.

Tuğçe, hâlâ yaşayan ama despot babası uğruna annelik vasfından feragat eden annesi eğer bugün ölürse ne hissedeceğini düşünüyordu.

Tayfun *"Keşke benim de anneannem ölse, annem biraz rahat ederdi..."* diye düşünüyordu.

Harun ise kendini annesinin yerine koymaya çalışıyor ve onun bunca yıldır çektiği gereksiz acıları düşünüp ölmek istiyordu. Bir araba kornasının sesi ile çıktı hepsi, girdikleri zihin trafiğinden.

"Ben de geleceğim!" dedi Selen. Bugün onun için bu kadar koşturan bir insanı yalnız bırakmayacak kadar vicdanlıydı.

"Ben de" dedi Tuğçe. Elindeki laptopu aldığı yere geri bıraktı. Sonuçta bugün ona da çok büyük yardımı dokunmuştu Harun'un. Borçlu sayılırdı. Laptopu da çalmamıştı ya, yarın götürüp verirdi.

"Ben de" dedi Tayfun. Harun abisini hepsinden daha çok tanıyordu. Belki de en çok gitmesi gereken kişi oydu.

Apar topar çıktılar, son model lüks arabaya bindiler ve malikâneye benzer bir eve doğru yola koyuldular. Harun'un ölü annesini son yolculuğuna uğurlamaya...

Sultan bir yandan bavulunu hazırlarken bir yandan da Kıymet'e seslendi: "Kıymet, hani benim bir tane uzun yeşil pareom vardı, bulamıyorum. Nerede o?"

"Bilmiyorum!"

"Öf, geçmedi şu asık suratın ya. Vallahi beni canımdan bezdirdin. Şu yaşadıklarım yetmiyormuş gibi bir de senin bitmek bilmeyen tribini çekiyorum."

Tabii ya, haklı… Onun yaşadıkları ne de zordu. Kadıncağız nasıl da katlanıyor, helal olsundu. Kıymet bavulu gördü ve sordu: "Ne o, bir yere mi gidiyorsun?"

Sultan "Evet, kaplıcaya…" diye cevapladı. Sesi aniden, inleme gibi bir tona evrildi. "Anacığın size belli etmemek için çok çalışıyor ama dayanamıyorum artık. Sanki kemiklerim kırılıyor, acı çekiyorum ben, çok acı çekiyorum ama sıkıyorum dişimi. Belli etmiyorum kızıma da torunuma da. Ana yüreği ne de olsa, kıyamıyorum size. Ama artık kendime bakmaya mecburum. Ben olmasam siz ne yapacaksınız, değil mi? Aç kalırsınız, küçücük çocukla sokaklara düşersin. İşkence ederler sana, ama en çok benim zavallı, babasız torunuma kim bilir neler yaparlar…"

Kesti onun sözünü Kıymet: "Ne zaman döneceksin?"

"On gün sonra. Sizi de unutmadım tabii. Sana iş ayarladım, anlattım durumunu. Zor oldu ama kabul ettirdim. Eee, bu hâlinle iş bulman mümkün değil aslında ama ben hep seni düşünüyorum. Senin arkanda annen varken aç kalmazsın, merak etme." Böbürleniyordu Sultan.

"Ne diyorsun sen, ne işi?" diye tısladı Kıymet.

"Devlet dairesinde memurluk. Ayol, ne işi olacak, hafızanı da mı kaybettin sen? Hem bak, bu defa ödemeyi sana elden yapacak. Ben yokken o parayla yer içer, paşalar gibi oturursunuz evimde." Aslında müşteriyle konuşurken parayı kendi hesabına göndermesi konusunda çok ısrar etmiş ama Sultan'a güvenmediğinden, kanıt bırakmamak için elden vereceğini söyleyen bir pimpirikliye denk gelmişti. Kendisine gönderseydi, paranın yarısından fazlasını alacak, kalanını bırakacaktı. Ama yapacak bir şey kalmayınca, mecburen o paradan vazgeçmişti. Tabii bundan Kıymet'e bahsetmesinin gereği yoktu.

"Bu hâlimle beni elin adamının koynuna gönderiyorsun ama sen tatile gidiyorsun, öyle mi anne?" dedi Kıymet.

"Aaa, olur mu öyle şey? Tatil değil, tedavi bu, kızım! Eee, sen daha ne kadar yatacaksın evde? Çalışman lazım, senin de çocuğun var. Zaten evin bütün masraflarını ben karşılıyorum..." dedi Sultan.

Kıymet yine kesti onu: "Ben bunca zamandır çalışarak ne yapıyorum peki, anne? Kazandığım bütün parayı sen alıyorsun. Yahu, resmen benim paramdan bana harçlık veriyorsun."

"Sen ne kadar para kazandığını sanıyorsun ki? Kızım, sen gidip yattın da trilyonlar mı kazandın? Üç kuruş para etmiyorsun. Sarı kuru bir şeysin." Doğru değildi bu. Kıymet, onun gördüğü en çok kazanan fahişelerdendi çünkü çok güzeldi. Kimden ne kadar para isterse kabul ettirebiliyordu ve her defasında daha fazlası için diretiyordu. Sonuçta Kıymet'in kaç para ettiğini ve kaç paraya satılacağını da Sultan belirliyordu.

Kıymet, "İyi, git, bu evde iyileşmesi gereken tek kişi sensin ya, git, tedavi ol!" dedi. Daha fazla uğraşamayacaktı bu arsız kadınla. Odasına gidip yine kapısını kapattı.

Sultan "Senin dilin fazla uzadı! Bu hâlime aldanma, kalkar kırarım sağlam kalan yerlerini, terbiyesiz!" diye bağırdı. "Obsesif orospu!" diye kısık sesle tıslayarak ekledi.

Cevap vermedi Kıymet. Annesi en azından on gün boyunca evde olmayacak ve o da oğluyla baş başa vakit geçirebilecekti. Ne kadar uzun zamandır oğluyla beraber yemek yememişti, çocuğun eline sandviç tutuşturup duruyordu. Berbat bir anneydi, tıpkı kendi annesi gibi, kendini düşünmekten çocuğuna doğru düzgün vakit ayırmayan vasat bir anne. Her doğuran, anne olamıyordu, doğurdu diye bir anda değişip kendini sevgiyle çocuğuna adayamıyordu. Kıymet çok istemişti öyle bir anne olmayı ama gücü yoktu. Önce kendini doyurmalıydı insan, kendini sevip kollamayan kişi bunu bir başkası için yapamazdı, çocuğu bile olsa yapamıyordu işte. Kendine acımayı, kendinden nefret etmeyi öğrettiler ona, o da oğluna ancak bunları öğretebilirdi. *"Sahi ya, Tayfun hâlâ nerede, neden eve gelmiyor?"* diye düşündü; pencereden baktı, görünürde kimse yoktu.

———◆———

Selen, Tuğçe, Tayfun ve Harun koskoca bir evin büyük kapısından içeri girdiler. "Babanız üst katta sizi bekliyor," diyen hizmetliye teşekkür ettiler.

Kendi evlerinden daha büyük ve kendi evlerini satın alabilecek kadar pahalı eşyanın olduğu antrede dördü de yan yana durdu. Harun, ailesinin çok zengin olduğunu biliyor ancak öyle uzun zamandır bu kadar lüks bir eve girmiyordu ki, olduğu yeri o bile yadırgadı. Pis hissettiler kendilerini. Ev öylesine güzel, temiz ve zevkli döşenmişti ki, sakil kaldılar içinde, ama ne önemi vardı bütün bunların? İçindeki insanlar her şeye rağmen mutsuzdu, hatta mutsuzluktan ölebiliyorlardı!

Ortamı izlemeyi ilk bırakan Selen oldu ve Harun'un sırtına avuç içini bastırarak devam etmeleri gerektiğini hatırlattı. Hizmetli, onları kapının önünde öylece bırakmıştı. Neredeydi ki babası? Bu eve, en az yanındakiler kadar yabancıydı Harun.

Tuğçe "Yukarıda demişti galiba..." dedi ve gitmeleri gereken merdivenleri tereddütle işaret etti.

Harun da yavaş adımlarla o yana doğru ilerledi. Gittikçe her adımı daha da ağırlaşıyor, sanki ayaklarına bağlı betonları çekiyormuş gibi hissediyordu. Hepsi merdivenleri tırmanmaya başladı.

Üst kata ulaştıklarında, koridora açılan bir odanın kapısından Harun'un babası çıktı. Henüz oğlunun geldiği haber verilmemişti ama geleceğini bildiğini gösterir bir şaşkınlıkla olduğu yerde kaldı. Oğluna baktı; kimdi yanlarından ayrılmadığı bu insanlar? Nasıl olmuştu bütün bunlar? Yıllardır özlemini çektiği oğlu karşısındaydı ama ölesiye âşık olduğu karısını bir daha hiç göremeyecek olması nasıl bir cezaydı? Harun'un babası, doğduğundan beri hayatını başkalarına adayan, çok çalışkan, çok yetenekli bir insandı ama kendi hayatı göründüğünden çok daha dramatikti. O, babasını hiç görememişti. Henüz doğmasına bir ay varken ölmüştü. Annesi onu tüm maddi ve manevi zorluklara rağmen tek başına büyütmüş, okutmuş, oğlu doktor çıktığındaysa ölmüştü. Doktorluk mesleği, hiçbir sevdiğini kurtarmaya yetmemişti onun. Aslında başarılı bir beyin cerrahıydı ve çok sık birilerinin hayatını kurtarıyor, ölümden dönmelerini sağlıyordu ama kendi karısını kurtarmayı başaramamıştı işte. İnsan yaşamayı istemezse hiçbir doktor, hatta Tanrı bile ona yardım edemez. Mesleği sayesinde bu gerçeği çok iyi öğrenmişti. Şimdi oğlu, karşısında canlı kanlı duruyor; ama onun gidişinden kendini sorumlu tutan ve yaşama hevesini kaybeden karısı, durduğu kapının ardında cansız hâlde yatıyordu. *"Neden daha erken gelmedin,"* diye kızmalı ya da *"Neden gittin?"* diye suçlamalı mıydı? Hiçbirini yapamadı... Kan çanağına dönmüş gözlerini oğlunun gözlerine kilitlemiş ve saatlerdir ilk defa nefes alabildiğini fark etmişti. Ona ihtiyacı vardı, oğlundan başka hiç kimsesi yoktu ve en azından onun varlığıyla güç kazanacaktı. İkisi de aynı ağır yükle koridorun ortasına yürüdü ve birbirlerine tutundular. Ayaklarına bağlanmış ağır yük onları aşağı çekip boğmasın diye sarıldılar sıkıca. İki tanıdık kalp bu denli yakın atmaya başlayınca normal ritmine geri döndü ve bu hiç bitmesin diye ayrılmadılar. Her şeyin özlemini ve acısını hafifletmek için sonsuza kadar orada öylece durabilirlerdi, ama Tuğçe'nin çalan telefonu, bu anı bozmamak adına kıpırdamayan herkesi yerinden sıçrattı.

"Ço-çok, çok özür dilerim," diye kekelemeye başladı yine, telefonunu çantasında arıyor ama bir türlü bulamıyordu.

Selen yine, "Rahat ol!" dedi ve iki kelimelik komutla Tuğçe'nin paniğini azaltmasını, bu sayede sakinleşip telefonu bulmasını sağladı. Selen'in böyle bir gücü vardı. Henüz kendisi de bilmiyordu ama insanların ruhsal davranışlarını değiştirme yeteneğine sahipti. Bu yeteneğini çok küçükken, yatılı okulda kalmaya başladığı dönemde, kendi ruhsal durumunu değiştirmek için fazlasıyla pratik yaptığı zamanlarda edinmişti. Onun olduğu ortamda her şey aniden değişebilir, onun istediği yöne doğru sürüklenirdi ve o, şimdi herkesin sakin olmasını istiyordu. Herkes sakinleşti.

Tuğçe'yi arayan ise telefonunda kayıtlı olmayan bir numaraydı ve o da ortamı bozan bu sese bir son vermek adına telefonu hemen kapadı.

<hr>

Sultan, hak ettiğini düşündüğü tatiline gitmişti. Oteline ulaştığında her şey öylesine muhteşemdi ki... Kendisine ait bir oda, rahat bir yatak, temiz çarşaflar, duş, mini buzdolabı hatta büyük sayılabilecek bir televizyonu bile vardı. Daha ilk anda, her şey dâhil paketinin akşam yemeği fırsatını kaçırmamak için odasını keşfettikten hemen sonra hızla yemek salonuna indi. Menüde her çeşit et vardı. Sultan biraz kırmızı et, biraz tavuk, biraz balık ve biraz da ciğer istedi. Yemekleri servis eden personel, takındığı en kibar hâliyle, böyle karışık bir yemeğin kendisine dokunabileceğini söylemeye yeltendiyse de Sultan en pişkin hâliyle, "surf and turf" yaptığına onları inandırmaya çalıştı. Bu tekniği televizyondaki bir yarışma programında duymuştu ve gerçekte ne olduğu konusunda hiçbir fikri yoktu. Ama o an için Sultan, bir asilzadeydi ve bilmediği hiçbir şey yoktu. Tabii buna inanan tek kişi Sultan'dı. Personel, Sultan gibi açgözlülerle o kadar çok karşılaşmıştı ki, yapılmış tüm esprilere daha önce gerçekten gülmüş, yalandan gülmüş, hatta kibar davranmak adına kendini zorlayarak bile gülmüştü ama artık gülmek için tek bir sebep bulamıyordu ve onun yerine duymazlıktan gelip, Sultan'ın geçip gitmesini bekledi. Sultan ise personelin suratına bile bakmadan, taşıyabileceği kadar yemeği tabaklarına sığdırıp, oturmak için yemek salonundaki masalara göz gezdirdi. Ortalarda iki ve dört kişilik masalar, cam kenarlarında altı kişilik masalar vardı. Sultan, cam kenarında tek boş kalan altı kişilik masaya kuruldu ve sıcak havuzun manzarası eşliğinde altı kişilik yemeğini yemeye başladı. Beklenenin aksine, yemeğinin tamamını bitirmek üzereydi ama arka masadan gelen kahkaha sesleri iştahını kaçırdı. Kötü hissetmişti. Durduk yere ne olmuştu ki şimdi? Belki de yemek dokunmuştu ama arka masadan gelen sesleri dinlemeden edemiyordu. Yemeklere fazla odaklandığından, oturduğu ilk zamanda onları fark edememişti ya da o oturduktan sonra gelmişlerdi; hatırlayamadı. Masadakilere göz gezdirmek için, fazlaca ağırlaşmış bedenini geriye doğru çevirmeyi denedi. Bu hareket normal bir insan için kolay olsa bile, Sultan gibi kilolu insanlar için o kadar da kolay sayılmazdı; hele bir de bunca yemeğin üzerine, oldukça zordu. Sandalyesinden gelen sesler ve dönme çabalarını, arka masada kendisine doğru dönük olan biri hemen fark etmişti. Sultan da dönmeyi başardığında, adamla göz göze geldiler. Siyah takım elbiseli, iri yarı adam ayakta duruyordu. Sultan bütün bunları göz önünde bulundurup adamın koruma olduğunu anlamış ama kimi koruduğunu anlayamamıştı. Oturanlara baktı; kendisine dönük olan kişileri tanımıyordu. Arkası dönük olan kişi bir büyük kahkaha daha attı. Gözleri büyüyen Sultan yutkundu. Yediği yemek, yemek borusuna dönmüş, ağzının tadı kaçmıştı. Cüssesine aldırmadan hızla geri döndü. Oradan hemen gitmesi gerektiğine karar verdi, ancak koruma ters bir şeyler olduğunu fark edip, masada arkası dönük hâlde oturan adamın yanına gitti ve kulağına eğilip bir şeyler söyledi. Patronu olduğu belli olan adam gülmesini kesti. Sultan apar topar kalktı, geldiği gibi koşar adım çıktı yemek salonundan. Bu defa, geldiğinde olan hislerden eser yoktu. Koridorun sonundaki asansöre ulaştığında, asansör henüz o katta değildi. Çağırma düğmesine defalarca basmış, bir yandan da arkasından kimse geliyor mu diye koridora geri dönüp bakmıştı. Kimse yoktu. Belki de yanlış anlamıştı. Boş koridor az da olsa onu sakinleştirmeyi başardı ve Sultan, en doğrusunun odasına gidip bir duş almak ve sakinleşmek olduğunu düşündü.

Yemek salonundan çıkarken yanına kuruyemiş ve meyve almadığına pişman oldu. Gece televizyon izlerken atıştırmaya alışıktı. Sultan, asansörün gelişiyle daha da rahatlamış, derin bir nefes alıp vermişti. Ancak asansörün içinden takım elbiseli bir otel personeli çıktı, elinde de bir tablet vardı. Sultan yaşlı değildi, gözleri de fazlasıyla iyi görüyordu. Tabletin ekranında kendi fotoğrafını ve onun altındaki, kimliğinin ön ve arka yüzünün fotoğrafını gördü. Paniği şiddetlenmiş ve bir girdap gibi Sultan'ı içine çekmişti.

Korumanın çıktığı asansöre hızla bindi ve kapı kapanırken adamın hemen kapının arkasında durup kendisini izlemesine baktı. *"Dünyadaki en yavaş kapanan asansör kapısı bu olmalı,"* diye düşündü. Kararını vermişti; odasına gidecek ve eşyasını topladığı gibi bu lanet yerden hızla kaçacaktı. Kendi katına ulaştığında asansörden indi. Odası koridorun en sonundaki odaydı. Cüssesine aldırmadan hızlı adımlarla odasına koştu. Nefes nefese kalmış, ayrıca stres ve yedikleri yüzünden gazla dolmuştu. Tüm bu zorlukların arasında, geldiğinde çıkardığı birkaç parça eşyayı alıp çantasına geri koyarken, kendisine engel olamayıp, yatağın üzerinde duran beyaz havluları da çantasına tıktı. Hızlıca etrafa göz attı ve başka bir eşyası olmadığını görüp odadan çıktı. Aynı koridoru aşıp asansöre ulaştı. Bu sefer daha temkinli davranmak istiyordu; asansörün kapısı açılana kadar birkaç adım geride beklemeye karar verdi. Sanki ters bir şeyler olsa koşup kaçabilecekmiş gibi... Asansör açıldı, boş olduğunu görüp bindi. Giriş katına indiğinde onu elinde çantasıyla gören resepsiyon görevlisi hemen telefona sarıldı. Sultan, kendisine odaklanmış personeli görmezden gelip kendini otelden dışarı atmayı başardı. Bir taksi çevirecek ve hemen eve gidecekti. Az kalmıştı, birazdan her şey geçecekti. Bir taksi gördü ve elini kaldırdı ama taksi doluydu. İkinci taksi geçti, o da doluydu. "Allah kahretsin!" dedi, öfkelenmişti. Neden bütün taksiler doluydu? Aslında geri dönüp resepsiyondan kendisi için bir taksi çağırmalarını isteyebilirdi ama bu riske girmeye değmezdi. Yol kenarında yürüyüp önüne gelen bütün arabalara el kaldırmaya başladı. Ne olursa olsun bu otelden uzaklaşmalıydı. Gerçi artık daha rahat hissediyordu; gaz sancısı azalmıştı, açık havada olmak ona iyi gelmişti. Kendisine doğru gelen taksiye el kaldırdı ve çok şükür ki taksi sağa kırdı, böylece Sultan boş olduğunu anladı, omuzlarını gevşetti. Kendini çok fazla sıkmıştı, ama şu an tamamen rahatlamıştı. Taksi tam yanına gelip durduğunda bir el Sultan'ı omuzundan yakaladı. Sultan'ın az önce rahatlamış bedeni kasılıp kaldı. Kendisini yakalamış takım elbiseli iri yarı adam, taksiciyi kolayca gönderdi ve eğer karşı gelirse Sultan'ı oracıkta öldürmekle tehdit edip, otelin arka tarafındaki bir depoya götürdü. Sultan karşı çıksa da birkaç dakika içinde kendini bir depoda, elleri kelepçeli şekilde sandalyeye bağlı olarak buldu. Ağlamış, yalvarmıştı ama hiçbir şey tesir etmemişti. Sultan nasıl bu hâle düşmüştü? Oysa o buraya tatile gelmiş, hatta tatil bile değil, tedaviye gelmişti! Kemikleri ağrıyordu; *"Zevk için değil işte, lanet olsun ki sadece iyileşmek için,"* diye düşündü. Bir, belki de iki saattir tek başına oturduğu sandalyede ağrılarını düşünmesi daha da fazla ağrı ve acı hissetmesine sebep olmuştu. Ölecek miydi şimdi? Hiç sırası değildi, daha yeni başlamıştı yaşamaya. *"Hayatımda ilk defa tatile geldim... Ne suç işledim de böyle oldu?"* diye düşündü ama kendinde hiçbir suç bulamadı.

Sonunda kapı açıldı ve Yavuz, iri yarı iki adamla birlikte odaya girdi. İkisinin de belinde silah vardı, görünsün diye özellikle ayarlamışlardı.

Yavuz, Sultan'ın eski çalıştığı genelevin en genç ortaklarındandı. En genç olmasına rağmen en sertiydi. Geldiği andan itibaren kızların çalışma sürelerini uzatmıştı. Ayrıca yeni doğan ve ölen olursa da bizzat kendisi ilgilenirdi.

Sultan da kaçarken en çok Yavuz'a yakalanmaktan korkuyordu. Bu yüzden sırf onun olmadığı zamana denk getirebilmek için kaçış planını aylarca ertelemişti. Şimdi ise korktuğu başına geldi. Onca yıl geçmiş ve ikisi de yaşlanmıştı ama kısacık bir tereddüdün ardından ikisi de birbirini tanıdı.

Yavuz o tanıdık gülümsemesi ile ağır adımlarla Sultan'a yaklaştı. "Seni hiç unutmadım!" dedi.

Sultan bağlı olduğu sandalyede geri gitmeye çalıştı. Kendini ondan korumak istiyordu ama daha önce hiç koruyamamıştı. Delicesine korkuyor; ondan yediği dayakları, gördüğü işkenceleri, uğradığı tecavüzleri hatırlıyordu. Bunca yıldır bastırdığı bütün travmaları bir bir yüzeye çıkıyor, Sultan korkudan nefes bile alamıyordu. "Bırak gideyim," dedi ama sesi küçük bir çocuğunki kadar ürkek ve derinden çıkmıştı.

Yavuz yine bir kahkaha attı ve Sultan'ın yüzüne doğru yaklaşıp; "Kader işte. O kadar aradım seni ama sen kendi ayağınla geldin, benim kovanıma girdin," dedi. Yıllar önce kaybettiğini sandığı bir davayı şimdi hiç beklemediği bir anda kazanmıştı.

Sultan, Yavuz'un kendisine bu kadar yaklaşmasından daha çok korkarak; "Yalvarırım, bırak gideyim," dedi.

Yavuz bir adım geri çekildi ve Sultan'ın sandalyesinin etrafında ağır adımlarla yürürken "Ah Sultan, ah," dedi. "Daha önce gittiğinde bana ne çok zarar ettirdin. Şimdi yine mi gitmek istiyorsun? Ayıp ediyorsun. Ben buraya borcunu ödemek için geldiğini düşünmüştüm." Sultan'ın tam önüne gelip durdu. Kinayeli bir gülümsemeyle onu aşağılayarak sözüne devam etti: "Yıpranmışsın be Sultan. Oysa ben sana ne iyi bakıyordum. Bir de şu hâline bak..."

Sultan, Yavuz'un kendisini öldüreceğini hissediyordu. Bir kez daha yalvarıp gitmek istediğini söyledi ama kesti onu Yavuz. "Daha dur, Sultan Hanım, yılların özlemini bu kadar kısa zamanda gideremeyiz, değil mi? Bak, seni otelimizin en özel odasında ağırlıyoruz. Yoksa sen beni özlemedin mi?" dedi, fazlasıyla alaycı bir tavırda konuşuyordu ama bu, Sultan'ı daha fazla korkutuyordu. Eskiden de böyleydi, döverken bile gülerdi; hatırlıyordu Sultan.

Sultan ağlamaklı bir sesle "Yavuz, yalvarırım sana, bırak beni!" dedi.

Yavuz "Yahu, yapma işte bunu. Bilmiyor musun, sevmiyorum birinin yalvarmasını," dedi. Sanki geçmişteki bir sahnenin aynısını canlandırıyordu. Yavaş hareketlerle belindeki kemeri çıkarıyor, çıkarırken de gülümsüyor, az sonra olacakları hatırlaması için Sultan'ın gözlerinin içine bakıyordu. Sultan bu anı da hatırladı, Yavuz daha elini kemerinin tokasına götürdüğünde hatırladı. Birazdan o kemer, pantolondan yavaş yavaş sıyrılacak ve sesi Sultan'ın bedeninde yankılanacaktı. Çarptığı her yer kaynar su dökülmüş gibi acıyacak ve acısı devam ederken diğer yerlerinde de aynı acıya sebep olacaktı. Henüz vurmamıştı ama Sultan'ın canı şimdiden acıyordu. Yavuz kemeri iki elinin arasında, iki kat yaptı ve ani bir hareketle kayıştan yüksek bir ses çıkardı. Sıçradı Sultan. Ya şimdi ölecekti ya da gelecekte iyice yaşlanıp yavaş yavaş ölecekti. Yavuz'dan kurtulmanın tek bir yolu vardı, ama o yolu tercih etmek istemiyordu. Hangi ölümü seçeceğine karar veremiyordu. Yavuz'a istediğini verir ve buradan kaybederek çıkarsa, gelecekte aç kalacağı günlerin daha zor geçeceğine emindi. O düşünürken, Yavuz ilk vuruşunu yaptı. Kemer, Sultan'ın omzunun başından sırtına doğru ilerledi, kuyruk sokumuna doğru kırmızı bir şerit oluşturdu. Hemen arkasını başka şeritler takip etti. Sultan artık, buraya gelirken var olan ağrılarını hissedemiyor, o ağrıları mumla arıyordu.

◆

Herkes ölüme hazır değil gibi yaşar, ama etrafta biri öldüğü an her şeyi ezbere bildiğini fark eder. Doğum gibi doğal olan ölüm, bir anda kabul ediliverir. Başta imkânsız gibi görünür, ama birkaç saat içinde insanın cansız bedeninin toprağın altına gömülmesi normalleşir.

Harun, annesinin cansız bedeni için yapılan bütün ritüelleri izlemiş, ancak yine de toprağın altına bırakılan bedenin annesine ait olduğuna kendisini inandıramamıştı. Bir yerlerden çıkıp gelecekmiş hissiyle öylesine doluydu ki, onca yıldır gelmemiş olmasına rağmen şimdi gelebileceğine inanıp etrafına bakındı.

Selen ise bu hissi tanıyordu. O, anne ve babasını on üç yaşındayken bir trafik kazasında kaybetmişti. Ailesi onun yanında hiç olmamıştı, ama gömülürlerken bir anda çıkagelip merasime katılacaklarını düşünmüştü Selen, tıpkı Harun gibi... Etrafına bakındı Selen; kendi ailesinin cenazesi hiç böyle değildi, tabutları taşımaya yetecek kadar insan vardı. Burada ise onlarca, belki de yüzlerce insan vardı. Hissedebiliyordu, sevgiden gelmişti bu insanlar ve şimdi hepsi üzgündü. Peki, böylesine sevilen birini oğlu neden terk etmiş olabilirdi ki? Onlar da başkalarına iyiyken, kendi çocuğuna zorba olan ebeveynlerden miydi?

İçinde buna inanacak bir his bulamadı. Harun'a baktı; onu fazla tanımıyordu ama kahrolmuş görünüyordu. Sorun neydi? Kimdi yılların ayrı geçmesine sebep olan suçlu?

Tuğçe, Selen'in omuzuna dokunarak onu bu sorgulama faslından çıkardı. Selen ise ne istediğini soran beden dilini kullandı. Tuğçe de hiç konuşmadan, gözleriyle, elini sıkıca tutan Tayfun'u işaret etti. *"Bir çocuk için ne kadar yanlış bir yer,"* diye düşündüler ve yine hiç konuşmadan sessizce anlaştılar; Harun'u orada bırakıp kalabalığın içinden çıktılar.

Tayfun diğer eliyle de Selen'in elini yakaladı. Onların düşündüğünün aksine kendini güvende ve rahatlamış hissediyordu. Bu an hiç bitmesin istedi ama yola çıkıp bir taksi çevirdiler ve kendi normallerine geri döndüler.

Taksiden indiklerinde, etrafa bakınan Timur'u fark etti Tuğçe. "Siktir, siktir, siktir!" diye tekrar etti.

Selen, Tuğçe'nin siktirlerinin hedefi olan kişiyi gördü; "Tanıyor musun?" diye sordu.

"Bilgisayar tamircisi. Benimki bozulunca ona götürdüm, o da bana geçici olarak kendi laptopunu verdi ama öyle şeyler yaşandı ki laptopu bir türlü geri götüremedim," diye açıkladı.

"Tamam ya, rahat ol, sonuçta çalmadın."

"Ama çalmışım gibi oldu."

"Saçmalama, hiçbir hırsız çaldığının yerine başka bir şey vermez, sadece çalar. Rahat ol!" dedi ve göz kırptı.

Tuğçe rahatladı ama Selen'in komutu yüzünden mi yoksa onu fark edip yine ilk gördüğünde olduğu gibi gülen Timur'un yüzünden mi, belli değildi. "Özür dilerim, ben gelecektim..." diye açıklamaya çalıştı ama Timur kesti lafını. "Sorun değil, bu tarafta işim vardı. Aslında bilgisayarın işi bitti diye aramıştım ama açmayınca... Sen de bu sokakta oturduğunu söylemiştin, belki görürüm diye laptopunu yanımda getirdim," dedi ve çantasından çıkardı.

"Oldu mu? Çok sevindim ama benim üzerimde nakit yok şu an..." Utandı Tuğçe, ama hiç beklemeden sözünü kesti Selen.

"Hadi, eve gelin, bende var. Zaten ölüyorum yorgunluktan. Dikilmeyelim burada."

"Paranın acelesi yok, ben işin varsa lazım olur diye getirmek istedim," dedi Timur.

Tuğçe daha fazla rahatladı. "Teşekkür ederim. Ben de senin laptopunu getireyim," derken, ikisi de Selen'i takip etti.

Selen apartmana girerken "Aç mısınız?" diye sordu.

Tuğçe "Açlıktan bayılmak üzereyim!" dedi.

Timur ise cevap vermedi. Çoğul eki kullanmıştı ama onu kastetmiş olamazdı. *"Yanlarında duran çocuğa sormuş olmalı,"* diye düşünüp arkasına baktı ama Tayfun çoktan gitmişti. *"O hâlde dil sürçmesidir,"* diye düşünüp sessiz kaldı.

Selen kapıyı açtı ve "Geçin siz, ben geliyorum," deyip banyoya gitti.

Tuğçe ise girmedi. "Sen geç, ben laptopunu getireyim," dedi ve Timur'u Selen'in kapısına yönlendirdi.

Timur onu dinledi ve Selen'in, kapısı açık olan dairesine girdi. Ama ne yöne gideceğini bilmediğinden, bu yabancı koridorda, iki kadından birinin geri dönmesini bekledi.

Tuğçe kendi evindeki masanın üzerinden laptopu alırken ilacını fark etti. *"Ne kadar dengesiz kullanmaya başladım,"* diye düşündü. Buraya taşınmadan önce her gün aynı saatlerde içerken, artık bazı günler hiç içmiyor ya da aklına geldiğinde içiyordu. Kutuyu eline aldığında, *"Artık içmesem nasıl olur?"* diye düşünmek istedi ama beyni ona, elinde tuttuğu ilaçlara olan bağımlılığını hatırlattı ve "Hemen iç!" komutunu verdi. Tuğçe kutuyu açıp bir tane aldı; aynı anda, karşı dairede Selen de klozete oturmuş, esrarlı sigarasının dumanını ciğerlerine dolduruyordu.

Timur ise beklediği iki kadının geri dönmeyişi ile biraz gerilmişse de bu stresini öz iradesiyle idare etmeye çalışıyordu. Tanımadığı birinin evinde, beklenmedik biri olmak hoş duygular hissettirmiyordu. Hatta buraya geldiği için pişman bile sayılırdı ama kimse yokken çıkıp gitmek çok daha yanlış anlaşılacağından beklemenin en doğru karar olduğuna kendini ikna etti.

Neyse ki ilk gelen Tuğçe oldu, Selen'in aksine bir nebze daha tanıdık bir yüzdü. "Selen nerede?" diye sordu Tuğçe. Aynı anda banyonun kapısını açan Selen, "Buradayım," diye seslendi. Selen ne zaman esrar içse göz kapakları kısılıyor ve dudakları öne doğru uzuyor; sanki yataktan yeni kalkmış gibi görünüyordu.

Tuğçe görür görmez anlamıştı, az önce esrar içtiğini. İçinde bir yerlerde bunun yanlış olduğunu ve yapmaması gerektiğini düşünse de ona karışmak istemiyordu.

"Niye burada dikiliyorsunuz? İçeri geçsenize," dedi Selen.

Timur "Ben gideyim, sizi rahatsız etmeyeyim. Belli ki yorgunsunuz da..." diye kibarlık yapmak istedi. Bu sözleri henüz onlar yokken kafasında planlamış ve şimdi planladığından daha kötü bir tonlamada söyleyivermişti.

Selen mutfaktan bir şişe şarap alıp "Saçmalama, gel, otur işte," dedi ve salona geçerken ekledi: "Korkma, katil falan değiliz."

"Kötü biri olduğunuzu düşündüğüm için değil," dedi Timur.

"Alt tarafı birlikte yemek yiyeceğiz," dedi Selen ama Tuğçe araya girdi: "Belli ki istemiyor, ısrar etmesen artık?"

Selen, bir Tuğçe'ye baktı, bir de Timur'a. Henüz yeni açtığı şarabından bir yudum aldı ve "Siz bilirsiniz, ne de olsa yakında yine görüşürsünüz," dedi. Sesi iğneleyici bir tonlamada çıkmıştı.

"Anlayamadım, ne demek istedin?" diye sordu Timur.

Selen "O laptop eski, bozulur. Yine görüşürsünüz, diyorum. Bu defa evini de biliyorsun, almaya gelirsin," diyerek Timur'u daha fazla rahatsız etti. Timur tepki vermek, soru sormak istedi ama yapmadı, arkasını dönüp gitti.

Tuğçe de duyduklarını anlayamamıştı. Suratı düşen Timur'u yolcu edip geri döndü. "Neydi şimdi bu?" diye sordu Selen'e.

"Ne neydi?"

"Niye Timur'a bu şekilde davrandın? Adam kalkmış buraya kadar gelmiş, ısrar edip içeri davet eden sendin ama sanki kovar gibi konuştun..."

"Ne alakası var? Belli ki senden hoşlanmış, buraya kadar gelmiş. Sen de ondan hoşlanmışsın. Ben de daha fazla uzatmasın, gelsin konuşun dedim."

"Ne saçmalıyorsun sen? Ne hoşlanması? Adamı daha önce sadece bir kere gördüm."

"Ama o sırada bütün bilgilerini verdin, öyle mi?"

"Evet ama sevgili olalım diye vermedim, bana bilgisayarını verdi."

"Bilgisayarını verip evinin adresini mi istedi? T.C. kimlik numaranı da verseydin, nikâh işlemlerine başlardı," diye alay etti Selen.

"Ya, neden anlamıyorsun? O bir şey istemedi, ben verdim. Bana güvensin diye bir anda söyleyiverdim işte. Salaklık ettim!"

"Sana güvenmemesi için ne sebep vardı ki?"

"Yoktu. Nasıl yani? Ne alaka şimdi?" diye sordu Tuğçe, olanları anlayamıyordu.

"Madem bir sebep yoktu, neden adamın ekstra güvenini kazanmaya çalıştın?"

"Öyle mi yaptığımı düşünüyorsun?"

"Belli ki sen de ondan hoşlanmışsın," dedi Selen.

"Siktir oradan, bir bok bildiğin yok, aptal aptal konuşuyorsun!"

"Neyi bilmiyorum?"

"Adamın dükkânına gittiğim gün, içeri girdiğimde kimse yoktu. Dışarıdan geldi ve ben de sinirliydim. Durduk yere kötü davrandım. Sonra da çok mahcup oldum."

"Özür dilemek için adresini mi verdin?"

"Tabii ki hayır! Ya sen... Sen beni hiç tanımıyorsun, benimle nasıl böyle konuşursun!"

"Doğru ya, tanımıyorum. Sahiden kimsin sen?"

"Ebenin amıyım!" deyip çıktı Tuğçe ve çıkarken de Selen'in sokak kapısını çarparak, tüm apartman sakinlerinin duyabileceği kadar yüksek bir ses çıkardı. Sonra aynı şeyi kendi kapısına da yaptı ve kapının arkasında yere oturup, hıçkırıklara boğularak ağladı.

Selen onu oturduğu koltuktan bile duyabiliyordu. Duymamak için bir şarkı seçti ve sesi sonuna kadar açtı. Uzun süredir yalnız olan biri için bu kadar insan dozu kaldırılamayacak boyutta yormuştu onu. İnsanlar durmadan düşünüyor ve bu düşüncelerle bir sürü yoğun duygular yaratıyordu. Selen ise herkesi hissedebiliyordu. Günlerdir çevresinde olan insanlar pişman, üzgün ya da kızgındı ve bu duygular fazla yoğunlaşırsa bir insanı öldürmeye yeterliydi. Düşüncelerine hükmetti, sırayla herkesi ve her şeyi düşünmeyi durdurdu. Derin bir nefes aldı ve gözlerini kapatıp arkasına yaslandı. İçinde sadece kendi acıları kaldı ve o tanıdık acılarla uykuya daldı. Her zaman gördüğü rüyayı tekrar gördü; yatılı okulun bahçesinde annesi ve babası tarafından terk ediliyor ve bir daha eve geri dönemiyordu...

———————◆———————

Tayfun daha evin kapısına geldiğinde boğuluyor gibi hissetti. Şimdi evin kapısını çaldığında içeride kesin bir korkunçluk göreceği zannına kapıldı. Oysa bugün mezarlıktayken bile ne kadar mutlu olduğunu hatırladı. Mutluluk eşiği bu denli düşük insanlar, küçücük bir ilgi görünce zaman ve mekân fark etmeksizin mutlu olabiliyordu.

Kapıyı çaldı ve Kıymet hiç gecikmeden açtı. "Ah, oğlum, çok merak ettim seni. Sabahtan beri yoksun, saat kaç oldu, görmüyor musun? Bir süre daha gelmeseydin karakola gidecektim," derken sıkı sıkıya sarıldığı oğlunu öpüp kokluyordu. Tayfun hiç konuşmadı ama kendini annesinin kollarına saldı. Böylesine sarılmaya, sevilmeye ne çok ihtiyacı vardı. Acıkmıştı ve anne sevgisi ile tıka basa doymak istiyordu. Kıymet de aynı beklentiler içindeydi. "Aç mısın?" diye sordu.

Tüm gün hiçbir şey yemediğinden karnından sesler gelen Tayfun "Açım," dedi.

Kıymet anaç bir tavırla "Sen koş, ellerini yıka, ben de masayı hazırlayım hemen," dedi.

Tayfun, mutfağa koşan annesinin arkasından, şoka girmiş gibi baktı. Masa mı demişti o? Onlar hiçbir zaman masada yemek yemezler, acıktıkları zaman gidip mutfakta ayaküstü atıştırırlardı. Sultan ise televizyonun karşısındaki koltuğun önüne çekiği sehpanın üzerine yiyeceklerini koyar ve koltuğa yayılıp yerdi. Etrafına göz gezdirdi. Normal olmayan bir şeyler vardı; bütün eşya neredeyse annesinin odasındaki gibi düzenlenmiş, temizlenmiş, hatta mis gibi yemek kokuları evi sarmıştı. Annesi orada olmasa, yanlış eve girdiğini bile düşünebilirdi. Çünkü annesi kendi odasından başka yerleri düzenlemez hatta başka bir odada oturmazdı. Tayfun bu duruma alışık değildi.

Kıymet, elinde salata tabağı ve ekmek dolu bir sepetle salondaki masaya giderken hâlâ kapının önünde duran oğlunu gördü. "Aa, hâlâ orada mısın sen? Gidip ellerini yıka hemen, bak, yemekler soğuyacak yoksa." Tıpkı mutlu bir anne gibi, sanki normal bir ailenin mensuplarıymış gibi konuşmuştu.

Tayfun da koşarak banyoya gitti ve ellerini yıkayıp yüzüne su çarptı. "Lütfen, hepsi gerçek olsun," dedi ve salona gittiğinde bir rüyada olmadığını anlayıp annesine bir daha sarıldı.

Elindeki çorba kâsesini dökmemeye çalışarak; "Dur dur dur, çorba dökülecek, yanarsın. Hadi geç sandalyene," dedi Kıymet.

Tayfun en son ne zaman çorba içtiğini bile hatırlamıyordu ama umurunda değildi. Annesi mutlu görünüyor ve kendisi ile ilgileniyordu, en önemlisi buydu. Önüne taş bile koysa yiyebilirdi. Annesiyle birlikte yediği en mutlu ve uzun yemeği bu olacaktı. Aklına Sultan'ı sormak gelmişti ama sorarsa bir yerlerden çıkıp gelir korkusu ile vazgeçti, sormadı. Birlikte yediler, birlikte masayı topladılar, hatta birlikte bulaşıkları yıkadılar.

Yemekten sonra Kıymet, oğluna temiz havlular getirdi ve yıkanmasını istedi. Aceleyle yıkandı Tayfun. Salondaki televizyonun karşısına kurulup annesiyle birlikte film izlemek istedi, kabul etti Kıymet. O da her şeyi Tayfun gibi heyecanla yapıyordu. İkisi de *"Sultan olmadığında aslında bu ev ne kadar huzurlu,"* diye düşündü ama onun adını anmamaya kararlıydılar.

Kıymet, dizlerine yatmış oğlunun saçlarını severken kapı zili çaldı; olduğu yerden sıçradı. Sultan'ın gelmesine daha çok vardı. Yoksa geri mi dönmüştü? Gitmekten vazgeçmiş olabilir miydi? Belki de o değildi, peki ya kimdi o zaman? Açmalı mıydı kapıyı?

Tayfun uyandı ve "Anne, kapı çaldı," dedi.

Kıymet, oğlunun dudaklarına parmaklarını bastırırken, "Sus, açmazsak gider belki," diye fısıldadı. Ne var ki kapıdaki her kimse gitmedi, zili bir daha çaldı ve seslendi: "Kıymet, benim, aç, n'olur aç!" Kıymet sesin kime ait olduğunu anlayınca biraz rahatladı ama yine de *"Onu içeri alamam,"* diye düşündü.

"Kıymet, yalvarırım, iki dakika konuş benimle, açmazsan sabaha kadar beklerim burada!"

Kıymet, Doğan'ın gitmeyeceğini anladı ve Tayfun'a koltuktan kalkmamasını söyleyip kapıya gitti.

"Anne, açmasan giderdi belki..." Annesinin ardından konuştu ama hiçbir etkisi olmadı.

Kıymet kapıyı açtı. "Doğan, bu hâlin ne? Ne oldu sana?" diye sordu. Doğan hiç görünmediği kadar bakımsız ve bitkin hâldeydi. Onu bu şekilde görmeyi beklemiyordu.

Doğan sonunda Kıymet'i görebilmiş ve daha şimdiden rahatlamış hissediyordu. Günlerdir hiç gülmeyen yüzü Kıymet'i görür görmez değişmişti. Uzanıp Kıymet'e sarılmak istedi. İhtiyacı vardı ona. Bütün hücreleri Kıymet'e dokunması için onu zorluyordu ama Kıymet buna izin vermedi. Doğan'ı geri itti ve hiç de memnun olmadığını belli eder bir tavırla "Ne işin var burada?" diye sordu.

"Kıymet, ne olur beni bırakma, sensiz yapamıyorum."

"Doğan, sırası mı şimdi bunun? Bu saatte buraya gelmemeliydin!"

"Engellemişsin beni, ulaşamıyorum sana. Merak ettim seni."

"İyiyim ben. Tamam, git şimdi, sonra konuşalım."

"Kıymet, lütfen beni bırakma."

"Doğan, sen sarhoşsun, lütfen şimdi git, komşular rahatsız olacak."

"Olsunlar ya, olsunlar, bana ne! Ben yeterince rahatsızım, biraz da komşular rahatsız olsun."

"Saçmalama, Doğan, git buradan!"

"Tamam, giderim ama sen de gel."

"Gelemem."

Doğan, Kıymet'in kolundan çekerek "Gel hadi, n'olur gel, gidelim, konuşalım," diye ısrar etti.

"Bırak beni ya!" diye tısladı Kıymet.

Kapıda konuşulanlara kayıtsız kalamayan Tayfun'sa seslendi: "Anne, ne oluyor?"

"Tayfun, sen odana git!" diye emretti Kıymet.

Doğan'ın sarhoşluktan tam açılmayan gözleri bir anda büyüdü. "Anne mi dedi sana?" diye sordu.

Kıymet "Seni ilgilendirmez, hadi, git şimdi," diye tersledi.

"Bir dakika, nasıl yani, o çocuk senin oğlun mu?"

"Sana ne bundan, Doğan?"

"Yoo, hiç de bana ne değil. Senin çocuğun mu? Babası nerede, söylesene." Doğan bunları söylerken kapının arasından içeri bakmaya çalışıyordu.

Kıymet'se onun içeri bakmasını engellemeye çalışarak; "Sana ne dedim, sana ne! Ne yapacaksın, babası yoksa nüfusuna mı alacaksın? Git buradan!" diye tersledi.

Ama Doğan vazgeçmiyordu ve ısrarla "Görmek istiyorum," dedi.

Kıymet gözlerini büyütüp "Neyi görmek istiyorsun?" diye bağırdı. Artık komşuları o da umursamıyordu.

"Oğlunu!.." diye bağırarak karşılık verdi Doğan ve Kıymet'i iterek içeri girmeye çalıştı. "İzin ver, sadece bir dakika göreceğim. Lütfen, Kıymet, lütfen!" diye yalvarmaya başladı.

Kıymet "Sen delirmişsin, sarhoşsun ve ne istediğini bilmiyorsun," diyerek engellemeye çalıştı ama bu defa başarılı olamadı.

Doğan, Kıymet'i kenara iterek içeri girdi ve sol tarafta ayakta duran Tayfun'un yanına yavaşça yaklaştı. Sanki bir sanat eserini inceliyormuş gibi dikkatle baktı ve Tayfun'un önünde bir dizinin üzerine çökerek elini uzattı. "Merhaba, ben Doğan," dedi.

Tayfun tokalaşmak için kendisine uzatılan eli tutmak yerine Doğan'ın burnuna bir yumruk salladı. Zaten sarhoşluktan ayakta zor duran Doğan, Tayfun'un ayaklarının dibine yıkıldı.

Kıymet koşarak önce oğluna sarıldı, "İyi misin?" diye sordu.

"Ben iyiyim ama bu adam kim, anne?" diye karşılık verdi Tayfun.

Kıymet, Tayfun'un sorusuna cevap vermeden koştu ve kolonya alarak Doğan'ın boynuna ve yanaklarına sürdü. Sürerken birkaç küçük tokat da attı.

Doğan ayılırken "Neden herkes beni dövüyor?" diye sordu, ama sesi tam anlaşılır değildi.

Kıymet gördüğüne inanamıyordu; Doğan, kucağında bir çocuk gibi ağlıyor ve "Beni bırakma, Kıymet…" diye yalvarıyordu. Kıymet, Tayfun'dan bir bardak su getirmesini istedi ve Tayfun getirdi.

"İç şunu!" diye buyurdu Kıymet, ama Doğan suyu içmek yerine kendi üzerine kustu. Bu sefer de özür dilemeye başladı. "Özür dilerim, özür dilerim, beni affet, yalvarırım, beni affet, beni bırakma."

Kıymet, Doğan'ı bu hâlde gönderirse başına kötü bir şey geleceğinden endişe ederek onu önce duşa sokmanın, sonra da koltukta uyumasının doğru olacağına karar verdi.

Anne ve oğul, Doğan'ı banyoya taşımakta zorlandılar. Doğan'ı sadece boxerla kalana kadar soydular ve duşa sokup soğuk suyu açtılar. Doğan, vücuduna su değdiği anda bağırmaya başladı: "Soğuk üşüyorum, üşüyorum, donuyorum, yardım et bana, lütfen beni bırakma, Kıymet!"

Doğan'ın bu hâli, Kıymet'in hoşuna bile gitmiş olacak ki artık ona kızmıyor, hatta alt dudağını ısırarak gülümsüyordu.

Doğan'ın hipotermi seviyesinde titrediğini gören Tayfun, "Anne, yetmez mi? Gerçekten çok üşüyor," dedi ve büyük boy havluyu annesine uzattı.

Doğan, Tayfun'a bir kez daha baktı, takırdayan dişlerinin arasından "Hep senin gibi bir oğlum olsun istemiştim…" dedi ve Kıymet suyu kapattı. Ne demişti Doğan? Ciddi miydi? Daha önce Kıymet'e, çocukları hiç sevmediğini söylememiş miydi? *"Kesin sarhoş olduğu için böyle diyor, sabah hiçbir şey hatırlamayacak,"* diye düşündü

Kıymet. Yüzündeki gülümseme kayboldu. Tayfun'un elindeki havluyu ani bir hareketle çekip aldı; Doğan'ı sardı, odasına götürdü ve kendisine bol gelen kıyafetlerinden giydirdi.

Kıymet, "Burada mı kalacak?" diyen oğluna döndü; "Onu bu şekilde geri gönderirsek arabayla kaza yapabilir, bu gece koltukta yatsın, yarın göndeririz, tamam mı?" dedi.

Tayfun "Anne, o zaman ben senin yanında yatarım," dedi.

"Tamam, olur, ama hadi, şimdi beraber koltuğu hazırlayalım," diye yönlendirdi Tayfun'u. İkisi birlikte salondaki koltuğu temiz bir yatağa çevirdiler ve hâlâ Kıymet'in odasında duran Doğan'ı alıp o yatağa yatırdılar.

"Çok üzgünüm, Kıymet, keşke... keşke... keşke..." derken uyuyakaldı Doğan.

Kıymet o keşkelerin sonunu kafasında kendi kendine tamamladı: *"Keşke orospu olmasaydın!"* Oğlunu alıp odasına gitti ve tam da Tayfun'un hayalindeki gibi birbirlerine sıkıca sarılıp uyudular. Sabah Tayfun herkesten önce uyandı, ama o anın bozulmasını istemedi; hiç kıpırdamadan annesinin kokusunu ciğerlerine çekerek bekledi.

Kıymet'in bedeni, kendini uyandırmak için minik hareketlerle kıpırdanmaya başladı. Göz bebekleri kapalıyken sağa sola oynuyor, aynı ritimde alıp verdiği nefesi düzensizleşmeye başlıyordu. Sonunda gözünü açtı ve ilk gördüğü şey, kendisini izleyen bir çift ela göz oldu. Kıymet gülümsedi. Ne kadar da huzurlu hissediyordu. Oğlunun yanağına minik bir günaydın öpücüğü kondurdu ve bir anda Doğan'ın içeride olduğunu hatırlayıp yataktan hızla çıktı.

Doğan hâlâ bıraktıkları yerde uyumaya devam ediyordu. Kıymet bir süre onu izledi. Aslında şu an farklı bir boyutta karı koca olduklarını ve oğullarını beraber büyüttüklerini düşledi. Ne kadar da olası gelmişti...

"Uyandıralım mı?" diye sordu Tayfun.

"Hayır, bırakalım da kendi uyansın. Gel, biz kahvaltı hazırlayalım."

Tayfun "Hadi, hazırlayalım," derken yüzüne yayılan kocaman gülümsemesine engel olamamıştı. Annesiyle kahvaltı etmek çoğu çocuk için normal olsa da onun için değildi. Koştu annesinin arkasından mutfağa, birlikte kahvaltı hazırladılar ve hazırladıklarını salondaki masanın üzerine taşıdılar.

Doğan hazırlık sırasında çıkan seslerin sayesinde, büyük bir baş ağrısı eşliğinde uyandı ama duyduğu sesler ona da huzur vermişti.

"Uyandıysan kalk, yüzünü yıka, kahvaltı hazır," dedi Kıymet ve çaydanlığı almak için tekrar mutfağa gitti.

Tayfun, Doğan'ın karşısında durmuş, annesiyle beraber yapacağı kahvaltıya dâhil olması beklenen bu adama kızmak istemişti ama içinde ona karşı bir kızgınlık hissi bulamadı. Aksine, dün akşam ona yumruk atıp onu bayılttığı için özür dilemek istiyordu. Sonuçta kendini kontrol edememişti. Belli ki çok güçlüydü, yoksa bu koskoca adamı nasıl yere serebilirdi ki! Kendini içten içe takdir ettiyse de yine de "Özür dilerim," dedi.

Doğan ondan gözlerini alamıyor, onu hayranlıkla izliyordu. *"Bir çocuk nasıl bu kadar güzel olabilir,"* diye düşünürken bir de kendisinden özür dilemişti. Anlayamadı, özür dilemesi gereken kişi kendisi değil miydi? Gecenin bir yarısı evlerini basmıştı; çocuğu korkutmuş olmalıydı. Kıymet'in bir çocuğu olması yeterince tuhafken, şimdi de karşısına geçmiş, kendisinden özür diliyordu. "Neden?" diye sordu.

"Gece sana yumruk attım, sen de bayıldın," dedi. Bunları söylerken yumruğunu, gece yaptığı gibi aynı şekilde havada salladı.

"Hak etmiştim," dedi Doğan.

"Kimse dövülmeyi hak etmez," diye karşı çıktı Tayfun.

Doğan "Haklısın ama bazen çok ileri gidebiliyoruz. Çıkıp birinin dur demesi de fena olmaz, değil mi?" diye sordu.

Ancak bu soruya Tayfun yerine, elinde çaydanlıkla dönen Kıymet cevap verdi: "Her ne olursa olsun, dövmek çözüm getirmez. Tayfun haklı, yaptığı yanlıştı ve özür dilemesi de çok doğru."

"Demek, adın Tayfun, öyle mi?" diye sordu Doğan.

"Evet."

"Annen haklı, Tayfun, dövmek çözüm getirmez. Ben de senden özür dilerim."

"Sen neden özür diliyorsun?"

"Haber vermeden geç saatte evinize geldiğim için..."

"Doğru, gelmemeliydin," dedi ve daha fazla uzatmadan "Aç mısın?" diye sordu Tayfun.

"Evet," dedi Doğan, uzanıp Tayfun'a dokunmak istedi ama o çoktan masaya koşup yerine oturmuştu. "Yüzümü yıkayıp geliyorum," dedi ve banyoya gitti. Günlerdir kendini ilk defa iyi hissediyordu. Yüzüne su çarptı ve aynadaki yansımasına baktı. Üzerinde Kıymet'in kıyafetleriyle komik bile sayılabilirdi, ama sorun değildi. O kıyafetleri ölene kadar giyebilirdi. Sanki içeride ailesi vardı ve birazdan beraber kahvaltı edeceklerdi. Düşlemekle zaman kaybetmek istemedi ve hızlıca yüzünü kurulayıp banyodan çıktı, masada kendisi için hazırlanmış yere oturdu. Daha oturur oturmaz Kıymet ona çay verdi. Aslında sabahları önce kahve içerdi, ama şu anda en sevdiği şeyin çay olduğunu düşündü. Çok acıkmıştı. Günlerdir neredeyse hiçbir şey yemiyor, sadece sigara ve alkol içiyordu. Masada çok az çeşit olmasına rağmen kızarmış ekmekten gelen kokuyla bile yetinebileceğini biliyordu.

Üçü de hiç dâhil olmadıkları o mutlu aile tablosunda yer almak için en doğal hâlleriyle, en güzel duygularını sergilediler. Üç güzel beden, bozuk bir saat gibi, evrende olmaları gereken doğru noktaya bir şekilde gelmişlerdi ama üçü de kısa süre içinde, hak etmedikleri bu noktadan uzaklaşacaklarını biliyordu. O ana kadar hepsi durumun tadını çıkarmak ve sırf gerçeğe dönmemek için domates, peynir ve zeytinin paha biçilemez değerinden bahsediyor; doğanın yarattığı mucizevi zorlukları aşıp sofralarına ulaşan bu besinler hakkında hepsi kıymetli bilgi ve sorularını birer birer sıralıyordu. Kimse sessizlik olmasına izin vermiyor; hepsi sanki ilk sessizlik anıyla beraber süreleri dolacakmış gibi birbirlerinin cümlelerinin ardından söz alıyordu, ta ki kapının kilidine giren anahtarın sesiyle, o kaçtıkları sessizliğe teslim olana kadar.

Sultan gelmişti. Daha kapıdan girer girmez yemek masasındaki ziyafeti gördü ve zaten gergin olduğundan, bir anda öfkesini kusmaya başladı. "Hayırdır, Kıymet Hanım? Artık böyle mi çalışıyorsunuz? Benim evimde, benim yemeklerimle ziyafetler mi düzenliyorsunuz?" dedi ve Doğan'a döndü. "Ne o, paşa çocuğu, yoksa sizin de ailecilik oynayasınız mı geldi? Bak ama, bu hizmetin bedeli diğerinden fazla olur, haberin olsun..." derken öfkeyle kesti onu Kıymet.

"Anne, ne saçmalıyorsun sen? Lütfen sus!" diye bağırdı ve yalvaran gözlerle Doğan'a döndü. "Lütfen git!" dedi. Doğan masadan kalktı. Sultan da elindeki çantaları yere atıp banyoya gitti. Leş gibiydi, yıkanmak için duşa girmek istedi ama tam banyonun kapısını kapatacakken seslendi: "Ödemesini bana yapacaksın!" Kıymet o an ölmek istedi, gözlerini sıkıca kapadı, yumruklarını sıktı.

Doğan, kendi kıyafetlerini koltuğun kenarından aldıktan sonra Kıymet'e sarılmak istedi, ancak Kıymet izin vermedi. "Git," dedi. "Yalvarırım git!" Doğan gitti. Tayfun'sa önceki gece Doğan'ı tek yumrukla bayılttığı gibi anneannesini de bayıltmak, hatta öldürmek istedi. O da Doğan'ın arkasından koşarak çıktı ve Selen ablasını izlemeye gitti. Kıymet'se cehennemiyle baş başa kaldı.

<hr>

Harun, cenazeden sonra babasının evinde kaldı ama sonra, aitliğini kaybettiği bu yaşama daha fazla dayanamayıp, gitmek istediğini söyledi; tabii hiçbir şeyin eskisi gibi olmayacağını, artık istedikleri zaman birbirlerini görebileceklerini söyleyerek. Buna rağmen babası bu gidişe yine kahroldu. Sonuçta artık o da yalnız kalmıştı. Oğluna en çok ihtiyacı olduğu bir zamanda yine terk ediliyordu. *"Hayır, gitme, beni bırakma..."* demek istedi ama diyemedi. Onun yerine "Selen daha fazla uyuşturucu kullanırsa sağlığını tamamen kaybedebilir," dedi.

"Biliyorum ama ona karışamam," diye cevap verdi Harun.

Babası bu defa, "Eğer şimdi önlem alınmazsa ölebilir bile!" diyerek daha ciddi bir şekilde uyarmak istedi.

"Ölsün o zaman, baba! İstediği buysa eğer, ölsün!" dedi Harun.

"Ona âşık olduğunu sanıyordum."

"Evet ama bu bana onun hayatına karışabilme hakkı vermez. Hâlâ anlamıyorsun, değil mi? Özgür olmalı insan, yaşamayı da ölmeyi de kendi seçmeli. Yoksa ruhu hep aksi tarafında kalıyor. Ruhu olmadan da insan zaten ölüyor, baba!"

"Oğlum, yıllarca sen ne istersen onu yaptık biz. Özgürdün ama sen yine de gittin..."

Kesti onu Harun. "Hayır! Siz hep isteyeceğim şeyleri benden önce istediniz ve benim de sizin istediklerinizi istememi beklediniz. Hâlâ nasıl anlamıyorsun beni, inanamıyorum sana, baba! Annem bile ölmeyi seçti. Ona neden izin verdin? Neden senin seçme haklarına sahip olamıyorum? Bunu anlaman için ne yapmam gerekiyor?"

Babası ağlayarak konuştu: "Çünkü hayatımdaki herkes bir seçim yapmak istediğinde beni bıraktı. Ben bu kadar kötü biri miyim? Sevilmeyi, sadece ben olduğum için sevilmeyi hak etmiyor muyum? Annen illa ki çocuk istiyorum dediğinde de ona söyledim. 'Belki de bu hayatı sadece ikimiz yaşamalıyız. Tanrı bizim için bunu uygun görmüş olamaz mı?' diye sordum. Ama o her zaman, bir çocuğumuz olmadan gerçek bir aile olamayacağımızı söyledi. Bu uğurda bedenini hırpalayıp durdu. Ben neden kimseye yetemedim, oğlum? Her şeyi yaptım, her şeyimi verdim ama neden yetemedim? Söylesene, neden? Neden?"

Harun, gözyaşlarına boğulan babasına sarıldı; "Sakin ol, baba! Ama neden anlamıyorsun? Bu hayatta sadece kendini yaşatmalısın. Sen hep başkalarına kendini feda ettin. Olmuyor işte, görmüyor musun? Konunun seninle, yaptıklarınla ya da yapmadıklarınla hiçbir ilgisi yok ki. İnsan ait olamaz, onu en çok özgür bırakana çekilir. Kimse kurtarıcı aramaz, baba; insan âciz hisseder o zaman kendini, kurtulması gereken bir zavallı gibi hisseder. Bu, tüketir insanı, anlıyor musun? Tüketir, baba! İnsan mücadele etmeli, kazanmalı, kazanırken zorlanmalı; ancak o zaman kıymetini anlayabilir kazandıklarının. Sen bu duyguları biliyorsun ama kimsenin yaşamasına izin vermiyorsun. Yıllarca annemi el üstünde tuttun, ondan hiçbir şey talep etmedin, ona hep verdin... O ise bir çocuğu olsun, kendisinden talep etsin istedi ama o da kendisine yapılanı yaptı; benim istememe izin vermedi. Şimdi sana bunları anlatıyorum, çünkü sana ihtiyacım var, baba! Gerçek bir insan babasına ihtiyacım var. Kurtarıcım değil, desteğim olmana ihtiyacım var. Baba, bana kızmana ihtiyacım var. Anlıyor musun beni?"

Anlıyordu babası, ilk defa her şeyi anlıyordu. Bu cümleler farklı zamanlarda parça parça, defalarca ona söylenmişti ama anlamamıştı. Şu an anlıyordu; bütün suçlu kendisiydi. Çok üstüne düşmek de bir tür işkenceydi. Ailesine, sevdiği herkese bunu yapmıştı! Nasıl da bunca zaman görememişti? Hâlbuki o, bunu yapmaktan zevk almıyordu ki... Sadece, sevdiği insanlar kendisinin yaşadığı gibi zorluklar yaşamasın istiyordu. *"Aman Tanrı'm, ben ne yaptım böyle!"* diye düşündü. Karısını düşündü, onun ölmesinin nedeni kendisi miydi? Öyle olmalıydı, suçluydu işte! Oğlu haklıydı, artık böyle biri olamazdı. Onu da kaybedemezdi. Peki, nasıl başka biri olunur, bunu da bilmiyordu. "Git," dedi. "Kendi hayatını kur, seçimlerinin sonuçlarını yaşa!"

Harun, "Sen de kendini suçlayıp durma, bunları beni anlaman için söyledim. Belki yanlış zamanda söyledim ama daha fazla dayanamadım, baba," dedi.

Babası, "Sorun değil, anladım, oğlum. Hiç anlamadığım gibi anladım," dedi.

Harun çıktı, bir taksi çevirdi ve babasının bir gün önce ısrarla verdiği paradan çıkarıp ödedi. Selen'i görmek istiyordu, ama ne diyecekti ki ona? Öylece kapıyı çalıp *"Ben geldim,"* diyemezdi ya. En doğrusunun, kendi evine gidip bir süre beklemek olduğuna karar verdi. O sırada Tayfun'u gördü; yine yüzü sirke satıyor, yine Selen'i izliyordu. Seslendi Harun, koşup geldi Tayfun. Tayfun'un da abisine ihtiyacı vardı. Aslında sokağa çıktığında ilk ona gitmek istemişti ama evde olmadığını bildiğinden gidememişti. Şimdi onu görünce rahatladı. Tertemiz kıyafetlerin içinde mis gibi kokan yeni Harun abisine sarıldı. "Döndün demek. Lütfen, bir daha gitme, hep burada kal," dedi. Tayfun'un sesi ağlamaklı çıkmıştı.

Harun, "Ne oldu, canın mı sıkkın senin?" diye sordu. Tayfun'u kendinden uzaklaştırıp yüzüne bakmak istedi, ama o izin vermedi. Daha sıkı sarılıp başını karnına yasladı.

"Tayfun, ne oldu diyorum sana. Annen iyi mi? Birine bir şey mi oldu? Selen iyi mi?"

"İyiler."

Herkesin iyi olduğunu öğrenince rahatladı. Ama onu en çok ilgilendiren, Selen'in iyi olmasıydı. "Gel hadi, eve girelim. Orada konuşalım, olur mu?" diye sordu Harun.

Tayfun "Olur," dedi ama o sırada karşı apartmandan Tuğçe çıktı; telaşlı görünüyordu. Harun dayanamayıp seslendi: "Tuğçe, merhaba. İyi misin?"

"Aa, Harun, iyiyim. Sen?.."

"İyi ama sen pek iyi görünmüyorsun. Bir sorun mu var?"

"Ya laptopuma kahve dökülmüştü. Ben de arka mahalledeki bilgisayar tamircisine götürdüm ama senin annen... Yani işte size geldiğimiz gün almam gerekiyordu. Unuttum, o da dün kalkmış eve getirmiş, ama parasını ödeyemedim. Zaten Selen de saçma sapan davrandı adama. Ayıp oldu, anlayacağın. Şimdi gidip soracağım işte, ne kadar tutarsa bankadan çekip vereceğim. Sence ne kadar tutar?"

Harun hiç düşünmeden babasının verdiği paranın kalanını Tuğçe'ye uzattı ve "İnan ki hiç bilmiyorum ama bu yeter sanırım," dedi.

Tuğçe, üzerine kirli su atılmış gibi geri sıçradı. "Saçmalama! Ben senden para mı istedim? Sadece 'Ne kadar tutar?' diye sordum. Ya, hepiniz bir garipsiniz," dedi. Zaten bozuk olan sinirleri daha da bozulmuştu.

Harun yaptığının yanlış olduğunu hemen anladı. "Tamam, tamam, çok haklısın. Saçmaladım, özür dilerim," dedi. Yine de Tuğçe'nin Selen hakkında söylediklerine takılmıştı. "Peki, Selen iyi mi?" diye sordu.

Tuğçe, Selen'in adını duyar duymaz öfkesine tekrar yenik düştü. "Bana ne ya ondan, ne bok yerse yesin! Delinin teki işte, uğraşamam onunla. Gidiyorum ben," dedi ama bir anda hatırlayıp geri döndü. "Harun, tekrar başın sağ olsun. Annen için üzgünüm..."

Harun da başıyla teşekkür eder gibi bir hareket yaptı ama asıl düşündüğü kişi Selen'di. Ne olmuştu ona? İyi değil miydi? Kapısını çalsa, kızar mıydı?

Tayfun'un, elinden tutup "Harun abi, evine gitmeyecek miyiz?" diye sormasıyla kendine geldi.

"Tabii, gidelim, abiciğim," dedi ve birlikte Harun'un evine girdiler. Her şey bıraktıkları yerde duruyordu. Zaten çok bir şey yoktu ama olana da dokunulmamıştı. İkisi de puzzle masasının başına geçtiler. Tayfun'un keyfi daha şimdiden yerine gelmişti ama Harun hâlâ neler olduğunu merak ediyordu ve sordu: "Eee, anlat bakalım, neler oldu?"

"Dün annem bana çorba yaptı. Bir de patates yemeği..."

"Eee?"

"Eeesi, evde sadece ikimiz vardık. Annemle salondaki masada yedik, tıpkı filmlerdeki gibi. Sonra Doğan abi geldi."

"Doğan abi kim?"

"Annemin bir arkadaşıymış."

"Ee, sen annenin arkadaşlarını sevmezdin, ne oldu?"

"Sevmem, doğru, hatta ilk geldiğinde Doğan abiye yumruk attım, bayıldı!"

"Eee, sonra?"

"İşte, sonra gece bizde kaldı, sabah da beraber kahvaltı ettik. Aile gibi yani…"

"Ne güzel işte, sen neden kızdın peki?"

"Ya güzeldi güzel olmasına ama sonra yine anneannem geldi, bağırıp çağırdı anneme. Annem de Doğan abiye gitmesini söyledi. Harun abi, sana bir şey sorabilir miyim?"

"Sor tabii."

"İnsan sırf akraba olduğu için birini sevmek zorunda mıdır?"

"Hayır, tabii ki. Sevgi zorlanmadan, insanın içinden gelen bir duygudur."

"Mesela ben anneannemi sevmiyorum ama ona bir defa 'Seni hiç sevmiyorum,' demiştim; o da bana, eğer onu sevmezsem öteki dünyada Allah bana anneannemin saç tellerinin sayısı kadar ceza verirmiş, öyle dedi. Bu doğru mu, Harun abi? Eğer doğruysa, anneannemin çok fazla saçı var…" dedi Tayfun.

O bunları anlatırken hâlâ elindeki puzzle parçasının yerini arıyordu. Harun'sa ağlama ve tiksinme ifadelerinin arasındaki yüz ifadesini kontrol etmeye çalışarak konuştu: "Anneannen seninle dalga geçmiş. Öyle bir şey yok, merak etme. Ama sana bir tavsiyede bulunayım: Eğer birini seviyorsan, ona sevdiğini söyleyebilirsin. Ama gerçekten sevmiyorsan, bunu ona söyleme. Sadece o kişiden uzak dur, olur mu?"

"İyi de anneannemle aynı evde yaşıyoruz."

"Tamam ama yine de ondan uzak durmayı başarabilirsin."

"Keşke ölse!"

"Tayfun, bunu söylememelisin! Sen kimsenin ölmesini isteyecek kadar kötü biri değilsin."

"Ama annemi çok üzüyor. Eğer o olmazsa, biz normal bir aile olabiliriz. Sabah görseydin bizi... Ya dedim ya Harun abi, sanki film gibiydi."

"Şu Doğan abi dediğin kişiyi daha önce görmüş müydün?"

"Evet, bazen gelip annemi alıyordu."

"Lüks arabası ve takım elbisesi olanlardan mı?"

"Şey, lüks arabası var ama takım elbise giymiyor," dedi Tayfun, ama biraz mahcup bir tavır sergiledi. Daha önce bu tanıma uyan adamlardan ne kadar nefret ettiğini anlatıp dururdu. Şimdi ise fikrini az da olsa değiştirmiş gibi görünüyordu. Birilerinden nefret etmesini doğru bulmasa bile ona karışmamak için kendini zorladı Harun. "Anladım, o zaman iyi birine benziyormuş," dedi.

"Evet, bence de iyi. Mesela benimle konuşurken, sanki büyük biriymişim gibi konuşuyor. Anneme de çok iyi davranıyor, ama işte anneannem gelip yine her şeyi mahvetti... Harun abi, sen artık gitmeyeceksin, değil mi?"

"Hayır, gitmeyeceğim."

"Bence de gitme. Peki, o adam senin gerçek baban mıydı?"

"Evet."

"O da iyi birine benziyordu. Sana sarılırken ağladı. Ama onun da lüks arabası ve takım elbisesi vardı. Sen de o yüzden mi onu sevmiyorsun?"

"Hayır, ben onu seviyorum. Boş ver sen şimdi bunları. Bu arada Selen ablan... O nasıl?"

"Bilmiyorum."

"Nasıl bilmiyorsun? Az önce onu izliyordun, evde yok mu?"

"Evde ama bir şey yapmıyor."

"Nasıl yani?"

"Yani eskiden dans eder, şarkı söyler veya bir şeyler izlerdi. Şimdi sadece oturuyor."

"Üzgün mü?"

"Bilmiyorum."

"Anladım," dedi Harun. Aslında anlamamıştı. Nesi vardı Selen'in? Gidip onu görmek ve onunla konuşmak istiyor ama cesaret edemiyordu. Onca zaman hiç konuşmadan durmuştu; şimdiyse sürekli onun yanında olmak, onunla konuşmak hatta ona dokunmak istiyordu. Selen'i görmek için bir fırsat yaratmak istediği sırada, Kadife Hanım'ın sesini duydu; yine pencereye çıkmış, bağırıyor hatta kükrüyordu.

"Beni izlediğinizi biliyorum. Evime kameralar koydunuz. Ben uyurken evime girdiniz. Bana suikast düzenleyeceksiniz. Ölmeyeceğim! Hepinizi öldüreceğim ama ben ölmeyeceğim! Amacınızı biliyorum. Beynimi ele geçirip beni klonlayacaksınız. Organlarımı çalacaksınız! Bugün Mars gezegeninin başkanıyla görüşüp her şeyi anlattım. Evimdeki gizli kameraları bulduğumu bildirdim. Hepsini imha edeceğim! Hepsini!.." derken evde ne kadar ayna varsa getirip pencereden aşağı atmaya başladı. Ne çok aynası vardı! Sanki nefes bile almıyor, sadece bağırıyordu. "Beni öldüremeyeceksiniz ama ben sizi öldüreceğim!" diye yineliyordu sözlerini.

Selen normalde Kadife Hanım'ın bu tavırlarına aldırış etmezdi, ama ardı arkası kesilmeyen ayna kırılma seslerine ve bitmek bilmeyen bağırışlarına daha fazla dayanamamış olacak ki dışarı çıktı. "Ehh, yeter be! Mecbur muyuz biz seni dinlemeye?" diye kükredi.

Kadife Hanım "Sen de onlardansın, biliyorum!" diye bağırıp, son aynasını Selen'e doğru fırlattı, neyse ki isabet ettiremedi.

Harun durumu fırsat bilip koşarak evden çıktı ama Selen hiç görmediği kadar kızgındı.

"Senin deliliğini de seni de sikerim, ucube karı! Siktir git, ilacını mı içeceksin, ne bok yiyeceksen ye! Yoksa gelip seni o camdan aşağı atacağım," diye bağırdı Selen. Boynundaki damarlar öyle kalın görünüyordu ki, neredeyse patlayacak gibiydi. O bembeyaz yüzü kan kırmızısı olmuş, kızıl saçları ile beraber sanki bir ateş topuna dönmüştü.

Harun koşup, sakin olmasını söyledi ama Kadife Hanım bitmek bilmeyen küfür ve ithamlarıyla daha da kışkırttı onu. Selen sonunda yukarı, Kadife Hanım'ın dairesine çıkmaya karar verince sarıldı ona Harun. Sıkıca yakaladı ve ite kaka evine soktu. Kadife Hanım'ın bağrışları devam ediyor diye Selen'in evinin bütün açık pencerelerini kapadı, perdelerini çekti. Ses biraz olsun azalmıştı ama tamamen yok olmamıştı. Selen de az önceki kadar sinirli görünmüyordu. Koltuğa oturmuş, hızlı hızlı nefes alıyor ama kendini kontrol etmeye çalıştığı da belli oluyordu.

Harun yavaşça yanına oturdu, sanki hızlı hareket etse Selen tarafından ısırılacakmış gibiydi. "Su ister misin?" diye sordu.

Selen dönüp gözlerinin içine baktı. Harun'un içini görmek ister gibi gözlerinin derinine daldı. "İsterim," dedi ve Harun'un elinden tutup onu banyoya götürdü. Duşun suyunu açtı, buz gibi soğuk suyun altına girdi ve hâlâ elinden tuttuğu Harun'u kendisine doğru çekti. Soğuk su tenine değer değmez irkildi Harun, ama aynı saniyelerde alıştı. Kalp atışları normalden çok daha hızlıydı ve bu da ısınması için fazlasıyla yeterliydi. Selen'den gözünü alamıyordu; gözleri kapalı, başı hafif yukarı kalkıktı. Su önce alnına, oradan da tüm vücuduna yayılıyordu. Sakinleşmişti, hatta mutlu görünüyordu. Üzerlerindeki kıyafetler yavaş yavaş ıslandı ve sonunda hepsi sırılsıklam oldu.

Selen zaten çok yakınında olan Harun'un dudaklarına önce küçük bir öpücük kondurdu, gözlerini açıp onun gözlerine baktı; yine en derinine bakar gibiydi. Bu defa Harun'dan gelen karşılıkla birlikte dudakları birbirine kenetlendi; elleri, tenleri, bedenleri takip etti bu birleşimi...

Selen, Harun'un üzerindeki kıyafetleri çıkardı. Harun, çıplak tenine değen soğuk suyla tüyleri bir kez daha ürperse de hemen alıştı. O da Selen'in üzerindekileri çıkarmasına yardım etti. Birbirlerini soydular ve birbirlerine sarılıp ısındılar. İkisi de yıllardır kimseye dokunmamışlardı. Bedenlerinin açlığını doyurmak istercesine sarıldılar...

<hr>

Tuğçe utana sıkıla Timur'un dükkânına girdi. Söylemesi gerekenleri yol boyunca düşünmüş, defalarca prova yapmış, yine de ne diyeceğine bir türlü karar verememişti. "Merhaba," dedi ama konuşmaya devam etmeden, Timur'un kendisini görmesini ve bir cevap vermesini bekledi.

"Merhaba," dedi Timur da.

"Ben, ben... Ben dün için özür dilerim."

Timur konuşmadı, dikkatle dinliyordu ama hiçbir tepki vermedi.

Tuğçe "Gerçekten çok üzgünüm, Selen'in neden öyle davrandığını anlayamadım. Tuhaf biri, zaten çok tanımıyorum. Sana çok ayıp oldu... Gerçekten özür dilerim," diye durumu açıklamaya çalıştı.

"Sorun değil," dedi Timur.

"Bu kadar mı?"

"Dedim ya, sorun değil."

"Ne bileyim, yani kızmışsındır diye düşündüm ama..."

Timur "Aslında, öyle habersiz çıkageldiğim için ben özür dilerim. Ayrıca masaüstünde sanal kartvizitiniz vardı, oradan telefon numaranızı alıp aradım. Kusura bakmayın lütfen," dedi.

Tuğçe sıcak bir ses tonu ile "Önemli değil, zaten sen yanlış bir şey de yapmadın," dedi.

Timur "Teşekkür ederim. Sizin için yapabileceğim başka bir şey var mı?" diye sordu. Ancak onu ilk gördüğünde olduğu gibi güler yüzlü değildi. Tuğçe bu kadar resmî bir tavırla karşılaşınca ne diyeceğini şaşırdı ve daha da panikledi.

"Ee, şey, tamam o zaman," dedi Tuğçe. "Aslında ben şey için geldim," derken Timur bu sohbeti bitirmek istercesine "Ne için?" diyerek onu hızlandırmak istedi.

"Para için... Dün veremedim. Borcum ne kadar?" diye sordu Tuğçe.

"100 lira yeter," dedi Timur. Aslında bundan çok daha fazla tutmuştu ama söylemek istemedi.

"Aaa, o kadar mı? Ben daha fazla tutar diye düşünmüştüm."

"Bu kadar, 100 lira yeter," diye yineledi Timur.

"Tamam ama nakit getirmedim. On dakika sürmez, bankadan çekip gelirim, olur mu?"

"Kartla ödeme yapabilirsiniz."

"Tamam ama benim yine de önce bir bankaya uğramam gerekiyor. Bankamatik kartımı kaybettim, kartsız işlem yapacağım, kusura..."

Yine kesti Timur. "Tabii, nasıl isterseniz. Akşam saat yediye kadar açığız."

Tuğçe bu kurumsal dile bir kez daha şaşırmış, rahatsız olmuştu. "On dakikaya gelirim, dedim ya!" diye çıkıştı.

"Anlamadım?" dedi Timur.

"Ne diye benimle böyle konuşuyorsun ki? Özür de diledim senden, daha ne yapabilirim?"

"Nasıl konuşuyorum?"

"Yapay zekâ müşteri hizmetleri gibi… Mümkünse beni insan olan birine bağlayabilir misin?" diye sordu Tuğçe.

Güldü Timur. Daha fazla surat asmaya devam edemedi. "Aç mısın?" diye sordu.

Tuğçe bu ani değişime biraz şaşırdı ama "Açım," diye cevapladı.

Timur "İyi, ben de zaten yemeğe çıkacaktım. Şimdi dönersen beni bulamazsın, yine kızabilirsin. Yol üstünde bankana uğrarız, sonra da yemek yeriz, olur mu?" derken bir yandan da telefonunu ve anahtarlarını topluyordu. Timur'un yüzündeki gülümseme Tuğçe'ye de bulaştı ve reddetmedi Tuğçe. Tanımadığı bu adamla yemeğe çıkacaktı. Her şey bir anda olmuştu ama içinden bir ses "Rahat ol!" diyordu. Rahatladı Tuğçe, zamanın akışına ayak uydurdu.

Timur, dükkânın kapısını kilitlerken "Arabayla mı yürüyerek mi?" diye sordu.

Tuğçe tereddütlü bir tonda "Yürüsek," dedi ve Timur hemen kabul etti. Bankaya, dönüşte uğramaya karar verip, iki sokak arkadaki mantıcıya gittiler. Dükkânı işletenler çok tatlı, yaşlı bir çiftti ve Timur, Tuğçe'yi onlarla tanıştırdı. Belli ki ikisi de Timur'u uzun zamandır tanıyor ve seviyorlardı. Masalarına otururken Timur "O hâlde bize birer porsiyon mantı!" dedi. Öyle bir söyledi ki, ses tonu bile lezzetli çıkmıştı.

"Yanına başka bir şey alır mısınız?" diye sordu yaşlı adam. İkisi de istemedi. Yaşlı adamın karısı, meşhur el mantılarının üzerine kendi yaptıkları yoğurttan gezdirdi. En son kızgın tereyağlı pul biber karışımını ekleyip kocasına uzattı ve o da birbirini yeni tanıyan bu çiftin masasına götürdü. "Buyur bakalım, gelin kızım, başka yerde böyle mantı yiyemezsin. Al bakalım, oğlum, bu da sana... Afiyetler olsun. İkiniz de başka bir şey isterseniz seslenin, olur mu?" dedi, arkasını dönüp gitti.

"Yanlış anladı galiba..." dedi Tuğçe, ama nedense bu yanlış anlaşılmadan rahatsız olmuşa benzemiyordu.

"Neyi?" diye sordu Timur.

"Gelin kızım, dedi bana."

"Öyle mi dedi, ben fark etmedim. Neyse, soğutma, hadi başla. Bakalım beğenecek misin," dedi ve konuyu değiştirdi Timur. Daha önce buraya sayısız kez gelmişti, ama ilk kez bir kadınla birlikte geliyordu. Yanlış anlamalarının normal olduğunu düşündü.

Daha ilk tadımda "Bu inanılmaz, gerçekten çok lezzetli," dedi Tuğçe.

"Yoğurt ve tereyağını da kendileri yapıyor," diye ekledi Timur.

"Belli, daha önce böylesini hiç yememiştim, çok teşekkür ederim," dedi ve sanki birbirlerini yıllardır tanıyor gibi konuşmaya başladılar. Rahattı Tuğçe, aradığı rahatlığı sonunda bulmuştu.

◆

Sultan, Kıymet'in odasına kapısını çalmadan girip, "Hazırlan, bir saat sonra işe gidiyorsun," dedi ve cevabını beklemeden arkasını dönüp gitti.

Kıymet, "Kim?" diye sordu ama cevap alamadı. "Anne, sana soruyorum. Kim?" diye yeniledi.

Sultan "Kimse kim, ne önemi var, sen işini yap, gel," diye kestirip atmak istedi ama Kıymet ısrar etti: "Ne demek şimdi bu? Kime gidiyorum, nereye gidiyorum, bunları bana söylemek zorundasın! Duydun mu beni, anne? Bundan sonra bana senin köpeğinmişim gibi davranma!"

Sultan hiç konuşmadı, hızla dönüp Kıymet'in saçlarını yakaladı, kendi elinin etrafına doladı ve Kıymet'e neredeyse acıdan diz çöktürdü. "Bir daha bana karşı gelirsen, senin bu saçlarını kökünden koparırım! Duydun mu beni? Ben senin yüzünden neredeyse ölüyordum, ama sen geçmiş karşıma, bana kafa tutuyorsun. İzin versem bugün alır gebertirler seni de o piçini de..." deyip, elinden bir pislik temizler gibi savurdu Kıymet'i kendinden uzağa.

Düştüğü yerde kalmış, annesinin ne dediğini anlamaya çalışıyordu Kıymet. Kimdi, onu böyle döven? *"Kesin hepimizi tehlikeye atacak bir bela sardı başına,"* diye düşündü ve diklenmeden sordu: "Anne, söylesene, sana bunu kim yaptı?"

"Sen yaptın!" dedi Sultan.

"Ne demek şimdi bu? N'olur, söyle anne, kim, neden yaptı?" diye ısrar etti Kıymet ama cevap vermedi Sultan. "Halit mi?" diye sordu sonra.

"Bana bak, ben sizi korumak için canımı tehlikeye attıysam, bundan sonra senin de o piçinin de canı benimdir, anladın mı beni? Şimdi defol git, yıkan, süslen, çalış! Kimseye de bir tek soru sorma. O asık suratını da ne yap et, düzelt, yoksa ben o ağzını iki yana yırtacağım, bir daha hiç somurtamayacaksın! Anladın mı beni?" dedi Sultan.

Kıymet sustu ve annesinin dediklerini bir bir yaptı. Çok korkuyordu Sultan'dan. Cevap vermek, hakkını savunmak istiyordu ancak ne zaman karşısına çıkıp denese, tansiyonu düşüyor ve titremeye başlıyordu. Tıpkı annesinin istediği gibi yıkandı ve henüz izleri duran yaralarına bol bol fondöten sürdü, pudraladı. Dışarıdan bir şey görünmüyordu ama içeriden kanıyorlardı sanki. Saçlarını fönledi, uygun bir kıyafet giydi ve hediye paketi gibi sunulmaya hazır bekledi.

Müşteri ödemeyi elden yapacaksa peşin ödeme yapardı, bu yüzden kapıya kadar gelmeliydi. Ancak eğer Sultan'ın hesabına yatıracaksa kornaya basması yeterliydi. Dışarıdan korna sesi geldi, aynı sesi Sultan da duyup, "Hadi, in!" diye buyurdu.

Kıymet çantasını aldı, tam kapıdan çıkacakken Sultan durdurdu onu. "Güleceksin!" dedi ve zorla da olsa güldü Kıymet. Kapıda yine lüks bir araba vardı ve hemen dışında genç bir adam, Kıymet'e kapıyı açmış, bekliyordu. Başta tanıyamadı onu, ama yakınlaşınca fark etti ki Doğan'ın arkadaşıydı. Kıymet arabaya giderken öyle yavaşladı ki; "Ne o, yoksa gelip kucağıma mı almalıyım?" diye espri yaptı Serhan. Hiç komik değildi Kıymet için, ama yine de gülümsemeyi başardı. Gülmek için yaklaşık on yedi kas kullanılıyordu ve Kıymet sanki her bir kasını ayrı ayrı ikna etmeye çalışıyordu. İnsanın içinden gelmediğinde gülmesi hiç de kolay değildi. Arabaya bindi ve Serhan'ı Doğan'ın göndermiş olabileceğini düşündü. Son olaydan sonra belki de Sultan'dan çekindiği için kendisi gelememişti. Neden olmasındı? Bu düşüncesini doğrulamak için sorması gerekiyordu ama bunun yerine beklemeyi tercih etti.

"Sonunda bulduk seni. Ee, anlat, nasılsın?" diye sohbeti başlattı Serhan.

Kıymet, "İyiyim, sen nasılsın?" dedi. Yalandan gülümsemesi hâlâ yüzüne tutunmaya çalışıyordu.

"İyiyim ben de. Bak şimdi, şöyle yapacağız. Bizim arkadaşlarla bir parti veriyoruz, sen de..." dedi ve o sırada telefonu çaldı. Telefondaki kişi, geç kaldığı için kızmış olacak ki Serhan trafiği bahane edip durdu; az önceki neşesi kaybolmuştu.

Kıymet, telefonu kapattıktan sonra kendisine bir açıklama yapmasını bekledi ama Serhan yapmadı. "Neyse, gidelim, görürsün zaten," deyip müziğin sesini açtı. Hâlbuki Kıymet'in sormak istediği çok soru vardı: Nereye gidiyorlardı? Doğan orada mıydı? Ne partisine gidiyorlardı? Ve daha bir sürü soru aklına geliyordu ama hiçbirini soramıyordu çünkü Sultan tarafından şartlandırılmıştı; sadece gülümsemeliydi. On yedi kasına birden emir verdiyse de biri bile kıpırdamadı.

———————◆———————

Tuğçe ve Timur dönüşte bankaya uğramak için gittikleri yolda, Emlakçı Emin'in dükkânının önünden geçtiler. O sırada, biri vincin üzerine çıkmış, elektrikli testere ile ağacın kalın dallarını kesiyordu. Budama gibi görünebilirdi, ancak bu şekilde mevsime ve kuralına uygun olmayan bir budama, ağacı öldürebilirdi. Tuğçe, neler olduğunu öğrenmek için kesim yapan adama seslendi, ancak motor sesinden kendisini duyuramayınca Emin'in dükkânına daldı. "Sen kestiriyorsun, değil mi?" dedi.

"Ooo, Tuğçe Hanım, buyurun, hoş geldiniz. Oturmaz mıydınız?" diye alaycı bir tavırla konuştu Emin.

Tuğçe, gürültüden sesi çok duyulmamasına rağmen dediklerini ve niyetini arsız yüzünden anlamıştı, ancak Timur'un dükkâna girişiyle beraber Emin'in yüzündeki pis sırıtış söndü. Timur'a dönüp, "Kapalıyız, kardeşim, şimdi git, sonra gel!" diyerek onu defetmek istedi, ancak Tuğçe "Beraberiz biz!" diyerek Timur'un kolundan tuttu. Ardından "Yine soruyorum, sen mi kestiriyorsun bu ağacı?" diye sordu.

"Sana ne, bacım? Git, kendi işine bak. Varsa bir derdin, belediyeye git. Biz sana ev kiraladık, sen bizim yakamıza yapıştın. Sıktın ama, yeter artık, bir sal bizi ya!" diye en pişkin tavrını kullandı Emin.

Timur, bu tavrı beğenmeyip; "Sen bir düzgün konuş bakalım. Hanımefendi sana bir soru sordu, 'Sen mi kestiriyorsun?' dedi. Ne diye lafı uzatıp saçmalıyorsun?" diye kibar ama etkili bir tonda konuştu.

"Sana ne lan! Sen kim oluyorsun da benim çöplüğüme gelip dikleniyorsun? Ben kestiriyorum amına koyayım, ne olacak? Ne yapacaksınız? Dalları bitsin, kökünü de kazıtacağım, oldu mu? Aldın mı cevabını, yavşak?" diye bağırdı Emin.

Timur, kendinden bu kadar kısa olan Emin'in cesaretinin nereden geldiğini anlayamıyordu, ama bununla da ilgilenemezdi. Tuğçe'nin tepkilerinin arasından, Emin'in suratına bir yumruk salladı ve dudağını patlattı. Aynı anda, dışarıdaki motor sesi durdu. Çığlık ve bağırışlara koşup gelen esnaf sayesinde ayrıldılar, ama kimse susmadı.

Emin soluksuz hakaret edip, hiçbir zaman açmayacağı davayı açmakla ilgili tehditler savuruyordu.

Tuğçe, ağacın kestirilmesinin asıl nedeninin arabasına düşen kuş pisliği olduğunu esnafa çığlıklarla açıklıyordu.

Timur ise henüz konuyu anlamadığı hâlde hislerine güvenip Tuğçe'yi destekliyordu. Esnafın yardımıyla ayrıldılar ve ağaç budama işini durdurdular, ancak hiçbiri konuyu kapatmadı ve ellerinden geleni ardına koymayacaklarını kendi tarzlarında söyleyip uzaklaştılar.

Tuğçe, "Pislik herif ya, sırf arabasına bok gelmesin diye elli küsur yıllık ağacı kestirmeye çalışıyor, inanabiliyor musun buna?" diye bitmek bilmeyen öfkesini kusmaya devam ederken Timur, "Tanıyor musun sen bu adamı?" diye sordu.

"Maalesef! Oturduğum evi bu şerefsizden buldum, bulmaz olaydım."

"Neden?"

"Pisliğin teki işte, belli değil mi? Dükkânına gittiğim gün arabası ağacın altındaydı, kuşlar kaka yapıyor, onun arabasına denk geliyor diye 'Kestireceğim bu ağacı,' demişti, belli ki şimdi o yaptırıyor işte."

Timur "Onu anladım da sanki aranızda başka bir sorun olmuş gibi..." diye kurcalamak istedi.

Tuğçe tam ağzını açtı ama ne diyeceğini bilemedi. Evine gelip kendisini taciz ettiğini söyleyemezdi. Çünkü kendisine dokunmamıştı bile. Ancak biraz daha yumuşak davransa dokunabilirdi, hatta daha da ileri gidebilirdi. O gün bunu hissetmişti, ancak Timur dükkâna girer girmez "bacım" diye hitap etmişti kendisine. Böyleleri, kimse yokken yaptıklarını inkâr edebilmek için böyle zamanlarda tam tersi şekilde davranırlardı. Yavşaktı sonuçta ve Tuğçe'nin böyle bir yavşakla uğraşacak gücü yoktu. Olanları bir kez daha hatırlamasının etkisiyle strese kapıldı ve yine dengesiz bir tonda konuşmaya başladı.

"Yoo, yo-yok bir şey. Saçmalıyor işte! Ne-neyse, ben gitsem iyi olacak. Teşekkür ederim her şey için," dedi ve tam gidecekken geri dönüp ekledi: "Ayrıca, az önce olanlar için de özür dilerim."

"Sorun değil..." dedi Timur, ama yine o sıcak gülümsemesinden eser yoktu. İkisi de zıt yönlere dönüp uzaklaştılar. Timur bela istemiyordu; engelli bir annesi vardı ve ona bakmak zorundaydı. Bu kızın ona bela olacağından emin olmuştu. Her şey başlamadan bitti. En doğrusu da buydu.

Tuğçe ise evine giderken hiç durmadan küfrediyor ve kendini bir türlü yatıştıramıyordu. Kalp atışları ve nefes alışverişleri dengesizleşmişti, neredeyse bir atak geçirmek üzereydi. Nefret ediyordu Emin'den ve onun gibi olanlardan. Bir ağaca bile saygısı olmayan bu yaratıkların yaşamaya haklarının olması ne tuhaftı. Sanki tüm kâinat kendilerine sunulmuş, ama onlar asla tatmin olmayıp daha fazlasını istiyor gibiydiler. Bu şerefsizlerin soluduğu oksijen bile israf sayılmalı, yasaklanmalıydı. Keşke paralel bir evren olsa ve orası tıpkı Emin gibilerin layık olabileceği türden; ağaçsız, kadınsız, hayvansız, burada saygı duymadıkları ne varsa onlardan yoksun olsa ve oraya defolup gitseler... *Ne güzel olurdu,* diye düşündü. Düşünmek istemiyor ama beyni onu düşünmesi için zorluyor, hiç durmadan öfke pompalatıyordu. Aslında az önce olanlardan daha çok, kapısına geldiği güne kızgındı. O günden sonra o kadar çok şey olmuştu ki, oturup öfkesini yaşayamamış ama daha sonra patlatmak üzere içinde bir yerlere saklamış gibiydi. Nefret ediyordu ondan, etiyle kemiğiyle nefret ediyor, düşüncelerinde ona işkence ediyordu. Boğazına tırnaklarını geçiriyor, gırtlağını tek eliyle tutup dışarı çıkarıyor, dilini koparıp boğazına açtığı delikten içeri sokuyor, zorla yutturuyordu. Ama yine de yetmiyordu, sanki az geliyordu yaptıkları ve hâlâ gözlerinde o pislik bakışı görebiliyor diye, hayalinde gözlerine parmaklarını sokup ikisini birden söküyor; kanlı ellerinde duran, Emin'in gözlerine bakıyor, yine de o arsız bakışı görebiliyordu. Lanet olsun ki görebiliyordu! Daha fazla bakmaya dayanamadı ve onun dilsiz ağızını açıp, iki gözünü de gırtlağına kadar soktu!

"Tuğçe abla!"

Tuğçe bir anda sıçradı ve gerçek hayata geri döndü. Emin'i düşlerinde o hâlde bıraktı. Aslında son bir kez üzerine tükürmek istiyordu ama çoktan kendi sokaklarına gelmiş, henüz işkencesi bitmeden evine ulaşmıştı. Tayfun'un masum sesi çekip kopardı onu kendi azabından. Az önceki nefret dolu insan tamamen yok olmuş, onun yerine şefkatli bir insan gelmişti. "Efendim, ablacığım?" dedi.

Tayfun "Aynalara dikkat et!" dedi.

Tuğçe anlamadı. "Neye?" diye sordu.

Tayfun "Kadife teyze pencereden aynaları attı. Bak, her yer kırık ayna dolu..." deyip, özellikle Tuğçe'nin penceresinin önüne denk gelen kısmı işaret parmağı ile gösterdi.

Tuğçe yine öfkeye kapıldı ve Emin'i hatırladı. "Orospu çocuğu, bu yüzden bu evi ucuza verdi," diye mırıldandı.

"Anlamadım," dedi Tayfun.

Tuğçe, Tayfun'un anlamamış olması ile rahatladı. "Sana demedim, ablacığım. Aynalara da dikkat ederim. Sağ ol," dedi ve apartmana girdi. Selen'in kapısının önüne gelince duraksadı. Ne güzel hem arkadaş hem de komşu bulmuştu ama daha baştan kaybetmişti onu. İnsana ihtiyacı vardı, güvenebileceği hatta sarılabileceği bir insana ihtiyacı vardı. Etrafına kim geldiyse kendisini kullanıp, kısa süre sonra da bir kenara atmıştı. Kardeşi yoktu, kimseyi gerçekten kabul edememişti ve kabul edilmemişti. Annesinin sözünü hatırladı; *"Yalnız öleceksin, evlenmen lazım!"* derdi annesi. Ama onlarınki gibi bir evliliği olacağına, yalnız ölmeyi hatta şu an ölmeyi tercih ederdi. Yine de Selen'in kapısına bakarken, insana ihtiyaç duyduğunu hissedebiliyordu. Onu yeni tanıyordu belki ama onun yanında kendini rahat hissediyordu. Şu an rahatlamaya çok ihtiyacı vardı. *"Acaba kapıyı çalsam, 'Nasılsın?' diye sorsam ne der?"* diye düşündü. Ama kalbi yine hızla atmaya başlayınca, eve giderek bir ilaç alıp yatmanın daha doğru bir fikir olduğuna karar verdi ve gitti.

———◆———

Kıymet, durdukları ilk benzinlikte Serhan'a hiçbir şey söylemeden arabayı terk edip gitti. Ne olursa olsun onunla gidemezdi, hele de Doğan'la son yaşadıklarından sonra bunu yapamazdı artık.

Eve geldi; yol boyu Sultan'la yapacağı konuşmayı düşünmüş, ama hâlâ ne diyeceğine karar verememişti. Yine de bir kez olsun annesinin kendisini anlayabileceğini ümit ediyordu. Derin bir nefes aldı ve kapıya anahtarını soktu ama kilit dönmüyordu. Birkaç kez daha zorladı ama kapının arkasında anahtar olduğundan emin oldu. Kapıyı çaldı, kimse açmadı. Tekrar çaldı, tekrar, tekrar... Ama açan yoktu. O hâlde kapının arkasında neden anahtar olsundu ki? "Anne, benim, açar mısın?" diye seslendi. Ama yine cevap yoktu. Daha yüksek sesle seslendi, kapıya daha sert vurmaya başladı ama içeriden yine ses gelmiyordu. Paniği arttı ve üst kata çıkan merdivenleri koşar adım çıktı. Suzan Hanım'ın zilini çaldı. Ama o kapıyı da açan yoktu. Tekrar çaldı...

Altmış yaşlarındaki Suzan Hanım'ın kulakları çok iyi duymuyordu ve televizyonda, hiç kaçırmadığı "Katil Kim" adlı gündüz programını izliyordu. Reklam arası olduğunda çayını tazelemek için kalktı, mutfağa giderken Kıymet'in sesini duydu ve merakından kapıya kulağını dayadığı sırada Kıymet'in zile basmasıyla panik oldu. Ama Kıymet anlamasın diye kapıyı hemen açmadı, ikinci sefer zile basınca açtı. "Ay, arka odadaydım, duymadım. Hayırdır, bir şey mi oldu?" diye sordu.

Kıymet hafif panik olmuş bir hâlde es vermeden konuştu: "Annem kapının arkasında anahtarı unutmuş, uzun süredir çalıyorum, açmıyor. Telefonumun şarjı bitmiş, acaba sizden çilingirin numarasını arasak olur mu?"

Suzan Hanım "Ay, ne olmuş ki, sesi geliyordu sanki, merak ettim şimdi," dedi.

Kıymet "Bilmiyorum ama ben de çok merak ettim. İş aramak için dışarı çıkmıştım, sabahtan beri evde değilim. Açmayınca panik oldum," dedi. Nereden geldiği konusunda, aklına bu yalandan başka bir şey gelmiyordu. Ne diyebilirdi ki? Kendisini merakla dinleyen Suzan Hanım'ı hızlandırmak için telaşını saklamadan devam etti: "Biraz acele edebilir misiniz? Başına bir şey gelmiş olmasından korkuyorum. Biliyorsunuz, yaşlı kadın. Allah korusun..."

Suzan Hanım "Tabii, tabii," deyip koşar adım telefonunu almaya gitti. Geri dönüp, daha önceden sokak kapısının pervazına sıkıştırılmış kartviziti aldı, numaraya baktı ve aradı. Üç kez çaldırdıktan sonra, çilingir telefonu açtı ve Suzan Hanım, "Ay, evladım, Allah rızası için hemen gel," diye söze girdi. "Evde yaşlı kadın var, açmıyor kapıyı. Belki düştü, vurdu kafasını... Öldü mü kaldı mı, bilmiyoruz. Tamam, yazıyorum adresi..." dedi ve kapadı telefonu. Kıymet'e telefonu uzatıp; "Ah, kızım, benim gözüm görmüyor. Şuradan adresi yazıver," dedi. Kıymet mesajı yazarken Suzan Hanım konuşmaya devam etti: "Kızım, sen de bekleme burada, gel içeriye, soluklan biraz. Su vereyim mi sana?"

"Ah, çok teşekkür ederim. Su çok iyi olur, tansiyonum düştü galiba," deyip koridora girdi ve bekledi Kıymet.

Suzan Hanım, "Ay, bekleme orada. Çıkar ayakkabılarını, geç otur azıcık. Zaten iş aramışsın, yorulmuşsundur," dedi ve Kıymet'i salona yönlendirip yine koşar adım mutfağa gitti. Bir bardak su ve yarım paket kraker getirdi. "Al, kraker ye. Tansiyonuna iyi gelir. Normal ama, korktun sen şimdi, ondan düştü tansiyonun. Var mıydı annenin bir rahatsızlığı falan?" diye sordu.

Aldı Kıymet kendine verilenleri. Bir yandan içti, bir yandan yedi. Ama krakeri yutmakta zorlandığını fark edince bıraktı. "Yani, biliyorsunuz, kilolu biraz; kolesterol, şeker, romatizma falan da var... Ne zaman gelir acaba bu çilingir?" diye sordu.

"Gelir birazdan, merak etme," dedi Suzan Hanım ve çok geçmeden dışarıdan bir araba kornası duyuldu. Kıymet kornayı duyunca sıçradı ama Suzan Hanım soğukkanlı şekilde koştu balkona. "Burası, burası, gel çocuğum, hemen alt kattaki daire..." dedikten sonra Kıymet'in yanına hızla geri geldi. İkisi birden kalktılar ve koşar adım indiler merdivenleri.

"Ay, evladım, aç hemen, aç! Kadın öldü mü, bayıldı mı, bilemiyoruz. Hay Allah'ım, sen koru ya Rabbim, kim bilir içeride ne bulacağız. İnsan yaşlanınca böyle oluyor işte. Bu kadın duşa girip, orada düşüp kalmış olabilir mi? Olabilir vallahi, her şey olabilir," dedi ve kendi sorusunun cevabını kendi verdikten sonra derin bir nefes aldı. Kıymet'e dönüp ekledi: "Korkma kızım, korkma. Biz buradayız."

Hâlbuki Sultan, yaşlı sayılacak biri değildi ama herkes içeride yaşlılıktan kaynaklı bir sorun olduğuna çoktan emindi. Suzan Hanım sağ olsun, şimdiden kendi dâhil herkesi ikna etmeyi başarmıştı. Kıymet bile onun dediklerine inanmış görünüyordu. Sonunda çilingir kapıyı açtı. Suzan Hanım öne atılıp, çilingire çekilmesini söyledi. Ne de olsa ilk girmek onun hakkıydı; konuya hâkim olan oydu. Önce Kıymet, arkasından Suzan Hanım içeri girdi.

Kıymet girdiği gibi çığlık attı. "Anneee!" diye de ekledi arkasından.

Suzan Hanım "Hay tövbe bismillah! Öldürmüşler birbirlerini!" deyip ikinci mükemmel tespitini yaptı.

İkisinin sesini duyan çilingir ise koşar adım arkalarından gelmişti. Sanki bu defa da en tecrübeli oymuş gibi konuştu: "Durun, hiçbir şeye dokunmayın, hemen polisi arayın!"

Annesini yerde kafasından vurulmuş hâlde görünce dizlerinin bağı çözülen Kıymet, olduğu yere düşmek üzereyken Suzan Hanım tarafından kolundan yakalanmıştı ama o ısrarla gidip annesine dokunmak istiyordu. "Anne, anneciğim... N'olur, ambulansı arayın! Yardım edin ona..." deyip âdeta her ikisine de yalvarıyordu.

Çilingir "Ararız, abla. Ama ölmüşler onlar. Sen gel, dışarı çık, polisi arayalım," dedi.

Suzan Hanım "Gel, kızım, dışarı gel. Durma burada, senin yapacağın bir şey yok. Allah'ım, sen koru hepimizi," dedi ve üzüntüden kahrolan Kıymet'i kolundan çekiştirerek dışarı çıkardı.

Kıymet tam kapının önüne geldiğinde Tayfun'u gördü; elinde 5.000 parçalık puzzle kutusu ile nefes nefese görünüyordu. Belli ki daha yeni yaptığı hırsızlığın adrenalin etkisini yaşarken annesinin çığlıklarını duymuş ve Harun abisine gitmek yerine eve koşmuştu. Şok hâlindeki çocuğuna sarıldı Kıymet. "Yavrum, girme içeri. Sakın girme. Anneannen..." deyip cümlesini tamamlayamadı, tekrar hıçkırıklara boğuldu.

Suzan Hanım, Kıymet'i polis gelene kadar kendi evinde beklemeleri yönünde ikna etti. Bunu yaparken de Tayfun'u gösterip durmuştu. Üçü birlikte yukarı çıktılar.

Çilingir ise polisi arayıp cinayeti haber verdi ve polisin isteği üzerine olduğu yerde bekledi.

Çok sürmeden polis ve ambulans geldi. Herkes tek tek ayaküstü sorgulandı. Önce çilingir, ne gördüyse olduğu gibi anlattı, ama yine de bir polis eşliğinde karakola gidip, yazılı ifadesini orada vermesi istendi. Daha sonra, Suzan Hanım'ın evinde ağlamaktan bitap düşmüş Kıymet'i, son olarak da Suzan Hanım'ı sorguladılar. Bu sırada, alt katta olay yeri inceleme ekipleri parmak izi alıyor ve cinayetin nasıl ve neden olduğunu öğrenmek için çalışıyorlardı. İki ceset de aynı ambulans aracına konulup götürüldü.

Kıymet, Suzan Hanım ve Tayfun, polis memurlarıyla birlikte apartmandan çıktılar. Aslında çıkmadan önce polis, çocuğun gelmesine gerek olmadığını ve bir yakınlarına bırakabileceklerini söylemişti. Ancak Kıymet, bırakacak yakınlarının olmadığını söyleyerek onun da gelmesini istedi.

Harun, Selen'le birlikte otururlarken kendi sokaklarından geldiği belli olan ambulans ve polis sirenine tepkisiz kalamayıp dışarı çıktı. Ekip, aracına binmeden önce yetişti onlara ve "Tayfun, ne oldu?" diye sordu.

"Harun abi, bilmiyorum," dedi Tayfun, elinde hâlâ puzzle kutusunu tutuyordu. Harun, onu çalarken yakalandığını düşünüp atıldı; "Küçücük çocuğu nereye götürüyorsunuz?" diye engel olmak istedi.

Bir polis memuru, "Eğer yakınınızsa sizinle bekleyebilir. Bizimle gelmesine gerek yok," dedi.

Kıymet ağlamaktan kıpkırmızı olmuş gözleriyle, "Ben dönene kadar ona göz kulak olur musunuz?" diye sordu Harun'a.

"Tabii, tabii, olurum ama ne oldu ki?" diye sordu Harun.

Polis memuru sabırsız bir tavırla, "Sonra öğrenirsiniz, beyefendi, şimdi müsaade edin de işimizi yapalım," dedi.

Zaten araca binmiş olan Kıymet ve Suzan Hanım'ın kapısını kapayıp, beklemeden uzaklaştılar. Tayfun ve Harun, giden aracın arkasından bakakaldılar ama Harun bir cevap istiyordu. "Tayfun, söylesene, ne oldu, abiciğim?" diye sordu.

Tayfun "Galiba anneannem ölmüş," dedi. Ama bunu söylerken yüzünde ufak da olsa bir gülümseme belirdi.

Harun, yakaladığı o gülümsemeden öylesine korkmuştu ki, dokuz yaşındaki bir çocuğun ölüme karşı tepkisinin böyle olmasına anlam verememişti. "Peki, nasıl ölmüş, biliyor musun?" diye sordu.

"Öldürülmüş," dedi Tayfun.

Harun "Kim öldürmüş?" diye sordu.

"Bilmiyorum," diye cevapladı Tayfun.

Harun'un geri dönmeyişiyle merakı artan Selen kapıyı açtı, tam dışarı çıkacakken, aynı anda karşı kapı da açıldı ve Tuğçe'yle göz göze geldiler.

"Ne oluyor dışarıda?" diye sordu Tuğçe.

"Bilmiyorum ama Harun bakmaya gitmişti," dedi Selen ve beklemeden dışarı çıktı.

Onun çıktığını gören Tuğçe de anahtarını alıp peşinden çıktı. İkisi de yan apartmanın önünde duran Harun ve Tayfun'un yanına gitti.

"Ne olmuş?" diye sordu Selen.

Tayfun'u göstererek "Anneannesi ölmüş," dedi Harun.

Hepsi Tayfun'a odaklandı ama yine, duruma ters düşen o gülümsemeye takıldılar.

Harun "Annesi karakola gitti, dönene kadar bizimle bekleyecek," diye durumu özetledi.

"İyi, o zaman eve girelim," dedi Selen ve hepsi onun dairesine gitti. Tuğçe ise girmeden önce kapıda kısa bir süre duraksadı. "Rahat ol!" dedi Selen, o da komuta uyup rahatladı ve içeri girdi.

Selen "Anlatsana, neden ölmüş?" diye sordu Tayfun'a.

"Biri öldürmüş," dedi Tayfun.

Hepsi bir ağızdan şaşkınlıkla; "Kim?" diye sordu.

"Bilmiyorum ama o da ölmüş," diye cevapladı Tayfun.

Yine hepsi mükemmel bir uyumla, aynı anda; "Nasıl?" diye sordular.

"Bilmiyorum, çocuğum diye bana söylemediler," dedi Tayfun ve hepsi hatırladı ki; o bir çocuktu. Her biri ayrı ayrı şekillere girip konuyu kapatmaya çalıştılar ama Selen dayanamayıp sordu: "Sen ne hissettin?"

Tayfun "Sevindim," dedi ve yine gülümsedi...

"Nasıl yani?" diye şaşkınlığını gizleyemeden sordu Tuğçe.

Tayfun "Bir süredir anneannem ölsün diye dua ediyordum, öldü işte," dedi.

"İyi de neden?" diye kurcalamak istedi Tuğçe ama Harun onu kesti. "Neyse, şimdi bunları boş verelim. Aç mısın sen?" diye sordu Tayfun'a.

Tayfun "Evet, açım, bu arada Harun abi, sana bunu getirecektim ben..." dedi ve hâlâ elinde olan puzzle kutusunu uzattı. Harun alıp sehpaya koydu, ama artık bunu yapmasını istemiyordu; az önce, çalarken yakalanırsa neler olabileceğini fazlasıyla hayal etmişti. "Bu son olsun, başka getirme ama, tamam mı?" dedi Harun ve cevap vermeden başını eğdi Tayfun. Artık onun puzzle oynamadığını, evdekilerin de bitmediğini biliyordu. Harun yokken evine birkaç defa girmiş, açılmamış kutuları ve masanın üzerinde haftalardır birleşmeyen puzzle parçalarını görmüştü. Belki bu sefer aldığını çok sever ve eskisi gibi beraber puzzle oynayabilirler diye düşünmüştü. Ama Harun'un verdiği bu tepkiyle, artık oynamak istemediğini anladı.

Selen "Ne sipariş edelim?" diye sordu ve Tayfun'un kendi düşüncelerinden uzaklaşmasını sağladı.

Tayfun "Suşi!" diye cevap verdi ve hepsi güldü. Gülmemeleri gereken bir anda olduklarını unutmuşlardı.

◆

Serhan, Kıymet'i bulamayınca Sultan'ı defalarca aramış ama telefona cevap veren olmamıştı. Kız kaybolmuş ya da başına kötü bir şey gelmişse kendisinden bilinmesi hiç hoş olmazdı. Sultan'ın hesabına para gönderirken çok fazla sorumsuz davrandığını hatırladı, ama yine de serinkanlı olmaya çalışıyordu. Aramayı bırakıp, zaten geç kaldığı partiye gitti. Orada yeni bir iş anlaşması yapma ihtimali vardı ve daha fazla geç kalırsa bu fırsatı da kaçırabilirdi. Neyse ki gittiğinde görmek istediği herkes oradaydı. Yine de iş konuşmak yerine önce Doğan'ın yanına gitti. Onu uzun süredir göremiyordu; sakin görünüyordu ama bu sefer de fazla sakin göründüğünü düşündü. *"Ne dengesiz bir insan ya pikte yaşıyor ya da dipte..."* diye düşünüp koluna girdi. Biraz sakin bir yer bulup Doğan'ı oraya doğru sürükledi.

Doğan, kolunu kurtarıp "Ne oluyor ya, ne çekiştiriyorsun?" diye çıkıştı.

Serhan "Oğlum, senin şu Elf var ya..." diye söze başladı.

"Ee?" Doğan, onun kimden bahsettiğini hemen anlamıştı.

"Ya, kızı partiye getirelim dedik ama yolda kayboldu," dedi Serhan.

"Nasıl kayboldu, buraya mı getiriyordun? Anlatsana lan doğru düzgün!" Doğan'ın sesi gereğinden fazla yüksek çıkmıştı.

"Dur oğlum ya, bağırma, bir şey olduğu yok," diye sakinleştirmeye çalıştı Serhan. "Benzinlikte durmuştum, iki dakika arabadan indim, kız o sırada gitmiş. Aradım Sultan'ı ama cevap vermedi. Koskoca kadın... Ne olacak sanki? Otobanda falan değildik zaten, ama yine de sende kızın numarası var mı?"

Dişlerini sıktı Doğan; "Yok!" dedi ve çıkıp gitti.

Yol boyunca Sultan'ı öldürme planları yaptı. *"O kadın onun annesi olamaz, hangi anne kızını böyle satar!"* diye düşünmeden duramıyordu. Daha fazla beklemeyecek, Kıymet'i alıp götürecekti. İhtiyacı olan hayatı kendisine o verecekti. Nasılsa her şeyi para için yapıyorlardı; *"Gerekirse Kıymet'i satın alırım,"* diye düşündü. Tıpkı bir eşyayı satın almak kadar kolay olabilirdi, kıymetli bir eşyayı! Kaç paraya satılırdı ki Kıymet? Etrafındaki insanlar, kim bilir onun hakkında neler düşünecekti, ama artık umurunda bile değildi. Herkesten uzakta yaşayabilir, hatta yurt dışına gidebilirlerdi. Duygularına söz geçiremiyor ve ne olursa olsun Kıymet'i istiyordu. Sokağa ulaştığında polis aracını gördü ve kalbi hızla atmaya başladı. Bir polis memurunun Kıymetlerin apartmanından çıktığını görünce paniği daha da arttı. Arabasını park edip indi, yere bastı, ama sanki zemin ayaklarının altında değilmiş gibi hissetti. Çok geç kaldığını düşündü; Kıymet'e bir şey olduğundan emindi. Polis memurunu aracına binmeden önce yakaladı ve "Ne oldu burada?" diye sordu.

Polis memuru "İkinci katta iki kişi ölmüş," dedi ve Kıymetlerin dairesini işaret etti.

Doğan panikle "Nasıl?" diye sordu.

Memur "Bilmiyoruz ama cinayet gibi görünüyor, birbirlerini öldürmüşler herhâlde..." dedi. Polis aracının şoför koltuğunda oturan diğer memur, yalandan öksürerek kesti lafını, arkadaşı şom ağızlıydı ve bu tür bir bilgiyi karar kesinleşmeden söylemesi kesinlikle yanlıştı. Ama söylemişti bir kere, yine de toparlamak için son bir çaba gösterme gereği duydu. "Yani, tabii ki daha belli değil, araştırıyoruz, kesin bir şey söylemek için henüz çok erken..." derken memur arkadaşı aynı öksürüğü bir kez daha tekrarladı ve yeterli olmadığını düşünüp, "Gitmemiz lazım!" dedi. Şom ağızlı polis memuru da araca bindi ve gittiler.

Doğan ise tüm pişmanlığıyla yalnız başına kaldı. Geçen gün burada olduğunu ve Kıymet'le geçirdikleri o muhteşem günü hatırladı. Olduğu yere yıkılmak hatta ölmek istiyordu. Çok daha önce Kıymet'i çekip almalı, birlikte yeni bir hayat kurmalıydı. Yapmamıştı, yapamamıştı. Kıymet'in ölümünden o da sorumluydu, kendini katil gibi hissetti. Sevdiği kadının ölmesine izin vermişti. İşe yaramaz bir insan olduğunu ve kendisinin de ölmeyi hak ettiğini düşündü. Zaten artık hiçbir şeyden zevk alamıyor, insanlardan nefret ediyordu. Ailesiyle hiçbir zaman yakın olamamıştı, ama artık arkadaş dediği kişilerden de tiksiniyordu. Tamamıyla yalnız kalmıştı. *"Belki de Serhan yüzünden oldu, o orospu çocuğunu öldürmeliyim,"* diye geçirdi içinden, ama Kadife Hanım çekip çıkardı onu kendi karanlık girdabından. "Sen pezevenk misin?" diye sordu. Doğan şok hâline etrafına bakındı. Kime soruyordu bu kadın? Kendisine mi? Kadife Hanım tekrar sordu: "Sana diyorum, sana. Sen pezevenk misin?"

Doğan, yüzündeki şaşkınlık ifadesiyle; "Kim? Ne? Ne diyorsun ya sen?" diye sorular sormaya çalıştı ama Kadife Hanım o soruların birini bile duymayıp, konuşmaya devam etti: "Belli, pezevenksin! Çekil oradan, şimdi uzay gemisiyle gelip beni alacaklar. Sen orada duruyorsun diye iniş yapamıyorlar. Toplantım var benim, bugün Ay'a çıkacağız. Ay genel başkanıyla toplantı yapacağım. Sana diyorum, sana. Çekil oradan, pezevenk!"

Doğan, Kadife Hanım'ı bir süre dikkatle dinledi. Kıymet'in onun hakkında dediklerini hatırlamaya çalıştı. Çocuğu camdan düşüp ölmüştü. O da delirmişti. Dayanamadı ve Kadife Hanım'ın duyabileceğinden emin olmak için apartmana biraz daha yaklaşıp sordu. "Olabiliyor yani, öyle mi?" diye sordu.

Kadife Hanım, onun ne dediğini hiç anlamadı. Yine de yolun ortasından çekildiği için rahatlamış görünüyordu.

Doğan, "Böyle bir hak var yani, çok sevdiğimiz biri trajik bir şekilde ölürse delirebiliyoruz yani, öyle mi?" diye sordu. Bu defa daha anlaşılır bir cümle kurduğundan emindi.

Kadife Hanım "Kim deli?" diye sordu.

Doğan, "Sensin amına koyayım, sen, sen! Siktiğimin hayatında birini kaybedip götü başı dağıtacak kadar gevşeksin. Aynı annem gibisin!"

Doğan'ın annesi 12 yıldır ruh ve sinir hastalıkları bölümünde yatılı olarak kalıyordu. Çok güzel ve kocasına sırılsıklam âşık bir kadındı, ama onun tarafından sürekli aldatılıyordu. Doğan'ın babası işinde çok başarılı ve varlıklı bir adam olmasına rağmen, annesi için bunlar hiçbir zaman önemli olmamıştı. O, kocasını tüm aldatmalarına rağmen saplantılı bir şekilde seviyor ve onun yaptıklarını kabul ediyordu. Ancak bir gün babası, bir otel odasında, fahişenin biriyle sevişirken, aldığı viagra sonucu kalp krizi geçirerek hayatını kaybetti. Bu haber basına yansıdı ve herkes öğrendi. Annesi de bunun üzerine, ardı arkası kesilmeyen sinir krizleri geçirdi ve düzelmek için hiçbir çaba harcamadı. Sürekli intihar etmeye çalışması ve ilaçlarını düzgün almaması yüzünden, yakın akrabalarıyla karar vererek hastaneye yatırmak zorunda kaldılar onu. Doğan ise ilk zamanlarda annesini çok sık ziyaret ederken, son yıllarda gitmeyi neredeyse bırakmıştı. Tüm olanlarla birlikte annesini de unutmak istiyordu, zaten onu içinde bulunduğu hâliyle görmeye dayanamıyordu. O kadar güzel bir kadının böylesi sağlıksız ve çirkin görünmesindense ölmesinin daha iyi olacağına bile inanıyordu. Aslında bundan daha çok, kendisi için iyileşmeye çalışmamış olmasına kızgındı, ama bunu hiç dile getirmemişti. Fakat şu an unutmaya çalıştığı her şey derinlerden yüzeye çıkmak için yine onu zorluyordu. Bu hisleri Kadife Hanım'ın üzerinden bastırmaya çalıştı. "Hepimiz sevdiğimiz biri ölünce senin gibi fıttırsak, dünya açık tımarhaneye dönerdi! Ama senin umurunda değil tabii. Seni gelip alacaklar, uzaya çıkarıp sikecekler. Sen de rahatlayacaksın, değil mi? İyi lan, madem öyle, ben de deliyim! Beni de alsınlar, siksinler, içime Ay'ı mı sokacaklar yoksa götümde Venüs'ü mü patlatacaklar, ne yapıyorlarsa yapsınlar! Tamam lan, ben de deliyim işte. Ne yapıyoruz peki şimdi, yolun ortasına uzay gemisinin inmesini mi bekliyoruz? Ne lazım, gezegen mi sıçalım, ışık hızına mı çıkalım? Ne lazım, ne? Söylesene, siktiğimin delisi, söyle!" diye tüm duygularını kustu.

Tayfun, "Doğan abi!" diye seslendi. Doğan döndü ve aynı anda, Tayfun'un yanında duran Harun, Tuğçe ve Selen'i de fark etti. Hepsi, Doğan'ın yüksek sesle yaptığı delirme senfonisine tepkisiz kalamayıp sokağa çıkmıştı. Doğan, kendisini duymamış olmalarını diledi ama yüz ifadelerine bakılırsa her şeyi duymuşlardı. Zaten öyle yüksek sesle konuşmuştu ki yan sokaktakiler bile duymuş olmalıydı.

"Annem karakola gitti," dedi Tayfun. Sadece bu cümleyle her şeyi açıklamıştı. Demek ki Kıymet ölmemişti. O hâlde kim ölmüştü? "Peki, kim öldü o zaman?" diye sordu Doğan.

"Anneannem öldü..." diye cevap verdi Tayfun.

Doğan "Polis iki kişi dedi, diğeri kim o zaman?" diye sordu.

Tayfun "Bir adam… Tanımıyoruz. Birbirlerini öldürmüşler galiba…" diye cevap verince, Doğan ihtiyacı olan bütün bilgilere ulaşmış oldu. Az önce yaptığı çirkin çıkıştan dolayı ise fazlaca rahatsız olmuş, hatta utanmıştı.

Selen, Kadife Hanım'ı işaret ederek "Ne dediysen susturmayı başardın," dedi. Kadife Hanım, susmakla yetinmemiş, pencereyi ve perdeyi de kapatıp gitmişti. Genelde pes eden kişi Kadife Hanım olmazdı; bu ilk kez oluyordu.

Tuğçe "'Deli deliyi görünce sopasını saklarmış,' mıydı, neydi o?" dedi. Aslında şaka yapmak istemişti ama yersiz bir şaka olduğunu fark edince, cümlesinin sonuna doğru sesini yavaş yavaş kıstı ve sustu.

Harun "İçeri gel, biraz soluklan, ifade verip gelir zaten," dedi. Onun tavrında ne bir yargılama ne de bir alay söz konusuydu. Harun, Tayfun'dan daha önce dinlediklerini hatırlayıp, Doğan'ın az önceki paniğini de birleştirince, onun Kıymet'i gerçekten sevebileceğine inandı.

Doğan "Ben karakola gitsem daha iyi olur," dedi.

Harun "Tamam, döndüğünüzde burada sizi bekliyor olacağız. Kıymet Hanım, Tayfun'u bize emanet etti. Gelince haber verirsiniz, buradayız," dedi ve Selen'in dairesini işaret etti.

Doğan, Harun'un işaret ettiği yöne doğru baktı ve başını sallayarak "Tamam," dedi. Söylemesi gereken bir şeyler olduğunu hissediyordu ama hiçbir şey söyleyemeden gitti.

———◆———

2 saat önce...

Kıymet, Doğan'la son yaşadıklarından sonra artık bu işi yapmamaya kararlıydı. Eve döndüğünde muhtemelen Sultan canına okuyacaktı. *"Gerekirse öldürsün ama bu işi yapmaya devam edemem,"* diye düşündü. Başka bir iş bulabilir, eve para getirmeye devam edebilirdi. Ne var ki bunları daha önce de düşünmüştü ve ne zaman Sultan'a söylemeye çalışsa, Sultan kesinlikle yapamayacağına dair onu ikna ediyor ya da ona dayak atıyordu. Gelgelelim bu defa kararı kesindi, korkmuyordu; artık fahişelik yapmamaya yemin etti. Eve geldiğinde cesaretinin bir kısmını kaybetmiş olsa da kontrolünü kaybetmeyip basamakları ağır ağır tırmandı. Kapıya ulaştığında içeriden bir erkek sesi geldiğini fark etti. Acaba Serhan dönüp eve mi gelmişti? Belki de Sultan onu aramış, ama telefonunu kapattığı için ona ulaşamamıştı. Kapının önünde beklediği sürece, kalan cesaretini de kaybetmeye başladığını fark etti. Daha fazla beklemeyip yüzleşmek için içeri girdi ve daha önce hiç görmediği bir adamı Sultan'ın karşısındaki koltukta otururken gördü. Sultan'ı hiç bu kadar korkmuş hâlde görmemişti; adamsa resmen gülüyordu.

Kıymet temkinli bir şekilde olduğu yerde durup; "Anne, beyefendi kim?" diye sordu ama Sultan sadece gözlerini uzunca kırpıp, dudaklarını büzmekle yetindi.

"Merak etme, yabancı değilim," dedi adam. "Akraba sayılırız. Yavuz ben."

Kıymet daha önce hiçbir akrabası ile karşılaşmamıştı. Hatta akrabaları olduğundan bile haberi yoktu. Yavuz, Kıymet'in şaşkınlığını fark edip, en sıcak gülümsemesi ile

"Demek, Kıymet de sensin. Gel, otur, seni daha yakından göreyim," dedi.

Kıymet, ne yapması gerektiğini söylemesini istercesine annesine baktı, ama Sultan bakışlarını tam aksi yönde bir yere sabitlemişti. Sokak kapısının yanında durmak en akıllıcası gibi geldi ve yerinden ayrılmadan etrafa bir daha göz gezdirdi Kıymet. Tayfun'un evde olup olmadığını anlamak için bakındı; ortalarda görünmüyordu. İçinden bunun için şükretti.

Yavuz "Gelsene kızım," diye yineledi ve Sultan'a dönüp "Annesi, söyle de gelsin," diye ekledi. Gülümsüyordu ama yine de insanı fazlasıyla ürkütüyordu.

"Gel!" dedi Sultan. Sadece gelmesini söylemişti; ne bir bakış ne de başka bir kelime eklemişti sonuna. Gitti Kıymet.

Yavuz hiç acele etmeden baştan ayağa inceledi Kıymet'i. Baktığı şeyi fazlasıyla beğendiği gözlerinden ve çıkardığı iniltili seslerden anlaşılıyordu. "Vay be, Sultan, adını Kıymet koymakla ne doğru bir seçim yapmışsın, bu resmen kıymetli bir hazine..." dedi. Sultan cevap vermedi. Onun hiç konuşmadan, gözlerini yere sabitleyip kalmış olması Kıymet'i fazlasıyla tedirgin ediyordu. Kıymet daha önce onu hiç böyle görmemişti, birilerinin onu dövdüğünü bile görmüştü ama böylesini hiç görmemişti. Rengi bembeyaz olmuş, iki elinin parmakları birbirine sıkıca sarılmış; ayak parmaklarını içeri kıvırmış, parmak uçları ile halıyı küçük küçük eşeliyordu.

Yavuz, Kıymet'e; "Annenle biz çok eskiden tanışırız," dedi. Sultan'a dönüp; "Değil mi Sultan?" diye sordu, ama

Sultan ne yapıyorsa onu yapmaya devam edip cevap vermedi.

Yavuz, Sultan'ın bu tavırlarını umursamadan konuşmaya devam etti: "Kıymet, mesela ben senin doğduğun günü hatırlıyorum. Vay be, ne günlerdi! Sen de hatırlıyor musun, Sultan? Gerçi, nasıl unutacaksın ki, sonuçta senin de en önemli günündü. Ya da dur, bir dakika, yoksa değil miydi? Cevap versene, senin için önemli bir gün müydü?" Sultan yine cevap vermedi.

Kıymet bu sessizliğe daha fazla dayanamadı ve "Anne, iyi misin?" diye sordu. Sultan yine uzunca göz kırpıp dudaklarını büzdü.

Yavuz "Kıymet, sana bir şey soracağım," dedi ve "Sence sen babana mı benziyorsun yoksa annene mi?" diye sordu.

Oldukları an yeterince gergin ve saçmaydı, ama bu soru Kıymet'e daha da saçma geldi. Ancak Yavuz, sorusunun cevabını almaya kararlı bir şekilde kendisine gözlerini dikmişti.

Kıymet cılız ve kararsız bir sesle "Babama…" dedi; öyle olmalıydı. Annesine benziyor olacak değildi ya! Sonuçta Sultan; esmer, kısa, yuvarlak hatlı, çirkin denebilecek kadar güzellikten yoksundu ama kendisi sarışın, uzun boylu, renkli gözlü ve kemikli bir yapıdaydı. Kesinlikle babasına benziyor olması lazımdı. Ama Yavuz, cevabı doğru bulmadı; elini yüzünün hizasına kadar kaldırıp, parmağını şıklattı ve işaret parmağıyla Kıymet'i göstererek "Yanlış cevap!" dedi. "Tahmin et bakalım, başka kim olabilir?" diye tekrar sordu.

Kıymet cevap vermek yerine, "Babaanneme mi?" diye tereddütle sordu.

Yavuz yine parmağını şıklattı ve yine Kıymet'i işaret ederek "Yanlış, başka?" diye sordu.

"Dedeme…" dedi Kıymet.

Yavuz "Hangi dedene? Anne tarafı mı baba tarafı mı?" diye sordu.

Kıymet "Baba tara-" derken Yavuz kesti onu, ayağa kalktı. "Yanlış, yanlış, yanlış!" diye bağırdı. Sultan'a dönüp; "Ya, Sultan, hiç senin sülalenden birini söylemedi, hep baba tarafını düşünüyor. Ne tuhaf, değil mi?" diye sordu. Bunu sorarken, koltukta oturan Sultan'ın yanına gitmiş ve daha yakından görmek istercesine yüzünü onun yüzüne yaklaştırmıştı.

Kıymet önce Sultan'ı inceledi. Yavuz'un yüzü, onun bir karış uzağında olmasına rağmen, Sultan yine de onun yüzüne bakmıyordu. İkisinin bu görüntüsü oldukça rahatsız ediciydi. Kimdi bu adam? Ne istiyordu onlardan? Tehlikeli biri miydi? Bu düşünceler arasında, Yavuz'un öne eğildiği için açılan ceketinin altından silahını gördü. Gözleri büyüdü bir anda. Adam rahatsız edici şekilde rahat görünüyordu ama onun dışında kimse rahat hissetmiyordu.

Yavuz, Sultan'dan gözünü ayırmadan; "Kıymet, sen okula gittin mi?" diye sordu. Ama Kıymet cevap vermedi. Yavuz dönüp Kıymet'e baktı ama o, ceketinin altından görünen silaha takılıp kalmıştı. Doğruldu ve silahı çıkardı. "Korkma ya, sadece güvenlik için…" dedi ve kalktığı koltuğa tekrar oturdu. Otururken de silahı ortalarında duran sehpanın kendisine yakın tarafına bıraktı ve sorusunu yineledi.

Kıymet gözünü silahtan ayırmadan "Ortaokula kadar…" diye cevap verdi.

"İyi, iyi, o da iyi. Ne iş yapıyorsun peki?"

Kıymet, soruya cevap vermek yerine göz ucuyla Sultan'a baktı.

"Demek, Sultan için çalışıyorsun, öyle mi?"

Kıymet yutkundu; "Si-siz kim sizsiniz? Ne istiyorsunuz?" diye sordu.

"Dedim ya, akrabayız. Doğduğun günü bilirim ben. Sultan bilmez belki ama ben bilirim!"

Kıymet cılız bir sesle sordu: "Ne demek şimdi bu?"

Yavuz "Şöyle açıklayayım ya da dur, Sultan anlatsın," dedi. "Anlatsana, Sultan, ne demek bu? Neden Kıymet'in doğduğu gün sen yoktun?"

Sultan, dilini yutmuş gibiydi. Yavuz devam etti: "Neyse, belli ki bugün pek konuşkan değil. Ben anlatayım sana. Şimdi, sen vaktinden önce gelen bir bebektin. Doğmana henüz bir ay falan vardı. Annenin sancısı tuttu ama 'Geçer, daha var. Şimdi hastane masrafı olmasın; yatsın, dinlensin,' dediler. Eyvallah, dedik ama geçmedi, doğum başladı. O hâlde kaldırıp götürülemezdi. 'Doğuracak şimdi,' dediler; bekledik, doğdun. Vaktinden önce doğduğun için 'Yaşamaz bu, ölür birazdan,' dediler; sen ölmedin, yaşadın. Ama senin doğumundan iki, bilemedin üç saat sonra annen öldü."

Kıymet'in nefes alışverişleri sıklaştı, kalp atışı hızlandı. Ne diyordu bu adam? Annesi ölmüş müydü? Annesi öldüyse, Sultan kimdi? Kaşlarını çatmıştı, dişlerini sıkıyordu.

Yavuz devam etti: "İçeride çalışan kadınlardan biri, bebeğinden yeni ayrılmıştı, sütü hâlâ kesilmemişti. Ben de seni alıp ona verdim. İki ay boyunca o emzirdi. Sonra ne oldu, biliyor musun?"

Kıymet, sıkmaya devam ettiği dişlerinin arasından tısladı: "Ne?"

Yavuz devam etti: "Sonra bu Sultan orospusu kaçmaya karar vermiş. Benim şehir dışında olduğum bir gün kimseye çaktırmadan, seni de alıp gitmiş. Ama o zamanlar böyle değildim tabii; zıpkın gibi delikanlıydım. Bu Sultan'ı bulmuş olsaydım, bütün kemiklerini kırardım. Benden çalmak neymiş, anlardı. Ama hakkını yemeyeyim tabii, onca aramaya rağmen bulamadım. Ben bulamadım, aramayı da bıraktım. Ama o, bunca yıl sonra ayağıma geldi, inanabiliyor musun ya buna? Resmen kalkıp benim otelime geldi!"

Kıymet, Sultan'a dönüp bağırmaya başladı: "Doğru mu bunlar? Cevap ver! Sana söylüyorum, yüzüme bak, doğru mu?"

Sultan ise konuşmamaya yemin etmiş gibiydi ya da söyleyecek bir şeyi olmadığından, hayatında ilk defa Kıymet'e karşı susmayı tercih etti.

Kıymet, hiç sorgulamaya gerek duymadan, duyduklarına inanmıştı. "Doğru yani, öyle mi? Bunca zaman beni kullandın, kendin için sattın! Sırf bu yüzden annemden çaldın beni, öyle mi? Ya, ben senin için neler yaptım, bir gün olsun beni sevmedin bile. Nasıl bir canavarsın sen? Belki de beni almamış olsaydın..." Bir an düşündü Kıymet, onu almamış olsa o kerhanede nasıl bir geleceği olurdu? Bundan daha mı iyi olacaktı? Olamazdı. Çünkü onu annesinden çalmamıştı. Fahişenin biri geçici olarak emziriyordu. Gerçi, annesi ölmüştü belki ama babasını arayabilir, onu bulabilirdi. Yavuz'a dönüp sordu: "Ya babam... Onu tanıyor musun?"

Yavuz "Hmm, bak şimdi, orası karışık," dedi. "Mesela ben de olabilirim ama olmayabilirim de. Sonuçta annen güzel kadındı... Müşterisi çoktu yani."

Anladı Kıymet; *"Bu orospu çocuğu, annemi satıyor, ayrıca ona tecavüz ediyordu,"* diye düşündü. Tiksindi, kendi hayatından da yanındaki, bedenlenmeyi başarmış ama insan olamamış bu pisliklerden de iğrendi. Masanın üzerindeki silaha baktı. Ucunda bir susturucu vardı. Daha önce eline hiç silah almamıştı. Çok düşünmeye gerek görmedi, hızla uzandı ve silahı aldı. Bütün vücudu gibi elleri de titriyordu. Yavuz silahı sehpaya bırakmakla ne kadar büyük bir salaklık yaptığını fark etmiş ama artık iş işten geçmişti.

Kıymet, elindeki silahı Yavuz'a doğrultmuş olmasına rağmen, Yavuz sakin kalmaya çalışıp, teslim olur gibi iki elini hafif kaldırmış şekilde konuştu: "Saçmalama, Kıymet, ver o silahı bana. Ver hadi, bak, bu zamana kadar bir hayatın olmamış zaten, bundan sonrasını da hapiste geçirme. Ver hadi, silahın şakası olmaz."

Yavuz ne kadar sakinleştirmeye çalışsa da Kıymet sıkıca tuttuğu silahı bırakmaya niyetli görünmüyordu. Bir anlık Sultan'a dönüp bakmak istedi ama Yavuz onun bu niyetini fark edip atak yapınca, bir an bile tereddüt etmeden bastı tetiğe. Yavuz'u göğsünden vurdu. Yavuz vurulduğu yere iki elini bastırdı ama kan, bütün gömleğine yayılmıştı. Nefes almakta zorlanıyor, yine de derin nefes almaya çalışıyordu. Öksürmeyi denedi ama bu defa da ağzından kan geldi. Boğazı kanla dolmuştu; daha fazla ayakta duramadı, önündeki sehpanın üzerine yığıldı. Yavuz, kırılan sehpa ile birlikte yere düştü. Kıymet gözlerini Yavuz'dan ayıramıyor, etrafına akan kana inanamıyordu. Elindeki silaha baktı. Silah beklediğinden çok daha az ses çıkarmış ama hiç düşünmediği kadar da geri tepmişti.

Mıhlandığı yerden sıçrayarak kalkan Sultan'ın bir anda dili çözüldü. Can çekişen Yavuz'un iniltilerinin eşliğinde rahatladı ve "Oh olsun sana, geber, pezevenk!" diye kükredi. Bu sırada kendisine doğrultulmuş silahı fark etti.

"Kıymet, kızım, beni dinle. Seni o kerhaneden kaçırmasaydım, sütten kesilince icabına bakacaklardı. Organların için satacaklardı seni. Anlıyor musun beni? Eğer seni satmış olsalardı, zaten çoktan ölmüş olacaktın. Benim sayemde yaşadın. O kadar küçük bir çocuğu barındırmazlardı. Diyelim ki organların için satmadılar, o zaman da daha küçükken seni adamların koynuna sokup çalıştıracaklardı," diye açıklamaya çalıştı. Haklıydı Sultan, o genelevde işler böyle yürüyordu ama Kıymet, "Sen de aynısını yapmadın mı?" diye karşılık verdi.

"Yapmadım, hayır! Ben bekledim, seni büyüttüm."

"Beni ilk sattığında on dört yaşındaydım."

"Tamam işte, onlara kalsa seni yedi yaşındayken satarlardı."

"Ahh, doğru ya... Aslında bu açıdan bakınca melek bile sayılabilirsin, değil mi?" diye mırıldandı Kıymet.

Sultan "Kıymet, sen bırak o silahı, bir konuşalım önce..." dedi, iki elini havaya kaldırarak, yavaşça Kıymet'e doğru bir adım attı. Kıymet gözlerini sıkıca kapadı ve suratına doğru ateş etti Sultan'ın. Bu defa daha sıkı tuttuğu için silah fazla tepmemişti. Gözünü açtığında, Sultan'ı ayakta, gözünden vurulmuş şekilde gördü. Birkaç saniye daha havada asılı kaldıktan sonra, Sultan'ın bedeni geriye doğru yıkıldı.

Kıymet deli gibi titriyor ama üzerine kaynar su dökülmüş gibi de yanıyordu. Elindeki silaha baktı. Öldürmüştü onları. Resmen katil olmuştu. Ama biraz daha bu şekilde durursa, kendisi de korkudan ölebilirdi. Aklına Tayfun geldi. Bunu ona yapamazdı. Derin nefesler alıp kendini kontrol etmeye çalıştı. Hapse giremezdi. Bir yol bulmalıydı. Elindeki silahtan kurtulması gerekiyordu. Etrafına göz gezdirdi. Masanın üzerinde duran peçeteyi aldı ve silahtaki parmak izlerini sildi. Bir adım atmak istedi ama sanki boşluğa basıyormuş gibi oldu. Derin nefesler alıp devam etti. Silahı önce Sultan'ın sonra da Yavuz'un eline tutuşturdu. Bunu yaparken silaha bir daha dokunmamak için çok çaba sarf etti ama bu kadar titrerken bunu başarması oldukça zordu. Yine de yapmayı başardı. Ayağa kalktı ve "Allah'ım, ben şimdi ne yapacağım?" diye yakındı. Düşünmek için kendini zorladı.

Polisler geldiğinde; Sultan'ın silahı alıp Yavuz'a ateş ettiğini ama öldüremediği için, Yavuz'un silahı tekrar alarak Sultan'ı öldürdükten sonra, bilincini kaybedip sehpanın üstüne düştüğünü göreceklerdi. "Yalvarırım, Allah'ım, öyle düşünsünler, bu defa da beni koru," diye dua etti. Üzerindeki kıyafetleri kontrol etti; neyse ki kan sıçramamıştı. Son bir kez etrafını kontrol ettikten sonra koltuğun yanında duran çantasını aldı ve hızla sokak kapısına koştu. Çantasından bir mendil çıkardı, Sultan'ın kapının sağındaki portmantoda asılı duran anahtarlarını aldı ve kapının arkasına taktı. Aynı mendille kapının kolunu tutup açtı, dışarı çıktı ve kapıyı çekip kapattı. Derin bir nefes aldı ve çok beklemeden geri döndü, kapıyı çaldı. Sanki içeride olanlardan hiç haberi yokmuş gibi bir kez daha çalıp, kapının açılmasını bekledi. Sonra; "Anne, içeride misin?" deyip bir kez daha çaldı.

<hr>

Kıymet, karakolda ne olduğu sorulduğunda, emin olmamakla birlikte bazı şeyler bildiğini, bunları da son günlerde öğrendiğini anlattı. İfadesine başlarken, Sultan'ın daha önce bir kerhanede çalıştığını, kendisinin de orada çalışan başka bir kadının kızı olduğunu ve annesinin doğum sırasında öldüğünü baştan söyleyiverdi. Ne de olsa ortaya çıkacaktı, kendisine sorulmadan önce bunu söylemesi fazlasıyla dürüst olduğunu düşünmelerine neden olurdu. En azından Kıymet, böyle olacağını düşünmüştü.

"Oradan kaçarken beni de yanına alıp kurtarmış, peşine düşmüşler ama o kaçmayı başarmış. Nasıl başardı, orasını bilmiyorum ama beni nüfusuna kızı olarak kaydettirmiş. Ben de bunları daha yeni öğrendim. Annem... Yani annem olduğunu sandığım Sultan Gülmez, birkaç gün önce kaplıcaları olan bir otele tatile gitti. Orada, daha önce onu çalıştıran adamlardan biriyle karşılaşmış ve kendisinden şiddet görmüş. Bir şekilde elinden yine kurtulup eve geri döndü ama her yerinde açık yaralar ve taze morluklar vardı. Ne olduğunu anlatması konusunda çok baskı yaptım ve sonunda, tüm olanları bana itiraf etti. Ancak bu adam her nasılsa evimizi bulmuş; sanırım onu takip etti ve evde yalnız olduğu bir zamana denk getirip..." Yutkundu ve devam etti: "Başka kimseden şüphelenmiyorum, o adam kimse onun yaptığına inanıyorum. Çünkü eve döndüğünde çok korkuyor ve 'Beni bulursa öldürür,' deyip duruyordu."

Polis memuru, neden karakola gelip şikâyetçi olmadıklarını ve Sultan'ın kendi annesi olmadığını öğrendiğinde ne hissettiğini sordu Kıymet'e.

"Annem, yani Sultan Gülmez beni oradan kaçırmasaydı çoktan ölmüş olurdum. Ben onun sayesinde yaşıyorum. Sırf benim için onca risk almış... Ne hissedebilirim? Ona borçluydum ve maalesef borcumu ödeyemeden onu kaybettim. Ayrıca gelip şikâyetçi olmadık, çünkü bizim böyle bir alışkanlığımız hiç olmadı. Başımıza kötü bir şey gelince polisin bizi koruyacağına hiç inanamadık. Biliyorum, doğru bir şey değil ama biri bize kötülük yaptığında 'Kader...' derdik; hastalandığımızda da doktora gitmeden kendi kendimizi iyileştirirdik. Öyle nasihat ederdi annem... Yani annem olduğunu söyleyen Sultan Gülmez..."

Daha fazla devam edemeyip yine yutkundu Kıymet. Biraz su istedi ve gözünden akan yaşı, ince uzun parmaklarıyla hızla sildi. "Ne olursa olsun, ben onu anne bildim! Bana baktı, beni büyüttü. Şimdi öldüğüne inanamıyorum," dedi ve eve döndükten sonra kapıda kaldığını, şarjı bittiği için komşudan yardım istediğini, çilingiri ve içeride karşılaştıkları cesetleri anlattı. Ekleyecek bir şeyi olup olmadığından emin olunca, memur bey dosyayı imzalattı ve yurt dışına çıkmamasını ama evine gidebileceğini söyledi.

Daha sonra ise Suzan Hanım'ın ifadesini aldılar. O da çoğunlukla Kıymet'in söylediklerine benzer şeyler söyledi. Bu adamı daha önce hiç görmediğini, aşağıdan herhangi bir yardım veya benzeri bir ses ya da çığlık duymadığını, Kıymet'in kapıda kalıp kendisinden yardım istediğini, çilingiri bizzat kendisinin aradığını ve Kıymet'le aynı anda eve girip cesetlerle karşılaştıklarını anlattı. Öyle çok anlatası vardı ki gereksiz bütün detayları kelimesi kelimesine anlatıyor, hatta aynı cümleleri farklı tonlamalarla tekrar ediyordu. İfade alan polis memurunun sürekli "Toparlayın," gibi ikazlarıyla karşı karşıya kalsa da bir türlü toparlayamıyordu. Aslında bu kadar çok konuşması, polise yardımcı olmaya veya komşu cinayetini aydınlatmaya çalışmaktan değil; yalnızlıktan, çevresinde konuşacağı insan olmamasından kaynaklanıyordu. Gereğinden fazla yalnız kalan insanlar, bir insanla karşı karşıya geldiklerinde, onun kim olduğuna bakmadan, ağız ishali gibi bir durum yaşarlardı. Suzan Hanım, normalde on parmak yazabilen memurun izinli olmasından kaynaklı, klavyede hiç de iyi olmayan memuru işinden ve hayatından nefret ettirecek kadar çok konuşup, sonunda "Yeter bu kadar, imzalayın ve gidin," gibi kovulmaya benzer bir tavırla karşılaşmış ama hiç alınmamıştı.

Kıymet ise kendisine "Gidebilirsiniz," denmesine rağmen gitmemiş, Suzan Hanım'ı beklemişti. Beklerken, onun çilingirin arabasının kornasını duyup, nasıl da balkona koştuğunu hatırladı. Daha önce eve gidip gelen herkesi bu şekilde görüyor olabileceğini düşündü. Sultan'ın onu sattığından polise bahsetmemişti; eğer Suzan Hanım yanlış bir şey söylerse, bütün planını bozabilirdi.

Bu sırada Suzan Hanım bin türlü dualar eşliğinde çıktı odadan ve gelip Kıymet'e sarıldı. "Ah, benim güzel kızım, başına neler geldi böyle... Acısını çektiği yetmiyormuş gibi bir de kalkıp buralara kadar geldi. Gidelim hadi, kızım, perişan oldun sen de..." dedi ve kapıda duran polis memuruna döndü. "Bizi arabayla eve bırakın bari. Buralara kadar getirdiniz... Nasıl döneceğiz biz?" dedi.

Polis memurundan "Taksiye binin, hanımefendi!" diye karşılık aldı.

Suzan Hanım ısrar etmek istedi ama Kıymet onu engelledi; daha fazla polis görmek istemiyor ve buradan bir an önce ayrılmak istiyordu. Tam da o sırada lüks aracıyla karakolun önüne gelen Doğan'ı gördü.

Doğan, Kıymet'i görür görmez koşup geldi. "İyi misin? Sana bir şey oldu sandım, çok korktum!" dedi ve Kıymet'e canını yakacak kadar sıkı sarıldı.

Kıymet "İyiyim, merak etme," dedi ve Doğan'ın kollarından nazikçe kurtulmaya çalıştı.

"Eee, iyi işte, arkadaşının arabası varmış. Madem öyle, bıraksın bizi eve..." diyen Suzan Hanım yine varlığını belli etti. Arabaya bindiler ve Suzan Hanım, yol boyunca Kıymet'in konuşmasına izin vermeden, her şeyi en ince detayına kadar anlattı Doğan'a. Hatta yeni hatırladığı birkaç önemsiz detayı daha ifadesine eklemediği için kederlenmişti. Neyse ki mesafe çok uzun değildi de Suzan Hanım'ın çene terörüne daha fazla katlanmak zorunda kalmamışlardı. Arabadan indiklerinde, Doğan az önce orada yaptıklarını hatırlayıp bir kez daha utandı ama aynı anda Tayfun'u hatırladı. Kıymet'e, Selen'in evini gösterdi ve oğlunun orada olduğunu söyleyip birlikte gittiler. Aslında, Suzan Hanım da onlarla birlikte gitmek istemişti ama ikisi birden; zahmet etmemesini, zaten çok yorulduğunu söyleyip onu başlarından savdılar.

Kapıyı çaldıklarında Tayfun koşarak gidip açtı. Harun, Tuğçe ve Selen de hemen arkasından gittiler. İçeri gelmelerini teklif etseler de Kıymet kabul etmedi. Komşulardı ama daha önce hiçbiriyle konuşmamıştı. Hepsi başsağlığı dilemiş ve ihtiyacı olursa yardım edebileceklerini söylemişlerdi. Kıymet hepsine ayrı ayrı teşekkür etti. Doğan ise bugün yaptığı delirme senfonisinden dolayı hâlâ bir şeyler söylemesi gerektiğini düşünüyor ama ne diyeceğini bilemiyordu. Onun yerine "İyi günler," dedi. Kıymet, Doğan ve Tayfun birlikte çıktılar.

Doğan, o eve bugün girmemelerini ve ikisini de kendi evine götürmek istediğini söyledi. Kıymet başta kabul etmedi ama daha bu fikri duyar duymaz hoşuna gitmişti. Tayfun da ısrar etmeye başlayınca, çok geçmeden kabul etti. Üçü de arabaya binip, bu lanetli sokaktan uzaklaştılar...

Geride kalan Tuğçe, Selen ve Harun tekrar salondaki siyah üçlü koltuğa oturdular. Tuğçe kekeleyerek sordu: "Siz sev-sevgili mi oldunuz?" Kimseden ses çıkmadı. Olmuşlar mıydı? Bunu konuşacak zamanları henüz olmamıştı, ama zaman olsa da konuşurlar mıydı? Peki ya Tuğçe bunu nasıl anlamıştı? O kadar belli oluyor muydu?

Harun, Selen'in bir cevap vermesini bekledi. Küçücük, olumlu bir mimik dahi yeterdi ama Selen gözünü bile kırpmadan karşıya bakıyordu. Sessizlik uzadıkça hepsi biraz gerildi ve Tuğçe daha fazla duramayıp tekrar söze girdi: "Ben gitsem iyi olur, yine bir sürü iş birikti... Sonunda açlıktan öleceğim, o olacak!"

"Açlıktan olmaz..." dedi Selen, bakışlarını hâlâ sabit tuttuğu karşı duvara bakarak.

"Nasıl?" diye sordu Tuğçe. Dediğini duydu ama demek istediğini anlayamadı.

Selen "Açlıktan değil ama stresten ölebilirsin," dedi.

Tuğçe'nin verecek bir sürü tepkisi vardı fakat kalp atışı o kadar yükselmişti ki, değil konuşup cevap vermek, ayakta bile zor duruyordu. Selen'in kendisine böyle davranmasının asıl nedeni neydi, bir türlü anlayamıyor ama her defasında çok etkileniyordu. Aslında cümle anlamına bakınca Selen'in kötü bir şey söylediği yoktu ama kullandığı ses tonu öylesine soğuk ve iticiydi ki, Tuğçe'nin canını acıtıyordu. Tuğçe hiçbir şey demeden çıkıp gitti, kendi evine girdi ve masanın üzerinde duran ilaçtan hemen bir tane içti. Evin içinde bir sağa bir sola yürürken, yetmeyeceğini düşünüp, bir tane daha içti. Babasını hatırladı. Böyle düşüncelere sahip olmasının asıl nedeninin o olduğunu düşündü. Öldüğü gün bile Tuğçe'yi aşağılamıştı. Hatırlıyordu; babası sandalyeye çıkmış, tavandaki ipi boynuna geçirmişti. Tuğçe ise onu izliyordu, kimseye haber vermemişti. Babası gözlerinin önünde sandalyeyi itip, boğularak ölmüştü. Annesi de sırf bu yüzden kendisiyle konuşmuyordu. Telefonu çaldı ve hayalindeki babasının ölü bedenini izlemeyi durdurdu. Arayan annesiydi. Tuğçe'nin kalp atışları hızlandı. Neden arıyordu ki şimdi? Bunca yıl geçmiş, o kadar zaman konuşmamışlardı... Titreyen elini telefona uzattı ve aldı. Tam o anda annesi çağrıyı sonlandırdı. Tuğçe biraz olsun rahatlamıştı ama telefon elindeyken tekrar çalmaya başladı. Derin bir nefes aldı ve açtı. "Anne?"

"Neredesin kızım sen? Arıyoruz, ulaşamıyoruz. Baban evine gelmiş ama taşınmışsın. İnsan annesine, babasına haber vermeden taşınır mı?"

"Babam mı?"

"Evet. Aslında ben de gelecektim ama..."

"Babam yaşıyor mu?"

"O ne biçim laf öyle, yaşıyor tabii. Sen iyi misin? Sesin bir tuhaf geliyor. İlaçlarını içiyor musun? Bak, baban yanımda, o da senin için endişeleniyor; diyor ki: 'İlaçlarını unutmasın, düzenli kullansın.'"

Aslında Tuğçe babasının sesini duyabiliyordu. Hiç de annesinin dediği gibi bir şey söylememişti. "Yine ilaçlarını unutup deli deli hareketler yapmasın, el âleme yeterince rezil etti bizi. Keşke hiç doğmasaydı! Çocuk mu yaptık, bela mı aldık başımıza, belli değil," diye annesinin yanından söylenip duruyordu.

Ama Tuğçe bu konuşmada, babasının söylediklerine değil, yaşıyor olmasına şaşırmıştı. Bu doğru olamazdı; *"Benim babam öldü,"* diye düşündü. Ölmüş olmalıydı. O günü hatırlıyordu; kendisi öldürmüştü babasını. Bir silahla çekip vurmuştu. Hatırlıyordu, kesinlikle ölmüştü;

babasını bıçaklamıştı ve o da kan kaybından ölmüştü. Hatırlıyordu işte!

Telefonu kapadı ve bir ilaç daha alıp yuttu. Koltuğa oturup başını geri attı.

"Dikkat! Dikkat! Sağlıklı bir dinlenme için yeterli süre dolmuştur. Lütfen bedeninizi uyandırın!"

Tuğçe zaten uyumuyordu, ama telefonundan gelen sesleri anlamlandırmak için yerinden kıpırdamamıştı. Yavaşça doğruldu ve sehpanın üzerinde duran telefonuna doğru eğildi. Yeterli mesafeye geldiğinde telefonun kamerası otomatik olarak açıldı ve Tuğçe'nin yüzünü taradı. Tuğçe henüz telefonuna ne olduğunu anlamaya çalışırken, koltuğun karşısındaki duvarda duran televizyon kendi kendine açıldı ve karşısına daha önce hiç görmediği bir yayın çıktı.

"Dünya gezegeninde yaşayan tüm insanların dikkatine!.. Evrim sürecinizin yeni aşamasına geçiş yapmak üzeresiniz. Konağa zarar veren ve konağa uyum sağlamış olan tüm canlı bedenler ayrışacak ve yeni aşamaya ilerlenecektir. Sizler bu ayrışmaya destek olmak adına, bulunduğunuz yerde sistemin size ulaşmasını beklemelisiniz. Sistem en kısa sürede size ulaşacaktır."

Ardından televizyon kapandı. Birkaç saniye sonra sivrisinek büyüklüğünde bir robot uçarak geldi. Tuğçe, başının ekseni etrafında birkaç tur atan robotu izledi. Robot ani bir hızla sağ kulağından içeri girdi. Kısa bir süreliğine canı yanmış, tüm acısı ve şaşkınlığı yüz ifadesine yansımıştı, ama sonra acı aniden yok oldu. Yüzündeki kasları hiçbir şey ifade etmediği bir pozisyona geçti. Göz kırpma süresi, kalp ritmi, nefes alışverişleri... Hepsi olması gerektiği gibi, standart seviyeye geldi. Sokak kapısına ilerledi ve yola çıktı. Her şeyin farkında ama hiçbir şeye müdahale etmeden yürüyor ve ayrışma noktasına ulaşmak istiyordu.

Tuğçe hologram yapılı bir kapı gördü ve kapıdan geçti. İçeri girdiğinde, tamamen siyah bir alanda bekledi, yüzde yüz kör oldu. Duyduğu seslere bakılırsa etrafında, tıpkı kulağına giren sinek robot gibi onlarca, belki de binlerce robot vardı. Her biri bedeninde geziyor, kendinden uzaklaşıyor, yakınlaşıyor, içine girip çıkıyorlardı; ama Tuğçe'nin canı hiç acımıyordu. Kısa bir süre içinde sinek robotlar bedeninden tamamen uzaklaştı. Bu defa da bembeyaz bir alanın içindeydi, sonsuz beyazlık vardı. Bir ses, birkaç adım atmasını emretti ve çevresindeki beyazlık yok oldu. Tamamen yabancı olduğu bir yerdeydi. Koku öylesine güzeldi ki, sanki dünyadaki bütün çiçekler birleşmiş ve tek bir koku oluşturmuşlardı. Tekrar düşünebildiğini fark etti, ama hâlâ kontrolün tamamı kendisinde değildi. Ses, yürümesini emretti ve Tuğçe yürüdü.

———————◆———————

Kıymet, Doğan'ın evinin bahçesine geldiğinde yutkundu. Bu eve daha önce de gelmişti ama ilk defa oğlu Tayfun'la birlikte geliyordu. Doğan, büyük garaj kapısından girip, arabasını her zaman olduğu gibi kapalı otoparkına bıraktı.

Tayfun, araba durduğu gibi indi ama Kıymet inemedi. Bugün öylesine korkunç olaylar yaşamıştı ki, şu an bulunduğu yerin bile gerçekliğini sorgular olmuştu. Kıymet kendi düşüncelerinde savrulurken Doğan geldi ve kapısını açtı. Kıymet'in arabadan inmesi için sıcacık, davetkâr bir tavır takınmıştı. Kıymet onun bu tavrına karşılıksız kalamadı ve gülümseyerek arabadan indi ama gülümsemesi yüzüne uzun süre tutunamadı.

Hep birlikte eve çıktılar. Doğan'ın evinde çalışan yardımcılar vardı ve normalde hepsi akşam saatlerinde gidiyorlardı. Ancak o gün henüz gitmemişlerdi. Doğan eve girer girmez, bugün için daha fazla kalmalarına gerek olmadığını söyledi ve kısa süre sonra hepsi çıkıp gitti. Kıymet rahat etsin istiyordu, ama öyle olmadı; daha fazla rahatsız hissetti. Doğan'ın kendisinden utandığı için çalışanları gönderdiğini düşündü.

Kıymet, Tayfun'un elini tutmuş, salonda Doğan'ın geri dönmesini bekliyordu. Tayfun "Anne, elim acıyor," dediğinde aniden açtı elini ve serbest bıraktı oğlunu. Ama o, annesinin elini tekrar yakaladı. Tayfun bu zamana kadar onca kötü ortamda bulunup sorun etmemişti ama bu zengin evleri farklıydı, korkutuyordu onu. Doğan'ın gelişi ile ikisi de toparlandı.

Doğan "Hadi gelin, yukarı çıkalım. Yıkanıp üzerinizi değiştirin, rahat edersiniz," dedi ve gelirken uğrayıp aldıkları elbise poşetlerini uzattı. Tayfun uzanıp kendi poşetlerini aldı, Kıymet almadı. Birlikte üst kata çıktılar. Merdivenleri çıkarken Doğan, "Tayfun, sen tek başına yıkanabiliyor musun?" diye sordu.

Tayfun "Tabii yıkanırım," diye çıkıştı. "Ama sen yıkanamıyorsun galiba. Hatırlarsan, seni annemle birlikte yıkamıştık."

Doğan kocaman bir kahkaha attı. Sonra anında, böyle bir durumda gülmenin ne kadar yersiz olduğunu fark edip Kıymet'ten özür diledi. Kıymet, Doğan'ın ne kahkahasını ne de özrünü duymuştu; orada değildi sanki. Doğan bunu çok normal karşılıyordu. Ne olursa olsun, kadının annesi ölmüştü ve ne kadar kötü de olsa, annesi öldüğünde üzülürdü insan.

Doğan, misafir odasının önüne geldiklerinde Tayfun'un orada kalabileceğini, Kıymet içinse başka bir odanın hazır olduğunu söyledi. İşin gerçeği, kendi odasında beraber yatacaklarını düşünmüştü. Ancak Tayfun, annesi için başka bir oda fikrini duyduğu anda reddetti. Yalnız kalamazdı. Zaten burası onu yeterince ürkütüyordu, bir de annesinden uzakta olmayı kesinlikle kabul etmezdi.

Kıymet, Doğan'a misafir odasında oğlu ile kalacağını basit bir mimikle, konuşmadan anlattı ve Doğan'ın eline uzanıp kendi kıyafetlerinin olduğu poşetleri aldı. Ardından odaya girip kapıyı kapadı.

Tayfun kapı kapandığı anda değişmiş ve rahatlamıştı. Koşup yatağın üzerine çıktı ve zıplamaya başladı. Daha önce filmlerde böyle görmüştü. Yatağın yumuşaklığını kontrol ediyordu ve emin olduktan sonra kollarını açıp geriye doğru kendini bıraktı. Yatakta yatmış, gülümsüyordu. Kıymet'se bunca rahatsız edici duyguyu bir kenara itip, oğlunun o masum gülüşüne daldı.

Kapının tam arkasında duran Doğan da uzun süre sonra mutlu hissediyordu. Âşık olduğu kadın kendi evinde, kapının hemen arkasında duruyordu. Sanki Kıymet'e bakar gibi o kapalı kapıya bakıyor ve gülümsüyordu Doğan.

Tuğçe kendini eşsiz bir ormanın içinde bulmuştu. Sağ tarafında uzun bir nehir ve nehrin kıyısında devasa büyüklükte söğüt ağaçları görünüyordu. Daha ileride morsalkım, gökkuşağı okaliptüsü ve jakaranda ağaçları vardı. Her biri, yanından geçerken kendi kokusu ile Tuğçe'yi mest ediyordu. Tuğçe başını gökyüzüne çevirdi ve kıpkırmızı ağaçların iki yandan uzanıp yukarıda birbirlerine kavuşmalarını izledi. Sağındaki taş köprüyü kullanarak nehrin üzerinden karşıya geçti, ilerideki tek katlı, taş ve ahşaptan yapılma eve gitti. Evin kapısını açtı ve içeride huzur dolu bir yaşam ortamıyla karşılaştı. Burası büyük değil ama küçük hiç değildi. Yaklaşık 40 m² olan odanın sağ tarafında mutfak, orta bölümünde renkli bir koltuk, sol tarafında ise çift kişilik yatak bulunuyordu. Bu ev tam da Tuğçe'nin hayalindeki evdi. Bu ev Tuğçe'nin eviydi.

Ön bahçede birkaç küçük kulübe vardı. Tuğçe ilk önce, kendine en yakın olanına gitti. Daha önce üzerinde olduğunu fark etmediği minik bir cihazdan ses geldi: "Merhaba Tuğçe. Girmekte olduğun alan, gezegenimizde yaşayan tavuk ve horoz ailesine aittir. Bu alandaki canlılar senin sorumluluğundadır. Bakım ve ilgi için gereken her bilgiyi, işaret parmağınla hafifçe üç kez dokunarak elde edebilirsin. Canların yaşamasına destek ol, evriminde ilerle!"

Aynı üçleme tekniğini kullanarak kendisine dokundu.

"Merhaba Tuğçe. Bedenini konak olarak kullanan; bakteri, virüs, mantar, protozoon ve parazitler gibi tüm canlı organizma gruplarıyla temasa geçildi. Konağın yararına olanlar evrimlerinde bir üst seviyeye yükseltildi. Ancak zarar verme amaçlı var olan tüm işgalciler yok edildi ve bedenine verdikleri tahribat tamamen iyileştirildi. Artık bedeninin fonksiyonlarını daha yüksek seviyede kullanabilirsin. Ayrıca şu an bedeninle entegre olmuş robot ile çevreni keşfedecek ve hızlı bir şekilde uyumlanacaksın. Tıpkı şu an etrafında olan her şey gibi; sen de bir konaksın ve bir konağın üzerinde konaklayansın. Yaşa, öğren, geliş ve fayda sağla..."

<hr>

Selen ve Harun saatlerdir salondaki koltukta oturmuş, Selen'in açtığı müzikleri dinliyorlardı. Selen için bu kadar uzun süre bir şey yapmamak ne kadar normalse, Harun için de o kadar zevkliydi. Harun, âşık olduğu kadının yanında saatlerin nasıl geçtiğini fark edemiyordu.

Selen kalktı ve televizyon ünitesinde bulunan çekmeceden bir kutu aldı, sehpanın üzerine koyup açtı. İçinde esrar malzemeleri vardı. Kutunun içini karıştırdı ve hazır sarılı bir sigara buldu. Önce itinayla, kapalı ucu yaktı ve sonra sigarayı iki dudağının arasına yerleştirdi. Derin birkaç nefesle birlikte körükledi.

Harun hayranlıkla Selen'i izliyordu; her hâliyle çok güzeldi ama içten içe, kendini bu şekilde ölüme yaklaştırdığını düşünüyor, yine de Selen'e bu düşüncelerinden bahsetmiyordu. Harun kendi duygu ve düşüncelerini başkalarına empoze etmemek konusunda fazla takıntılıydı. Selen öyle değildi. "Neden babanı bıraktın?" diye sordu.

Harun "Anlatmıştım ya, onlar küçüklüğümden beri..." dedi ama kesti onu Selen.

Aynı hikâyeyi tekrar tekrar dinleyen insanların sabrından onda yoktu. "Onu biliyorum! Şimdiyi soruyorum, neden buradasın? Neden onun yanında değilsin?"

Harun heyecanlandı ve doğrulup "Ben... Eğer seni rahatsız ettiysem gidebilirim," dedi.

Selen sigarasından bir nefes daha çekti. "Ne alakası var? Rahatsız etmiş olsan, öyle söylerdim," dedi ve ekledi: "Senin bu yaptığına halk arasında ne denir, biliyor musun?" Harun cevap vermeden bekleyince Selen devam etti: "Şımarıklık!"

Harun "Peki sence, şımarık mıyım?" diye sordu.

"Ne olduğun benim umurumda değil. Herkes kaldırabildiği yükle yaşar. Kendine sor; neden bu kadar hafif bir yükün altında eziliyorum, diye. Baban iyi bir adam ve seni seviyor. Bunu fazla gösterdiği için suçlu olamaz."

"Bilmiyorum," dedi Harun. "O kadar uzun zamandır onları görmüyorum ki... Bir kan bağımız varmış gibi hissetmiyorum artık. Aslına bakarsan, herhangi biriyle bir kan bağım varmış gibi gelmiyor." Duraksadı, yükünü tekrar tarttı, eskisi kadar ağır olmadığını fark etti ve devam etti: "Doğru söylüyorsun, gideceğim..."

"Git o zaman." Selen'in sesi öyle zahmetsiz, öyle düzdü ki; Harun, onu kovuyor mu yoksa babası ile arasını düzeltmesi için ona yardım mı ediyordu, ayırt edemedi. Ne var ki kovulduğunu düşünmek istemeyip kalktı ve babasına gideceğini söyleyerek evden çıktı. Selen de böylece yalnızlığıyla baş başa kalmıştı.

◆

Tuğçe bahçeden topladığı sebzelerden yemek yapmış ve yeme zamanı geldiğinde, aldığı tatlardan mest olmuştu. Belli ki tat alma duyusu gelişmişti, çünkü yediği her şeyin tadını ayrı ayrı alabiliyor ve hiç acele etmeden defalarca çiğniyordu. Eskiden neredeyse çiğnemeden yutardı ve yemeklerden ilaca benzer bir tat alırdı.

Yemek masasının üzerinde küçük bir cihaz duruyordu; dokundu ve tam karşısındaki duvarda bir yayın açıldı. Görüntüde, seçmesi için hazırlanmış kategoriler duruyordu:

- Meyve ve sebzelerin bakımı.
- İnsan bedeninin bakımı ve beslenmesi.
- Hayvanların bakımı ve beslenmesi.
- Ağaç ve bitki çeşitleri.
- İnsan anatomisi.
- Beyin sağlığı ve gelişimi.
- Mikrobiyota çeşitliliği.
- Hareket kabiliyeti.
- Toprak altındaki canlılık.
- Suyun kullanımı ve faydaları.
- Ekolojik denge.
- Besin paylaşımı.
- Evcilleşme ve ehlileşme.

Son sıradaki kategoride bir süre durdu. İnsan ırkının evcilleşmede öncü olduğu ve diğer canlıları önce ehlileştirme, daha sonra evcilleştirmeyle ilgili adımları sağlayacak ırk olduğu anlatılıyordu.

Ses, "İlk geri çekilme, 3 saniye sonra gerçekleşecektir!" dedi.

Uyandı Tuğçe... Evindeki rahatsız, eski koltuğunda oturur vaziyette uyuya kalmıştı. Gözlerini açtı ve etrafına, fazlasıyla yabancı gözlerle baktı. Ne demekti şimdi bu, bir rüya mıydı yani? Olmamalıydı; fazla gerçekti. *"Lütfen rüya olmasın,"* diye düşünürken kapının zili çaldı. Gelen her kimse parmağını zilden kaldırmıyordu, belli ki kapı açılana kadar da kaldırmayacaktı. Ayağa kalktı ama başı döndü ve kalktığı koltuğa tekrar oturdu Tuğçe. Biraz daha oturması gerektiğini düşünüyordu ama kapı öylesine çalıyordu ki, gelen kişi artık zil ile yetinmemiş, bir yandan da kapıyı yumruklamaya başlamıştı. Hızla kalktı yerinden ve aniden gelen mide bulantısının eşliğinde gidip kapıyı açtı. Kim olduğuna bakmadan "Ne var ya!" diye bağırdığı sırada karşısında sarıklı ve fazla dindar olduğu besbelli birini gördü. Anlık bir tepkiyle, yakasını yukarı çekerek kapamaya çalıştı, gerçi üzerinde sıfır yaka bir bluz vardı, bunu yapmasına gerek yoktu. Ama onun gibi adamları gördüğünde kendini kapamak istiyordu. Bu his daha çok, kendini onlardan korumak istediğini belli eder cinstendi. Tuhaftı ama bu denli sarılmış insanların saklayacak kötü, hatta sapıkça bir taraflarının olduğunu düşünüyordu.

"Bu evin sahibiyim ben. Bak, bayan, kulağıma hiç hoş olmayan şeyler geliyor. Benim asabımı bozma, tutar atarım seni evimden!"

Gelen, belli ki ev sahibiydi. Tuğçe aslında onu tanıyor olması gerekirdi ama evi tutarken memleketinde olduğunu söylemiş ve her şeyi emlakçıyla halletmesini istemişti. Telefonda bile sadece bir kez konuşmuşlardı, ayrıca o kadar kısa bir konuşmaydı ki bu, sesini dahi hatırlayamamıştı Tuğçe. Şimdi ise kapısına dikilmiş, sapsarı dişlerinin arasından tükürükler saçarak bağırıyordu.

Tuğçe "Bi-bir dakika! Ne demek istiyorsunuz, ne yapmışım ben?" diye sordu; kusacakmış gibi hissediyordu.

"Evime ne olduğu belirsiz adamları alıp... Tövbe tövbe, konuşturma işte beni. Sen ne haltlar yediğini iyi biliyorsun!"

"Yo, bilmiyorum, anlatın lütfen, ne yapıyor muşum?"

"Bak, bayan diyorum sana, kibarlık ediyorum. Ama benim canımı daha fazla sıkma. Zaten şurada birkaç ay daha kalacaksın, edebinle otur, beni günaha sokma!" dedi ev sahibi.

Tuğçe bu cümlede en çok "Birkaç ay kalacaksın..." ifadesine takılmıştı. "Ne demek, birkaç ay?" diye sordu.

"Nasıl, ne demek? Yıkılacak ya bütün buralar..."

Tuğçe şaşkınlığını saklamadan sordu: "Ne? Nasıl? Ben daha yeni taşındım, farkında mısınız?"

"Ee, ne diye bu kadar ucuza verdik sanıyorsun? Babamızın kızı değilsin ya!.."

"İyi de benim kontratım var, beni öylece atamazsınız!" diye hak aramaya çalıştı, ama kesti onu ev sahibi. "Karı değil misiniz, hepiniz aynısınız işte. O cahil kafalarınız bir halttan anlamıyor. Sen kontratın şartlarını okumadın mı? Yazıyor zaten orada; ne zaman yıkılırsa o zaman çıkarsın!"

Tuğçe ev tutarken o kadar yorgun ve dalgındı ki, kontratı okumak aklına bile gelmemişti. Uygun fiyatlı bir ev bulduğu için fazla acele etmiş, apar topar çıkmıştı. Şimdi ise tekrar evden atılacağını öğrenmiş, çok acı bir ders almıştı. "Pe-peki, ne zaman yıkılacak?" dedi, yine kekelemeye başlamıştı.

Ev sahibi "Bu ay yıkılır diyorlardı ama yetişmemiş. Yahu, ne bileyim ben devletimizin işini? Sen onu bunu bırak, benim namusuma laf getirme. Bu yaştan sonra başımı belaya sokma. Anladın mı beni?" diye uyardı.

Tuğçe "Ne diyorsun sen, be adam, sen kimsin de ben senin namusuna laf getiriyorum? Kim dedi sana bu aptal saptal şeyleri? Dağ başı mı burası?" diye kendini savunurken, Selen karşı daireden çıktı ve "Ne oluyor burada? Tuğçe, iyi misin?" diye sordu.

Tuğçe "Değilim," dedi. "Bu adam ev sahibimmiş. Eve adamlar alıp onun namusunu lekeliyormuşum. Ayağımı denk alacakmışım, tutup kolumdan atarmış. He, bu arada bu bina bu ay yıkılacakmış ve zaten atılacakmışım."

Selen kapısını açık bırakıp içeri gitti. Onun gitmesiyle birlikte, az da olsa sinmiş olan ev sahibi tekrar kükredi: "Bak, sürtük karı, o sesine dikkat et! Tutarım o saçlarından, sürükleyerek götürür, bütün mahalleye rezil ederim seni! Soyar bırakırım meydanda, kim ne yapıyorsa yapsın ondan sonra... O zaman aklın başına gelir belki..." Ev sahibi bunları söylerken Tuğçe'nin üzerine yürüyordu.

Selen arkasından gelip, namlusu buz gibi olan silahı ensesine dayadı. "Eğer beynini patlatmamı istemiyorsan, şimdi buradan siktir olup gideceksin. Bir daha da geri gelmeyeceksin. Anladın mı lan beni?" dedi.

Ev sahibi "Dur, kızım, Allah rızası için dur. Ben senin deden yaşındayım. Hiç olur mu, Allah'ın verdiği cana kastetmek? Cehenneme gidersin, ahirette bunun hesabı sorulur. Yakma kendini, yakma ahir ömrünü," diye nasihat benzeri bir yalvarış içine girdi.

Selen "Öbür dünya şimdi mi geldi lan aklına? Sen cana kastederken Allah korkun neredeydi? Bak, sana bir şey diyeyim," dedi ve silahı hiç indirmeden, sağ kulağına doğru yüzünü yaklaştırdı. "Senin gibilerin gireceği cennete girmektense, cehennemde cayır cayır yanalım ama sizin gibi şerefsiz, ahlaksızlarla bir daha aynı yerde olmayalım. Anladın mı beni?" dedi.

Ev sahibi "Deme, günahtır, kızım. Hem ben de o emlakçı puştunun lafına bakıp geldim buralara, hata ettim," dedi ve yalvarmaya başladı: "Affet, yavrum, çoluğuma çocuğuma, torunlarıma bağışla!"

Selen kesti onu ve "Siktir git lan buradan! Kızım, diyor bir de... Siktir git, yavşak herif!" diyerek kovaladı. Ev sahibi ise arkasına bile bakmadan kaçıp gitti.

Tuğçe, olanları şok içinde izlemişti. "Sen biliyor muydun?" diye sordu ama Selen cevap vermeden kendi evine geri döndü. Tuğçe'nin peşinden geleceğini tahmin etmiş, kapıyı açık bırakmıştı.

Gitti Tuğçe, kapıdan girer girmez koridorda Selen'in vestiyere bıraktığı silahı gördü ve salona gidip sorusunu yineledi: "Cevap versene, sen biliyor muydun?"

"Neyi?"

"Neyi olacak, bu apartmanın yıkılacağını!.." dedi Tuğçe.

"Evet."

Tuğçe sesini daha fazla yükselterek sordu: "Evet mi? Peki, bana söylemek hiç aklına gelmedi mi?"

Selen sakince, "Bilmediğini nasıl bilecektim ki?" dedi.

"İnsan birkaç ay sonra yıkılacak yere taşınır mı sence?"

"Taşınabilir."

Tuğçe daha fazla rahatsız oldu. "Neden, aptal mı ki taşınsın? Onca masrafı neden yapsın ya? Bunu senin aklın nasıl alıyor?"

Selen, Tuğçe'nin tavırlarından sıkılmıştı. "Off, ne yani, suçlu ben mi oldum?" diye sordu.

Tuğçe bir anlığına sustu. Bir şey diyecek gibi oldu ama Selen haklıydı; suçlu o değildi. Kendisi olabilirdi, ev sahibi olabilirdi, hatta Emin de olabilirdi... Doğru ya, Emin'di! O şerefsiz, yıkılma konusundan hiç bahsetmemiş; ev sahibinden bahsederken de gayet medeni, hoş görülü bir insan olduğunu söyleyip durmuştu. O sırtlan tarafından resmen kandırılmıştı. Düşündükçe öfkesi büyüyor, boynundaki ve alnındaki damarlar şişiyor, cildi gittikçe daha fazla kızarıyordu. *"Bu sefer o şerefsize, yaptığını ödetmeliyim,"* diye düşündü ve bedeni de bu fikri tümüyle onayladı.

"Haklısın, suçlu sen değildin," dedi Selen'e. Sonra arkasını dönüp çıktı. Çıkarken kapının yanındaki silahı aldı, arkasına bile bakmadan koşarak Emin'in dükkânına gitti. Yolda nalburun önünden geçti ve birkaç adım sonra geri dönüp silahı beline koydu. Kapının dışında asılı duran bahçe malzemelerinin arasındaki baltayı aldı ve ilerledi. Dükkânın sahibi onu fark etmedi ve Emin'in dükkânına gidene kadar kimse yolunu kesmedi. Yaklaştıkça öfkesi iyice arttı. Dükkânın önüne ulaştığında, Emin içeride oturuyor ve biriyle telefonda gevşek gevşek konuşuyordu.

Tuğçe içeri girmek yerine, Emin'in kapının önündeki arabasına doğru ilerledi ve elindeki baltayı arabanın ön camına vurup camı çatlattı. Ardından ikinci, üçüncü darbeyle camı kırabildi ama bununla yetinmedi. Emin'in şoka girdiğini görünce baltanın sivri tarafını kaputa vurup sapladı.

Emin küplere binmişti. "Orospu! Siktiğimin fahişesi, sen ne bok yediğini sanıyorsun! Arabamı parçaladın lan! Öldüreceğim seni!" diye Tuğçe'nin üzerine yürürken Tuğçe, silahı çıkardı ve Emin olduğu yere mıhlanmış gibi durdu. "Dur. Dur, Tuğçe Hanım, durun bir dakika, izin verin, konuşalım. İndirin o silahı, şakası olmaz böyle şeylerin. Kendi başınızı yakarsınız... İndirin silahı, bir oturup konuşalım, sorun neyse çözeriz elbet," dedi.

Tuğçe yarım ağız bir gülümseme eşliğinde, "Silah, ne mucizevi bir icat..." diye mırıldandı. Doğrultulan kişi aniden duruyor ve hiç olmadığı kadar kibarlaşıyordu. Aslında silahlara ve şiddetin her türlüsüne karşıydı ama kişinin kendisine yapılan haksızlığı durdurmaması da şiddetin en büyüğü sayılırdı. Hiçbir beden, kendisine yapılan haksızlığı kabullenmemeli ve işler çığırından çıkmadan kontrolü ele almalıydı. Uzun süre beklenirse, tıpkı şimdi olduğu gibi, öfke duygusu kişiyi tamamen ele geçirebilirdi.

Tuğçe, tam da Emin'in arabası ve kesilmekten sadece gövdesinin kısa bir bölümü kalmış olan ağacın ortasında duruyordu. Sesleri duyan insanlar yavaş yavaş çevreye toplanıyor ama silahın itici gücünden dolayı kimse yaklaşamıyordu. Kim yaklaşmak için adım atsa, yanındaki kişiler onu engelliyordu.

Tuğçe, gözünü Emin'den hiç ayırmadan, sadece kafasıyla işaret ederek arabayı gösterdi ve şunları söyledi: "Sen para için, bırak tanımadığın insanları, ananı bile satacak kadar ahlaksızsın! Ama ben de bu ağaç için canını bile vermeye hazır olanlardanım."

Elleri havada, teslim olmuş şekilde bekleyen Emin, bir anlığına rahatlayıp kollarını indirdi. "Ne yani, bütün mesele bu siktiğimin odunu mu?" dedi.

Tuğçe "Hayır! Bütün mesele, senin o kuruyup düşen, ağacın yaprağından bile daha değersiz oluşun!" diye cevap verip tetiğe bastı, ama silahın güvenliği kapalıydı. Emin bir anlığına yine rahatladı fakat Tuğçe birkaç saniye içinde ne yapması gerektiğini anlayıp, güvenliği açtı, sonra da hiç beklemeden ateş etti. Aslında kalbine nişan almıştı ama silahın tepmesini hesaba katmadığından, kasık bölgesine isabet ettirdi.

Emin, kasıklarını tutarak, çığlıklar eşliğinde yere diz çöktü. Tuğçe ise sinek robotu gördü, gülümsedi. Gözlerini kapadı, robot kulağından içeri girdi.

◆

Kıymet ve Tayfun yıkanıp yeni kıyafetlerini giymiş, kendilerine yemek hazırlayan Doğan'ı mutfağın kapısından izliyorlardı.

Doğan ise bu iki güzel canlının evinde olmasından dolayı öyle mutlu ve heyecanlıydı ki, buzdolabında ne varsa koşar adım masaya taşıyordu. Aslında çalışanlar çıkmadan yemek yapmışlardı ve bu yemekler üçüne de yeterdi ama Doğan'ın gözünde hiçbir şey yeterli değildi. Masayı gösterdi; "Evde bunlar vardı ama eğer istediğiniz başka bir şey varsa hemen sipariş verebilirim. İster misiniz?" diye sordu.

Kıymet ve Tayfun masadaki yemeklere göz gezdirdi. Tayfun bu yemeklerin çoğunu daha önce tatmamıştı bile. Buna rağmen "Aslında biz böyle zamanlarda suşi yeriz," dedi.

Kıymet "Tabii canım, biz suşi yemeden yatmayız zaten," diye onun esprisine karşılık vermek istedi ama gülümsemek için gerekli olan kaslarına hâlâ komut gönderemiyordu. Yine de onun dışındakiler güldü ve oturup yemeklerini yediler. Oturdukları yerden bahçedeki havuz görünüyordu; Tayfun'un gözü arada bir, ister istemez oraya kayıyordu. Yemek faslı bitince Doğan, Tayfun'a dönüp sordu: "Havuza girmek ister misin?"

Tayfun hiç düşünmeden "Evet!" dedi ama sonra annesine dönüp "Girebilir miyim?" diye sordu.

Kıymet, her şeye rağmen içinde mutluluk hisseden oğluyla gurur duyuyordu ve hiç tereddüt etmeden başıyla onayladı. Ama Tayfun yanlarından gittiği anda gözyaşları, patlamayı bekleyen bir volkan gibi taştı gözlerinden.

Doğan bu anın geleceğini biliyordu. Onu karakoldan aldığından beri ağladığını görmemişti. Hâlbuki ağlarsa biraz daha kendini iyi hissedeceğini düşünüyordu. Hızla yerinden kalkıp sarıldı Kıymet'e. "Biliyorum, ne olursa olsun o senin annendi. Çok üzgünüm..." dedi. Kıymet'in yüzünü göremiyordu ama ağlamasının durduğundan emindi. Kıymet hiç kıpırdamadan, kendini saran kolların arasında, "Değilmiş," dedi.

Anlamadı Doğan. "Ne değilmiş?" diye sordu.

Kıymet, Doğan'ın gözlerini görebilmek için onu hafifçe geri itti ve "Annem değilmiş," dedi tekrar. Ama Doğan hâlâ anlayamıyordu. Şaşkınlık içinde kalmıştı, Kıymet'in daha açıklayıcı konuşmasını bekliyordu.

Açıkladı Kıymet, her şeyi tek tek anlattı. Anlattıkça rahatladı, rahatladıkça anlattı, ama kendisinin öldürdüğü kısma gelince durdu. "İşte bu yüzden benden şüphe etmelerinden korkuyorum," dedi.

Doğan, duyduklarına inanamıyordu. Böylesine güzel bir insanın, bu denli korkunç bir kaderinin olması ne büyük haksızlıktı! Ona âşık olduğu için bir kez daha minnet duydu. Kıymet, âşık olunacak kadındı. Onun gözünde tertemizdi, masumdu. "Öyle bir şey düşünemezler," dedi. Kıymet'in soran gözlerine cevap olsun diye devam etti: "Sen o gün, Serhan'la birlikteydin. Serhan seni alıp benim yanıma, partiye getirecekti. Ama Sultan'a ulaşamadığın için endişe ettin ve eve geri döndün. Eğer senden şüphe edecek olurlarsa Serhan gidip bu şekilde ifade verecek."

Kıymet sanki bütün gün nefes alamamış ve ilk defa alıyormuş gibi derin bir nefes aldı, sonra "İfademde de iş aramaya çıktığımı söylemiştim... Serhan gerçekten beni sana mı getiriyordu?" diye sordu.

"Hayır," dedi Doğan. Kıymet'i bir daha kaybetmemek için her şeyi yapmaya hazırdı ve ekledi: "Merak etme sen. Bak, göreceksin ki bir daha karakola bile gitmene gerek kalmayacak. Çünkü hiç kimse iki pezevengin peşine düşmek için zaman kaybetmek istemez."

Kıymet uzun uzun düşündü. Haklıydı Doğan, söyledikleri olursa kimse onu suçlu çıkaramazdı. Rahatlaması gerekiyordu ama o, bu konuşmada en çok, Serhan'ın kendisini Doğan'a götürmediğine takılıp kalmıştı. Tayfun'un ıslak bir şekilde geri dönmesiyle ikisi de bu gergin konuşmayı sonlandırdı.

Doğan gidip bahçedeki şezlongun üzerinden bir havlu aldı ve gelip Tayfun'u o havluyla sardı. Daha önce hiçbir çocukla böyle bir iletişimi olmamıştı ama Tayfun'a karşı farlı bir sıcaklık hissediyordu. Yeterince kuruladıktan sonra onu kucağına alıp "Hadi bakalım, içeri gidip güzel bir film seyredelim," diye bir teklifte bulundu. "Hatta seyrederken koltukta uyuyakalalım. Nasıl fikir?"

Doğan'ın kucağında sonsuz bir güven duygusuyla dolan Tayfun "Eveet!" diye onayladı.

Kıymet ise karşısında dünyanın en güzel tablosu varmış gibi ikisini izledi. Artık gülmek için zorlanmıyordu…

<hr>

"Ehlileştirme aşamasında kullanılmak üzere toplanan süt ve yumurtaların tahliyeye hazır olmaları için çalışmaya başlayın lütfen." Tuğçe, duyduğu anonsun sesiyle kendine geldi; yine boyut değiştirmişti. Ancak diğer boyutta Emin'i vurduğunu hatırlıyordu. *Belki de az önce olanlar bir rüya, şimdikiler gerçektir,* diye düşündü. Beynine gelen komutlarla birlikte tavuk kümesine girdi, yumurtaları topladı. Diğer kümese girip süt sağdı ve bahçenin çıkışındaki tahliye noktasına götürdü.

Kısa süre içinde şoförsüz bir araç geldi. Ses, "Lütfen besinleri size ayrılan bölüme yükleyiniz," dedi. Tuğçe, aracın otomatik olarak açılan kapısının hemen arkasındaki, kendi isminin yazılı olduğu bölüme her şeyi tek tek yerleştirdi ve araç beklemeden yola devam etti.

Ses, "İkinci geri çekilme 3 saniye sonra gerçekleşecektir!" dedi.

Tuğçe, yine evinin rahatsız koltuğunda uyandı. Bu sefer başı dönmüyor, midesi de bulanmıyor ama kapı yine aynı şiddetle çalıyordu. Ayrıca bir ses, kapının çalınmasına eşlik ediyor; "Açın kapıyı, Polis!" diye bağırıyordu.

Emin'i hatırladı ve kalp atışları hızlandı. Polis "Açın yoksa kıracağız!" dedi.

Kadife Hanım'ın sesi, polislerin seslerine karışıyordu. "Götüremeyeceksiniz beni! Şimdi başkonsolos gelecek ve hepinizi Venüs gezegenine sürecek. Defolun gidin! Sizler beni öldürmek istiyorsunuz ama gerekirse ben kendimi öldürürüm, yine de size teslim olmam," diye avazı çıktığı kadar bağırıyordu Kadife Hanım.

Tuğçe kalktı ve kapıyı açtı, aynı anda bir polis memuru hızla içeri girdi ve kollarından yakaladığı gibi arkasını döndürdü, kelepçe taktı. Başka bir memur, evi aradı ve kimsenin olmadığını ama silahı bulduğunu söyledi. Polis memuru, "Kasten adam yaralama ve öldürmeye teşebbüs suçundan sizi tutukluyoruz," dedi. Tuğçe itiraz etmek istese bile edemedi, apar topar evden çıkarıldı.

Selen, olanları duyup dışarı çıkmıştı ama başka bir polis memuru, uzak durmasını emredip onun önüne geçmişti.

Apartmanın dışına çıktıkları anda Kadife Hanım, ikinci kattan aşağı atladı ve hemen yanlarına düşerek, başını çok sert bir şekilde yere çarptı. Çarpmadan kısa bir süre sonra başının etrafına kan yayılmaya başladı. Gözleri kocaman açılmış şekilde bakakalmıştı. Ölmüştü Kadife Hanım ve Tuğçe'yle birlikte tüm polis memurları da şoka girmişti.

Kendisini engelleyen polis memurlarının arasından koşarak gelen Selen, "Sizin yüzünüzden!" diye çığlık attı ve devam etti. "Kadını korkuttunuz! Hastaydı o, ona zarar vereceksiniz sandı ve intihar etti. Sizin yüzünüzden!" diye, tüm polislere birden bağırdı.

◆

Harun, babasının hastanede olduğunu düşünüp önce oraya gitmeyi tercih etti. Hastaneye girdi ve asansörü kullanıp doğrudan babasının odasına gitti. Babası orada yoktu ama Harun yine de oturup bekledi. Selen'in söylediklerini düşündü. Gerçekten şımarık olabilir miydi? Selen ona *"Şımarıksın,"* dememişti ama hakkında böyle düşünüyorsa eğer, bu onun için çok üzücüydü.

Kapı açıldı ve Harun'un babası içeri girdi. Habersizce gelen oğlunu karşısında görünce bir yandan çok sevinmiş, bir yandan da şaşırmıştı. Demek ki oğlu, söylediği gibi; arada bir böyle çıkıp gelecekti. Hem bu ana hem de gelecekte birlikte geçirecekleri zamanlarına sevinip, oğlunu sıkıca kucakladı babası.

Harun'un üzerinde hâlâ, babasının verdiği kıyafetler vardı. Onları görür görmez, oğlunun o zamandan beri yıkanmadığını ve bu yüzden üzerini değiştiremediğini düşündü. Hızla gidip gardırobunu açtı ve temiz kıyafetler bulup getirdi. "Hadi, git banyoya, güzel bir duş al." Elindekileri uzatarak "Al bunları, temiz temiz giyin," dedi.

Harun, babasının söylediklerini bir bir yaptı. Yaparken de içinden sürekli "Ben şımarık mıyım?" diye sorup duruyordu. Tam banyonun kapısını kapatacaktı ki "Hayır," diye cevapladı babası. Belli ki sonuncu seferde içinden değil, dışından sormuştu.

"Peki, şımarık olduğumu düşünsen, bunu bana söyler miydin, baba?" diye sordu, ama babası cevap vermek yerine boynunu ovaladı.

Tabii ki söylemezdi. Harun, babasının vermediği cevabı aldı ve kapıyı kapadı. Aynadaki aksine baktı; değişmeye karar verdi ve duşa girdi. Şımarıklığını yıkayıp yok etmek istiyordu.

Babası yaklaşık on dakika sonra panikle kapıyı çaldı ve seslendi: "Harun, hemen çık, gitmemiz lazım!" Harun kendi iç sesine karışan suyun sesinden babasını duyamamıştı. Babası kapıyı daha sert çaldı ve aniden içeri daldı. "Gitmemiz lazım, çabuk çık!"

Selen defalarca Harun'u aramış ama bir türlü ulaşamamıştı. Daha önce Harun, babasını Selen'in telefonundan aramıştı ve Selen'de babasının numarası hâlâ duruyordu. Dolayısıyla Selen, çaresizlik içinde bu numarayı aramış ve ondan yardım istemişti.

Baba oğul, apar topar hazırlanıp çıktılar.

<hr>

Tuğçe yine boyut değiştirmiş ama bu defa gözlerini, 70 metre yüksekliği olan gökkuşağı okaliptüsünün üzerinde açmıştı. Kalbinin sesini dinledi, deli gibi çarptığını duymayı bekledi, ama sanki her şey olağan seyrindeymiş gibi atıyordu. Etrafına baktı; çok uzakta, kilometrelerce uzakta eve benzer yapılar gördü ya da gördüğünü sandı.

Gözlerini kısıp görüntüyü netleştirmeye çalıştığı sırada beynine bir komut geldi: "Uç, bunu yapabilirsin!"

Kollarını iki yana açtı ve kendini boşluğa bıraktı. Düşmeyi bekledi ama olmadı; havada süzülüyordu. Sanki doğduğu andan beri uçmayı biliyormuş gibiydi. Yeterince yaklaşınca havada dik pozisyona geçti ve güvenli şekilde toprağa bastı. Çocuk seslerini dinledi; belli ki oyun oynuyorlardı. İlerledi ve kendine en yakın olan evin arkasından önüne doğru yavaş yavaş yürüdü. Evin verandasında yaşlı ama çok canlı bir kadın oturuyordu. Hatırladı; onu hastanede görmüştü. Hiç beklemeden sordu Tuğçe: "Burası gerçek mi?"

Kadın gülümsedi ve yanındaki sandalyeyi gösterdi. Tuğçe reddetmeden oturdu. Oturduğunda fark etti ki aynı zamanda sallanabiliyordu ama cevabını henüz alamamıştı. İleri-geri yavaş tempoda sallanırken bir daha sordu: "Burası gerçek mi yoksa ben rüya mı görüyorum?"

Yaşlı kadın, onu daha fazla bekletmedi ve gözlerinin en derinine bakarak cevap verdi: "Kiminin gerçeği, kiminin rüyasıdır. Ama aslında sen neye inanırsan gerçek odur!"

◆

Harun ve babası sokağa geldiklerinde çok sayıda polis gördüler. Harun'un kalbi öyle hızlı atıyordu ki, yolda geçen her saniye ona saat gibi gelmişti. Kendileriyle neredeyse aynı zamanda gelen ambulansın biraz gerisine park edip arabadan indiler. İkisi de koşarak Selen'in apartmanına gitmek istedi ama polis onların geçmesine izin vermedi. Üzeri siyah bir poşetle kapatılmış Kadife Hanım, düştüğü yerde hâlâ yatıyordu.

Harun'un babası kendini tanıttı ve oğluyla birlikte polisleri geçip, evinde sıkışıp kalmış olan Selen'in yanına gittiler. Selen şoka girmiş, titriyordu. Belli ki kendine gelebilmek için soğuk suyun altına girmişti ama bu defa iyi gelmemişti; neredeyse hipotermi geçiriyordu. Harun'un babası, oğluna dönüp, hiç beklemeden kurutma makinesiyle bir battaniye bulup getirmesini söyledi. Ardından battaniyeyi oğlundan alıp, sardı Selen'i. Saçlarını kurutmaya başladı ve Harun'a, gidip sıcak bir fincan su getirmesini söyledi.

Selen daha şimdiden kendini iyi hissediyordu. Harun'un babasının elleri saçlarına dokunduğunda kendini küçük bir kız çocuğu gibi hissetmiş ve gözlerini kapatıp sakinleşmişti.

Harun sıcak suyu getirdi ve babası, Selen'e bunu içmesini söyledi. Selen suyu alıp yudum yudum içerken, Harun ne olduğunu sordu.

Selen bütün olup bitenleri anlattı. Tuğçe'nin evine gelen ev sahibini, sonrasında silahını alıp gittiğini ama bunu kendisinin fark etmediğini, polislerin gelip Tuğçe'yi aldığını ve onlar gelince Kadife Hanım'ın atak geçirip kendini camdan aşağı attığını bir bir anlattı. Anlatırken yine paniklemişti ama Harun'un babası onu sakinleştirmeyi başardı.

Selen, silahın ruhsatı olmadığı için başına bir şey gelmesinden korkuyordu ama korkmasına gerek yoktu. Harun'un babası avukatıyla görüşecek ve Selen'i bu işten kurtaracaktı. Tabii bunun için önce bu evden çıkıp gitmeleri gerekiyordu.

Selen birkaç parça kıyafeti çantasına tıkıştırdı ve hep birlikte çıktılar. Bahçeye çıktıklarında Kadife Hanım orada değildi. Onu alıp götürmüşlerdi, geriye, akan kanı kalmıştı. Selen o kana bakıp duraksadı ama Harun sırtına hafifçe dokunup itti onu. "Gidelim," dedi. Hepsi arabaya binip yola çıktılar.

Selen, Harun'un babasına "Sizin adınız ne?" diye sordu.

"Kenan," diye cevap verdi o da.

Selen duraksadı ve "Teşekkür ederim, Kenan amca," dedi.

Kenan Bey "Teşekkür etmene gerek yok, kızım," dedi ama aslında vardı. Selen'in hayatında teşekkür edebileceği o kadar az insan olmuştu ki, Kenan amcasına yüzlerce kez teşekkür etmek istedi. Fakat onun yerine hiçbir şey demeden camdan dışarıyı seyretti.

Eve vardıklarında Kenan Bey doğruca çalışma odasına geçmiş ve avukatını arayıp her şeyi anlatmıştı. Avukat kısa süre içinde geldi. Kendisinin her şeyi halledeceğini ve hiç endişe etmemelerini söyleyip gitti.

Selen, Tuğçe'nin bunu yaptığına hâlâ inanamıyordu. Her şeyi hissedebildiğini düşünüyordu ama Tuğçe'nin bunu yapacağını nasıl hissedememişti? Hissedemezdi tabii. Tuğçe aynı anda o kadar farklı duygularla boğuşuyordu ki... Yanındayken mutlu mu, üzgün mü yoksa kızgın mı, anlamak imkânsız gibiydi. Selen yine de onu anlayabildiğini düşünmüş, yanılmıştı. Ne olacaktı şimdi? Tuğçe hapishaneye mi girecekti? Bu imkânsızdı, o narin kız hapishanede ölürdü. Gerçi avukata, onu da savunması söylenmişti, ama birini silahla yaraladığı hâlde hiç ceza almadan kurtulabilir miydi? Buna inanmıyordu.

Telefonu çalan Kenan Bey, çok kısa konuşup kapattı. Selen ve Harun'a dönüp; "Kadife Hanım'ı götürdükleri morgu bildirdiler. Bir yakını falan var mıydı? Kimseye ulaşamamışlar. Siz tanıyor musunuz?" diye sordu.

Selen "Yok yakını. Biz varız sadece," dedi.

Kenan Bey bir an duraksadı ve devam etti: "O zaman yarın morgdan alıp defin işlemlerini beraber yaparız."

Selen, olayların böyle bir hızda çözülmesine alışık değildi. O hep yalnızdı ve herhangi bir sorunu olursa tek başına çözer ya da çözmeden öylece sürüklenip giderdi. Ama Kenan Bey'in yanında sorunlar, sorun olduklarının farkına varamadan çözülüp gidiyordu. Kendi babasını düşündü; işlerini bırakıp bir kez bile Selen'e vakit ayırmamıştı. Yıllarca yatılı okulda kalmış, hafta sonu bile eve gelmesini istememişlerdi. Ama o yine de her hafta sonu, gelip okuldan kendisini alacaklarını ve birlikte gezip, evlerine gideceklerini hayal edip durmuştu. Yanındaki arkadaşları için bu hayali sık sık gerçekleşse de kendisi için hiçbir zaman gerçekleşmedi.

Kenan Bey'e baktı ve ona baba diyebilmeyi istedi.

———◆———

Tuğçe, kendine geldiğinde mahkeme salonunda yargılanıyordu. Hemen sağında bir avukat vardı. *"Benim avukatım olmalı..."* diye düşündü. Arkasından gelen hafif hıçkırık sesini duydu ve geri dönüp baktı. Annesi ile babası yan yana oturuyordu. Gözleri ağlamaktan şişmiş annesi, sanki bir cenaze törenindeymiş gibi giyinmişti. Babası ise; bunca zaman Tuğçe'ye karşı yaptığı tüm aşağılamalar ve küçük görmeler konusunda haklı çıkmış, yüzünde hiçbir üzgün ifade olmadan, tüm kibri ile oturuyordu. Salonun kalanına baktı ve Selen'le Harun'u gördü; yan yana oturuyorlardı. *"Bunlar kesin sevgili oldular,"* diye düşünüp avukatına döndü.

Selen ise Tuğçe'den gözlerini alamıyordu. Normal gitmeyen bir şeylerin olduğuna emindi. Tuğçe defalarca, avukatını parmağı ile dürtmüş ama avukatı ne istediğini sorduğunda, boş gözlerle ona bakmaya devam etmişti. Kesinlikle normal değildi. Bir şeyler söylemek istiyordu ama neden söyleyemiyordu? Korkuyor muydu? Neden kendini savunamıyordu?

Hâkim, "Karar!" dedi ve Tuğçe önüne döndü. "Tuğçe Konak'ın ruhsatsız silahla bilerek ve isteyerek Emin Basit'i yaralaması suçundan, Türk Ceza Kanunu'nun 86. maddesi Kasten Yaralama ve 6136 sayılı Kanun'a Muhalefetten, ayrıca kasten yaralama sonucu mağdura kalıcı olarak hasar vermesinden kaynaklı, Türk Ceza Kanunu'nun 87. maddesi göz önünde bulundurularak; sanığa toplam 5 yıl 8 ay ceza verilmesi uygun bulunmuştur!"

Demek ki Emin ölmemişti ama kalıcı olarak hasar almıştı. Tuğçe, kasık bölgesinden vurduğunu hatırlıyordu. Gülümsedi.

Sessiz hıçkırıkları daha da yükselen annesi, artık kimseden çekinmeden ağlıyordu. Tuğçe gözlerini kapattı ve sinek robotun gelip onu buradan götürmesini bekledi.

———◆———

Kenan Bey, Harun ve Selen'le birlikte Kadife Hanım'ın cenazesi için mezarlıktaydı. Üçü de Kadife Hanım'ın gömüleceği çukurun kazılmasını izliyordu.

Kendilerinden başka kimse olmadığı için Kenan Bey para karşılığı dört kişiyle anlaşmıştı ve defin işlerini onlara yaptırıyordu. İnsan, öldüğü zaman tabutunu taşıyacak en az dört kişiye ihtiyaç duyardı ama Kadife Hanım bu sayıya bile ulaşamamıştı. Aslında bir yerlerde kardeşleri olduğu biliniyordu ama uzun yıllardır gelen giden yoktu. Belli ki bugün de gelmeyeceklerdi. Hiç tanımadıkları bu dört adam, itinayla bir çukur açtı ve Kadife Hanım'ı içine bırakıp, üzerini kapadılar. Kimse dua etmedi, kimse ağlamadı. İşi biten dört adamdan biri, sanki bir ağaç ekmiş gibi son olarak üzerine biraz su döktü. Hepsi teker teker "Başınız sağ olsun!" deyip gittiler.

Selen, Kenan Bey'e döndü ve "Kenan amca, beni evime bırakır mısın?" diye sordu.

Kenan Bey "Tabii," diye cevapladı, sonra Harun'a döndü ve sessizce tembihledi: "Onu yalnız bırakma."

<hr>

Tuğçe gözlerini açmadan önce derin bir nefes aldı. O soğuk mahkeme salonundan kurtulmuştu, pudra rengi çarşaflarla kaplı olan diğer boyuttaki yatağında olduğunu anladı. Gözlerini açmak için hiç acele etmedi, ama kulağına gelen; "Vücut için beslenme saati!" uyarısıyla açmak zorunda kaldı. Yatakta doğruldu ve çıplak ayaklarını yere indirdi. Ayağının hemen altında yumuşak bir halı vardı, ayak parmaklarını kullanarak halıyı okşadı. Ayağa kalktı ve banyoya gitti. Bu şelale görünümlü duşta yıkanmayı her şeyden çok istediğini fark etti ve duşa girdi. Diğer boyutta kaynar suya yakın bir sıcaklıkta yıkanırdı, ama yine de temizlenmiş gibi hissetmezdi. Sırf bu sebepten cildi aşırı kurur, hatta egzama olurdu, ama bu defa suyun sıcaklığını kontrol edebileceği bir musluk yoktu. Tek bir seçenek vardı, o da vücudunun ihtiyacı olan mükemmel seviyedeki sıcaklıktı. Ellerini saçlarının arasına götürdü; yumuşacıktı. Gözlerini kapadı ve orada sonsuza kadar kalabileceğini düşündü.

Tuğçe tekrar gözlerini açtığında hapishanede koğuş sayımındaydı. Sıranın en sonunda duruyordu. Gardiyan gözlerini Tuğçe'ye dikerek, "Seni mi bekleyeceğiz?" diye bağırdı. Belli ki sıra kendisindeydi, ama ne söylemesi gerektiğini bilmiyordu. "Tuğçe ben..." dedi. *"Herhâlde adımı soruyordur,"* diye düşünmüştü. Hemen yanındaki mahkûm kadın sessizce "On bir," dedi. Tuğçe hiç düşünmeden "On bir," diye tekrarladı. Tam olarak sayamamıştı, ama yanında sıraya dizilmiş on bir kadın var gibiydi. Gardiyan elindeki kâğıda bir şey yazdı ve konuşmadan çıkıp gitti. Onun çıkmasıyla herkes dağıldı. Tuğçe olduğu yerden hiç kıpırdamadı ve çevresine baktı. Burası hiç de on bir kişinin kalabileceği kadar büyük bir yer değildi. Düzenliydi ama aslında her şey çok eski ve uyumsuzdu. Tam altı tane ranza vardı, bu demek oluyordu ki hâlâ bir kişi daha gelebilirdi. Tuhaf, kötü bir koku vardı; küf ya da lağım kokuyordu sanki. Belki de çürümüş insan kokusuydu; ayırt edemedi Tuğçe.

Sağ yanağında derin bir bıçak yarası olan mahkûm kadın "Sıra sende!" dedi.

"Ne sırası?" diye sordu Tuğçe. Etrafına bakındı ama soru ile ilgili hiçbir ipucu bulamadı.

"Jakuzi sırası..." dedi mahkûm kadın ve diğer kadınların hepsi büyük kahkahalarıyla ona eşlik etti. "Ne olacak kız, tuvaleti temizleyeceksin işte. Senin kafa da iyice gidip geliyor. Akıl hastanesine kaçmak için numara mı yapıyorsun yoksa?"

Tuğçe cevap vermeden onu dinledi. Ne olup bittiğini anlayamıyordu. *"Belki de aklımı kaçırıyorum,"* diye geçirdi içinden.

"Hadi, oyalanma!" dedi mahkûm kadın ve başıyla tuvaletin kapısını işaret etti.

Tuğçe kapıyı açtığında, o pis kokunun nereden geldiğini anladı. Bu kadar kadının olduğu bir yerde, tuvalet nasıl bu kadar pis olabilirdi? *"Bir taş, ne kadar zamanda bu hâle gelir?"* diye düşündü. Midesi bulandı, geçer sandı ama geçmedi. Pis olan tuvalete kusup daha da pisletti. Öğürme seslerini duyup gelen başka bir mahkûm kadın onu oradan çıkardı, ellerine kolonya döktü ve "Sür yüzüne," dedi. Tuğçe sürdü; limon kolonyasıydı. Aslında ferahlaması gerekirdi ama o bir kez daha kustu. Tüm sorularını, çaresizliğini, şaşkınlığını, aklını kusuyordu sanki.

Kadınlardan birkaçı gardiyana seslendi: "Alın bunu buradan, yine kusup duruyor etrafa, zaten bir işe yaradığı yok, bir de onun bokunu, kusmuğunu temizliyoruz!" Çok sürmedi, geldi iki gardiyan, alıp revire götürdüler Tuğçe'yi. Tuğçe, yolda koluna girmiş iki gardiyan olmasa, olduğu yere düşüp bayılırdı. Diğer hayatını düşündü. Derin bir nefes aldı ve gözlerini kapadı.

◆

Selen ve Harun bir süredir birlikte kalıyorlardı. Birbirlerine alışmaları o kadar kolay olmuştu ki, sanki yıllardır bir arada yaşıyor gibiydiler.

Birlikte mutfakta kahvaltı hazırlıyorlardı. Selen günlerdir esrardan başka uyuşturucu madde kullanmamıştı ve bu, onun kullandıkları arasında en hafifi sayılırdı. Eskiden olsa bununla asla yetinemezdi ama artık kendini iyi hissedebileceği hormonları, çevresindeki olaylara verdiği tepkilerle salgılamayı başarıyordu. Son zamanlarda çok fazla dans etmeye başlamıştı ve yemek hazırlama anlarına özel bir dans bulmuştu.

Harun, Selen'in her geçen gün artan neşesini fark edip onun mutluluğundan mutlu oluyordu.

Selen'in dans ederken ayağı kaydı ve elindeki zeytin kâsesiyle birlikte yere düştü. Harun hızla koşup Selen'i kaldırdı ama kâse kırılmış ve cam, Selen'in eline batmıştı. Çok kanıyordu. Harun dikiş atılması gerektiği yönünde ısrar etti ama Selen camı çekip çıkardı ve mutfak havlusunu alıp, kesilen yerine bastırdı. Aynı anda apartmanın içinden sesler yükselmeye başladı.

Tuğçe ve Kadife Hanım da gidince Selen, apartmanda oturan son kişi olarak kalmıştı. Apartmanın yıkılmasına çok az kalmıştı ve bu yüzden artık kimse bu apartmanda kalmıyordu. Ama dışarıdan gelen sese bakılırsa birileri eşya taşıyor olmalıydı. Selen hâlâ kendisine hastaneye gitmesi konusunda ısrar eden Harun'a sus işareti yaparak onu susturdu ve gelen sesleri onun da duymasını istedi. Duydu Harun ve birlikte kalkıp sokak kapısını açtılar. Tuğçe'nin dairesinin kapısı açıktı ve hamal olduğu belli olan birkaç kişi içerideki eşyayı çıkarıp götürüyorlardı. Selen ne olduğunu anlamak için Tuğçe'nin dairesine girdi ve Harun da onu takip etti.

Tuğçe'nin babası salonda durmuş, sağa sola emirler veriyordu. "Onu alın. Onu almayın, o çöp. Şunu alın..."

Selen şaşkın bir ifadeyle "Ne yapıyorsunuz siz?" diye sordu.

Tuğçe'nin babası, Selen'i hatırlıyordu. Kızı onun silahını kullanmıştı. Gayet soğuk bir tavırla "Sana ne!" dedi.

"Ne demek sana ne? Tuğçe'nin bu yaptığınızdan haberi var mı?"

"Sana ne kızım, sana ne!" diye yineledi adam.

Harun, Selen'i kolundan çekti ve "Bırak, gidelim," dedi. Sonuçta Tuğçe'nin babasıydı. Ne yapabilirlerdi ki? Fakat Selen gitmedi; "Şimdi anlıyorum," dedi.

"Neyi anlıyorsun?"

"Tuğçe'nin neden bu hâlde olduğunu anlıyorum."

Yarım ağız, küçümser bir gülümsemeyle cevap verdi adam: "Öyle mi? Anlıyor musun gerçekten? Senin gibi silahlı, ne olduğu belli olmayan insanlarla, bu leş gibi yerde, bir fare gibi yaşadığı için bu hâllere düştüğünü anlayabiliyor musun?"

Selen başını, hayır anlamında iki yana salladı ve karşılık verdi: "Sen de biliyorsun ki, asıl neden bu değil; sensin!"

Tuğçe'nin babası dişlerini sıktı; "Ne diyorsun lan sen?" dedi ve öne doğru bir adım attı.

Harun, Selen'in önüne geçti ve "Bir adım daha atma!" diye uyardı onu.

Tuğçe'nin babası attığı adımı geri çekti; "Kimsiniz ya siz? Neyle suçluyorsunuz beni? Kızımın başına onca dert açıp, bir de beni mi suçluyorsunuz? İkinizi de onun girdiği deliğe sokturmadan defolup gidin buradan!" diye tehdit etti.

Selen bir anda Harun'un arkasından çıkıp adamın yakasına yapıştı; "Senin yüzünden lan, senin! Sen ona böyle davrandığın için! Onu küçümsediğin için! Babalık yapmadığın için! Sen onu hiç sevmediğin için! Sen ona..." dedi ve durup yüzüne tükürdü. Harun hızla Selen'i kucaklayıp oradan çıkardı ve kendi evine soktu.

Tuğçe'nin babası yaşadığı şokla beraber olduğu yerde kalmıştı. Hamallardan ikisi karşısına geçmiş, konuşmadan onu izliyorlardı.

"Ne bakıyorsunuz lan, hadi, işinizi yapın!" diye bağırdı ama biri işaret parmağını kaldırıp göğsünü gösterdi. Tuğçe'nin babası başını eğdi ve beyaz gömleğinin yaka kısmını kanlar içinde görünce, bir anda panikledi. Acı hissetmemişti ama yine de Selen'in kendisini yaraladığını düşünüp, gömleğinin düğmelerini hızla açtı. Hiçbir yerde yara izi yoktu ama o yine de defalarca kontrol etti. Burada daha fazla durmak istemiyordu. Kalan eşyayı almaktan vazgeçti ve hamallarla birlikte çıkıp gittiler.

◆

Kıymet, günlerdir polisin kendisini tekrar arayacağını düşünüyordu ama ne arayan vardı ne de soran. Zaman geçtikçe stresi biraz olsun hafiflemişti.

Doğan, Kıymet'i evdeki çalışanlarla tanıştırdığında, hepsi Kıymet'in güzelliğine karşı iltifatlarda bulunmuşlardı. Bu da Kıymet'in onların yanında daha iyi hissetmesine sebep oldu. Doğan ondan utanmıyordu; artık bunu hissedebiliyordu Kıymet. Biraz daha zaman geçsin, birlikte yurt dışına gideceklerdi. Doğan her şeyi ayarlayacaktı. Kıymet bahçede oynayan Tayfun'u izlerken Doğan geldi. Yüzü endişeli görünüyordu. Kıymet, Doğan'ın bu hâlini görür görmez panikledi. Kesin polisle ilgili bir durum olmuştu. Kalbi hızlanmış, nefes alışı düzensizleşmişti. "Ne oldu?" diye sordu.

Doğan, Kıymet'in telaşından yanlış anladığını düşünüp hemen onu rahatlamak istercesine; "Merak etme, seninle ilgili bir durum yok," dedi. "Annem..." Duraksadı.

Kıymet, Doğan'ın annesinin ruh ve sinir hastalıkları hastanesinde kaldığını biliyordu. "O iyi mi?" diye sordu.

Doğan "İyi, aslında bayağı iyi. Sesi çok normal geliyordu," dedi.

"Ee, o zaman sorun ne?"

"Artık oradan çıkabilirmiş. Buraya gelmek istediğini düşünmüştüm ama o, huzurevinde kalmak istediğini söyledi. Benim gidip annemi oradan almam ve bir huzurevine yerleştirmem gerek ama yıllardır onun yanına gitmedim. Şimdi, bu kadar zaman sonra... Bilemedim. Benimle gelir misin?"

Kıymet şaşırmıştı. Doğan'ın annesi ile tanışmayı hiç beklemiyordu. "Ta-tabii. Gelirim," dedi.

Doğan derin bir nefes aldı. Rahatlamıştı. Sarılıp Kıymet'i öptü. O yanında olduğu için bir kez daha şükretti.

———————◆———————

Tuğçe gözlerini açtığında, diğer boyuttaki rahat koltuğunda oturuyordu. Hiç beklemeden kalktı ve evden çıkıp nehir boyunca koşmaya başladı. İnsanların olduğu yerleşim yerine gitmek istiyordu ve oraya bir an önce ulaşmak için daha hızlı koşmaya başladı. Hayatında hiç bu kadar hızlı koşmamıştı. Daha da hızlandı. Daha da daha da... Yerleşim yerine çok yaklaşmıştı, durmak için artık yavaşlaması gerekiyordu ama ne sinek robot uyardı ne de bedeni yavaşlamak istedi. Durmaya karar verdiğinde ise ilk anda duramadı ve en az sekiz takla attıktan sonra nihayet durabildi. Neyse ki hiçbir yerinde bir sorun yoktu. Saçlarına, kıyafetine biraz ot ve toprak bulaşmıştı, hepsi bu kadardı. Daha önce buraya geldiğinde gördüğü yaşlı kadının evine gitti. Bu sefer verandasında kimse yoktu ama evin kapısı açıktı. Yine de girmeden kapıyı tıklattı, kimse cevap vermedi. Üçleme tekniğini hatırladı ve işaret parmağıyla üç defa evin kapısına dokundu; "Merhaba Tuğçe. Bu ev, Yelda Hanım'ın bedensel ve ruhsal ihtiyaçlarını, mahremiyet içerisinde gerçekleştirebilmesi adına vardır," diyen sesi dinledi. Tam o sırada elinde çiçekli bir mutfak beziyle Yelda Hanım geldi. Hâline bakılırsa yemek yapıyordu.

Tuğçe "Birini mi bekliyordunuz? Ben sizi rahatsız etmeyeyim, başka zaman uğrarım," deyip arkasını döndü.

Yelda Hanım "Seni bekliyordum, unuttun mu?" diye sordu ve gidip mis gibi kokan bir tepsi yemeği fırından çıkardı.

Tuğçe, "Sanırım bana bir şeyler oluyor. Bu sıra aklım çok karışık. Gerçeklerle rüyaları ayıramıyorum. Sanki iki farklı hayat yaşıyorum ve hangisinin gerçek olduğunu bilmiyorum. Sizce deliriyor muyum?" diye sordu.

"Hangisi daha fazla gerçek hissettiriyor?"

"Emin değilim, hangisini yaşıyorsam o an o gerçek gibi geliyor ama dediğim gibi, emin değilim. Açıkçası burası daha çok rüya gibi..."

"Diğer tarafta sana daha gerçek gibi hissettiren ne var peki?"

"Orada birini yaraladım ve şu an hapishanedeyim..."

"Hapishanede nasılsın peki?"

"İyi değilim, az önce gardiyanlar beni revire götürdü."

"Peki, diğer tarafta seni seven birileri var mı?"

"Var. Vardı... Emin değilim, sanırım yok. Aslında annem seviyor sanıyorum ama eğer gerçekten seviyor olsa, bunu bana daha çok belli edebilirdi diye düşünüyorum. Ama babam..." Duraksadı Tuğçe, sonra devam etti: "O herhangi birini sevemezmiş gibi... Aslında diğer taraf tam bir cehennem."

"Ve bütün bunlara rağmen, yine de oranın gerçek olabileceğini düşünüyorsun, öyle mi?"

Tuğçe buraya inanmak istiyordu. Tabağında duran yemeğe baktı. Öylesine güzel kokuyordu ki gözlerini kapattı, bir süre kokusuyla beslendi ve sordu: "Nedir bu?"

"Kereviz dolması," diye cevap aldı. Tadına baktı; gerçekten kusursuzdu.

Yelda Hanım, "İnsan henüz tam gelişmemişken duygularını kontrol edemez ve korku duygusu, düşüncelere bulaşırsa, çevresinde kötü olaylar belirmeye başlar. Eğer bunu değiştirmezse de istediğinin tam tersi bir hayatı var edebilir. Unutma; gerçek, kolaydır! Kolay olanı seç," dedi.

———————◆———————

Selen patlayan öfkesini bir türlü kontrol edemeyince torbacısını aramış, Harun'sa bu sırada tepkisiz kalamamıştı. Her şey o kadar iyiye giderken, ilk takıldığı anda, o ağır uyuşturuculara tekrar dönmemeliydi. Biraz mücadele etmesini istedi ama Selen'in gözleri dönmüştü. Hiç istemediği hâlde öfkesini kontrol edemiyor, bağırıp duruyordu. Bu sırada kesik eli hâlâ kanayan Selen, Harun'un pansuman yapmasına da izin vermiyordu.

Harun, babasına mesaj atarak durumu anlattı. Sonuçta babası doktordu ve gelip evde dikiş atabilirdi. Çok uzun sürmemişti ki kapı çaldı. İkisi birden kapıya koştu. Gelen, torbacıydı; Harun'u gördüğünde biraz geri çekilmişti ama Selen, torbacının elinde tuttuğu minik paketi alıp kapıyı kapadı. Harun, paketi Selen'in elinden aldı ama bu defa da Selen, avazı çıktığı kadar bağırmaya başladı. O sırada kapı tekrar çaldı ve Selen öfkeyle gidip açtı. Gelen, Harun'un babası Kenan Bey'di.

Kenan Bey içeri girer girmez ne olduğunu sordu. Harun, elindeki uyuşturucu paketini babasına gösterip; "Bunu vermediğim için kızıyor," dedi.

Kenan Bey gidip Harun'un elinden paketi aldı ve Selen'in karşısına geçip gözlerinin içine baktı. Avucunu açtı ve paketi almasını söyledi. Selen gözlerini, Kenan Bey'in gözlerinden ayıramıyordu. Ama yine de paketi aldı.

Kenan Bey "Ama önce eline bakmama izin ver," dedi. Selen kesik elini uzattı ve Kenan Bey dikiş atılması gerektiğini söyledi. İhtiyacı olan her şey, yanında getirdiği çantada hazır duruyordu. Selen'i koltuğa oturttu, yarayı temizledi ve dikiş atmaya başladı. Selen'in canı acıyordu ama bu, mimiklerine hiç yansımıyordu. "Bana yardım eder misin?" diye sordu Kenan Bey'e.

Kenan Bey, Selen'in gözlerine baktı. İki gözü de yaşla doluydu ama henüz o yaşlar dışarı akmamıştı. Başını evet anlamında salladı; "Ederim," dedi ve ekledi: "Sen istediğin sürece..." Selen'in gözyaşları yanaklarını ıslattı.

Kenan Bey; "Bir süre benim evimde kalın. Hem yanımda olursan, eline sık sık bakabilirim. Olur mu?" diye teklifte bulundu.

"Olur," dedi Selen.

Harun, Selen'in bu teklifi tereddütsüz kabul edişine şaşırmıştı ama bunu belli etmemeye çalıştı. Buradan gitmek, en doğru karardı.

◆

Tuğçe gözlerini açtığında ruh ve sinir hastalıkları hastanesinin bahçesindeydi. Hemen yanında, akli dengesi yerinde olmadığı anlaşılan kırklı yaşlarında bir adam vardı. Adam elinde birkaç tane renkli kâğıt tutuyordu. Büyük ihtimalle hepsi de post-it kâğıtlarından kesilmişti; pembe, sarı ve yeşil renkteydiler. Başını ve boynunu kullanarak yaptığı bir tik vardı; sanki kafası görünmez bir iple arada bir sağa doğru çekiliyor ve o da hemen karşılık verip geri çekiyordu. Sonra dönüp dil çıkarıyordu. Elindeki kâğıtları Tuğçe'nin burnundan bir karış uzakta olacak şekilde ona doğru yaklaştırdı.

"Güzelle!" dedi adam, ama Tuğçe onun ne demek istediğini anlayamadı.

"Efendim?"

"Güzelle, güzelle!"

Tuğçe, kendisine uzatılan kâğıtlara elini uzattı ama tam dokunacakken, adam geri sıçradı.

"Benim! Bunlar benim! Benim!.." Adam hiç durmadan bağırmaya başladı ve çevredeki herkesin dikkatini çekmeyi başardı.

Üzerlerinde beyaz önlük olan iki adam, çok geçmeden yanlarına geldi. "Sakin ol! Sakin!" diye susturmaya çalıştılar onu. Ama susmuyor, hatta Tuğçe'yi gösterip daha da çok bağırıyordu. "Bunlar benim! Benim! Senin değil!.. Kendin güzelle!"

Hemşirelerden biri; "Tamam, Selim; senin tabii... Kimse almıyor, bak, elindeler. Gel, içeri gidip onları saklayalım..." dedi ve adamı alıp götürdü. Ama Selim yine de susmadı. Arkalarındaki büyük beyaz binaya girene kadar bağırdı.

Bir diğer hemşire, Tuğçe'ye "Siz iyi misiniz?" diye sordu.

"Ben..."

"İyi falan değilim, sonunda delirdim işte," diye karşılık vermek istedi ama yapamadı. Hemşire yavaşça yaklaştı ona; "Renginiz biraz solgun görünüyor. İsterseniz içeri gidelim, size biraz mango suyu vereyim, iyi gelir," dedi.

Tuğçe "Vay be, demek mango suyu!" diye tekrar etti. Daha önce sorunlarını mango suyu ile çözmeyi hiç düşünmemişti. *"Bir akıl hastanesinde bile bu formül kullanılıyorsa, kesin işe yarıyor olmalı,"* diye düşündü. "Olur, mango suyu bana iyi gelir!" dedi.

Yürürlerken yanlarından geçtiği akıl hastalarını inceledi. Hepsi de bir şeyleri takıntı hâline getirmiş gibi görünüyordu. Sürekli konuşmalarını tekrar edenler, bağırarak gülenler, bir gülüp bir korkanlar, tikliler… Tuğçe, hemşireye "Size bir şey sorabilir miyim?" dedi.

Hemşire "Tabii sorabilirsin, Tuğçe," diye karşılık verdi.

"Adımı da mı biliyorsun?"

Hemşire "Elbette biliyorum, buradaki herkesin adını bilirim," dedi, sanki bu özelliğiyle övünür gibiydi.

Tuğçe hafif alaycı bir tonlamayla "Güzel hafıza!" dedi ve ekledi: "Diyelim ki iki farklı hayat yaşıyorum, birini seçmek istiyorum ve artık kararımı verdim. Diğerine geri dönmemek için ne yapmam gerekiyor?"

Bu sırada hastanenin yemekhanesine ulaştılar ve hemşire, Tuğçe'ye masalardan birini göstererek; "Beni orada beklersen sana mango suyunu getireceğim, geldiğimde konuşuruz, tamam mı?" dedi ve Tuğçe kabul edip boş masanın yanındaki sandalyeye oturdu.

Siyah saçlı, buğday tenli ve uzun boylu genç bir kadın gelip Tuğçe'ye "Düşünmeyeceksin!" dedi ve sandalye yerine masaya çıkıp oturdu.

Tuğçe korkmamıştı ama yine de sandalyesiyle birlikte biraz geri çekildi. "Neyi?" diye sordu.

Kadın "Diğer hayatı!" dedi ama Tuğçe kendini bir deliden tavsiye almayacak kadar akıllı hissetti. "Teşekkür ederim," deyip onu başından savmak istedi.

Kadınsa onun bu tavrını umursamadı; "Düşündüğün için, diğeri var!" dedi ve bunu söylerken Tuğçe'nin gözlerinin en derinine baktı.

Hemşire geri döndü. "Cemre! Lütfen o masadan in, bak, böyle yaparak Tuğçe'yi korkutuyorsun," dedi ve karton bardakta getirdiği mango suyunu Tuğçe'ye uzattı.

Cemre de hiç tereddüt etmeden masadan indi ve aynı şekilde yanındaki masaya çıkıp oturdu.

Tuğçe, adı Cemre olan bu kadının söylediğini düşünürken mango suyundan büyük bir yudum aldı ve istemsizce yuttu; bu, hayatında içtiği en çirkin şeydi. Sanki turuncu renkteki bulaşık deterjanının içine şekeri boca etmişler gibi bir tadı vardı.

Cemre, normalin çok üstünde bir kahkaha attı ve "Mango suyu ilaç gibidir!" diyerek Tuğçe'ye göz kırptı.

Kısa bir süre sonra Tuğçe'nin bedeni ağırlaştı ve hemşire onu odasına götürmeyi teklif etti. Tuğçe cevap verememişti ama yine de hemşire kolunun altından nazikçe tutup onu oturduğu yerden kaldırdı.

"Seçtiğini düşün! Seçmediğini unut!" diye arkalarından bağırdı Cemre.

Koridorda yürürlerken başı dönmeye başlayan Tuğçe, gözlerini kapatıp kendini hemşirenin güçlü kollarına bıraktı.

<hr>

Doğan, ruh ve sinir hastalıkları hastanesinin bahçesinde annesinin gelmesini beklerken, kendini kontrol etmekte zorlanıyordu. Oturduğu yerde hiç durmadan bacağını sallıyor, sürekli sağa sola bakıyordu. Kıymet, Doğan'ın bacağının üzerine elini koydu. Doğan bacağını salladığını o an fark edip durdurdu. Kıymet'in elini tuttu. Burada kendisiyle birlikte olduğu için yine şükretti... Çok geçmeden annesi göründü; yaşlanmıştı ama güzel görünüyordu. Son gördüğü hâlinden eser yoktu. Yumuşacık bir gülümsemeyle yaklaştı. Doğan da gidip annesine sarıldı. Annesi, oğlunun kokusunu özlemişti, derin derin içine çekti. İki eliyle yanaklarını tuttu, gözlerinin içine baktı. Doğan, annesine tekrar sarıldı ve "Seni çok özledim," dedi. Annesi ağlayarak, "Ben de yavrum," diye karşılık verdi.

Onların bu hâlini gören Kıymet gözyaşlarına engel olamadı. Tayfun'un elini daha sıkı tuttu. Aslında Tayfun'u buraya getirmek istememişlerdi ama o, evde kalmayı reddedince mecburen getirdiler.

Doğan, annesine Kıymet'i gösterdi. "Bak, sana gelinini getirdim."

Kıymet şaşkınlık içinde gidip elini uzattı. "Merhaba, ben Kıymet."

Doğan'ın annesi, Kıymet'i elinden tutup kendisine doğru çekti ve ona sarıldı. "Hoş geldin, kızım, ben de Nesrin."

Kıymet bu sarılmaya karşılıksız kalmadı. Nesrin Hanım öyle güzel sarılmıştı ki, bir süre o şekilde durdular. Ayrıldıklarında Nesrin Hanım, Tayfun'u gördü. Diz çöktü; "Ah, benim güzel yavrum, aynı babana benziyorsun," deyip öptü Tayfun'un yanaklarından ve devam etti: "Babanın bende bir çocukluk fotoğrafı var, bavulumda duruyor. Sana göstereceğim." Çantasını taşımak için kendisine yardım eden hasta bakıcının elinden bavulu almaya çalıştı.

Doğan durdurdu onu. "Şimdi değil; başka zaman gösterirsin," dedi. Annesinin gülüşü bir anda yok oldu.

Kıymet "Ben de görmek istiyorum. Birlikte bakalım mı?" diye sordu ve gülüşü geri gelen Nesrin Hanım, bavulunu açtı. Her şey öyle düzenliydi ki Kıymet bu görüntü karşısında mest oldu. Fotoğrafı buldu ve Tayfun'a uzattı. "Bak, aynı sen…"

Tayfun fotoğrafı almak için uzandığında, Doğan daha hızlı davrandı ve aldı. Gerçekten de benziyorlardı.

Nesrin Hanım'ın orada tanıdığı çok insan vardı. Yanlarından geçen herkese "Torunum," diyerek Tayfun'u gösteriyordu. Tayfun da hiç bozuntuya vermeden bu duruma ayak uydurdu. Sonra hep birlikte çıkıp gittiler.

◆

Tuğçe gözlerini açtığında büyük bir amfi tiyatronun seyirci kısmında, ortalarda bir yerde oturuyordu. Sağ elinde küçük bir cihaz tuttuğunu fark etti. Üzerinde "Hayır" yazılı kırmızı, "Evet" yazılı yeşil ve "Dron" yazılı mavi birer buton vardı. Sol elinde ise sunum kartlarına benzer kartlar ve üzerlerine takılı tükenmez bir kalem vardı. Yanında oturan kişilere baktı ve aynılarından onların da elinde olduğunu gördü.

Sahnede birbirinden ayrı iki masa vardı ve bu masaların arkasında dörder kişi oturuyordu. Sol taraftaki masanın ortasında "Temsilciler", sağ tarafta ise "Sözcüler" yazan tabela vardı. Her iki grupta da bir çocuk, bir genç, bir yetişkin ve bir yaşlı insan vardı. Sağ taraftaki masada oturan sözcü çocuklardan biri önündeki mikrofona eğildi ve şöyle dedi: "Çocuk nesil adına tavsiye edilen önerge: Üç yaş altı bebeklerin olduğu evlerdeki sinyal alan tüm teknolojinin kaldırılmasını talep ediyoruz. Bu teknolojilerin, gelişme sürecinde olan bebeklerin beyin gelişimini negatif etkilediğinin hepimiz farkındayız ve ailelerle ortak çalışarak, bebek beyinlerin teknolojisiz ortamlarda gelişmesini sağlayabileceğimize inanıyoruz. Teşekkür ederiz."

228

Bu defa sol taraftaki masada oturan temsilci çocuk önündeki mikrofona eğildi ve "Önerge oylamaya sunulmuştur," dedi.

Tuğçe'nin hemen önünde oturan on yaşlarındaki kız çocuğu, elindeki cihazın yeşil butonuna bastı. Sol tarafta oturan temsilci çocuk "Oylamanın bitmesine son 10 saniye!" diye uyardı.

Sahnenin üzerinde, seyirciye dönük iki dev ekran vardı ve 10'dan geriye doğru giden bir sayaç başlamıştı. Süre sona erdiğinde aynı ekranlarda oylamanın sonucu göründü; %92'lik oranla kabul edilmişti.

Aynı temsilci çocuk, "Önerge kabul edildi. Kabul etmeyenler için sebep belirtme süreci başlamıştır," dedi ve bu defa etrafta dronlar uçmaya başladı. Kabul etmeyen kişiler ellerindeki cihazların "Dron" butonuna basıyor ve dronlar yanlarına gidip, sebeplerini yazdıkları kartları topluyordu. %8'lik kısmın tamamı kartlarını teslim ettikten sonra temsilci çocuk yine konuştu: "Kabul etmeyenlerin sebepleri araştırılacak ve gerekliliğine inandıklarımızın mağduriyetleri giderilecektir. Teşekkür ederiz."

Sıra yaşlılarındı. "Yaşlı nesil, geçmişlerine dair hatıralarını korumak ve onları kaybetmeden yeni anılar biriktirmek istiyor. Ancak, bu eylem birçoğumuz için gittikçe zorlaşıyor. Bu doğrultuda teknolojinin daha fazla geliştirilmesini ve kaynakların, anılarımızı taze tutmak ve depolamak yönünde kullanılmasını öneriyoruz."

Önerge oylamaya sunuldu ve ekrana yansıması beklenirken çok yüksek desibelde, tiz bir ses etrafa yayıldı. İnsanın kulaklarını delip geçen, hatta sağır edebilecek derecede korkunç bir sesti ve durmak bilmiyordu. Tuğçe ellerini kulaklarına bastırdı ama hiçbir faydası olmamıştı. Hatta bu ses yetmezmiş gibi tam karşısına denk gelen dev gibi ekranda büyük bir ışık patlaması oluyor ve sanki gözlerini kör ediyordu. Acıya dayanamayıp gözlerini sıkıca yumdu Tuğçe. Eğer her şey dursaydı, kulaklarını ve gözlerini kontrol edebilseydi, kanadığını göreceğinden emindi. Acı içinde kıvranıyordu, sanki kafatasını deliyorlardı; lanet olası ses ve ışık bir türlü geçmiyordu.

"Uyanıyor..." diyen bir kadının sesini duydu. Neyse ki duyabiliyordu, sağır olmamıştı! Gözlerini açtı, bembeyaz bir odada, üzerinde doktor önlüğü olan dört kişi vardı. "Neler oluyor?" diye sordu. Başında şiddetli bir ağrı vardı ve yine boyut değiştirdiğinin farkındaydı.

Henüz tam kendine gelememiş olan Tuğçe'ye doktorlardan biri; "Merak etmeyin, iyisiniz. EKT tedavisi görüyorsunuz. Şimdi size birkaç soru soracağız," dedi ama kesti onu Tuğçe! "Anlamadım, ne tedavisi dediniz?" diye sordu.

Doktor, "Elektrokonvülsif tedavisi, bazı durumlarda bipolar bozukluk ve şizofreni gibi psikiyatrik hastalıkların tedavisinde kullanılabilir," dedi. Ancak Tuğçe, sözünü keserek, "Ne hastalığı, siz ne saçmalıyorsunuz? Siz bana az önce elektrik mi verdiniz?" diye sordu.

Doktor, "Tuğçe Hanım, diğer tedavilerin etkisiz kalması durumunda, size elektrotlar yerleştirerek uyguladığımız bir tedavi yöntemi olan elektrokonvülsif tedaviyi gerçekleştirdik. Bu tedavi sırasında beyne kontrollü bir şekilde elektrik akımı verilir. Bu akımın beyin kimyası üzerindeki etkisiyle nörotransmitterlerin, özellikle serotonin gibi, salınımı artabilir. Bu da bazı hastalarda semptomların hafiflemesine yardımcı olabilir. Ayrıca, tedavinizi az önce değil, yaklaşık iki saat önce genel anestezi altında uyguladık ve siz de bu süreçte uyudunuz." diye açıkladı.

Tuğçe ise, "Siktir oradan, ne saçmalıyorsun sen?" diye kükredi; başındaki ağrı öylesine büyüktü ki kendi sesinden bile rahatsız olmuştu. Doğrulup oturmak istedi ama neredeyse bütün kasları ağrıdığından, yapamadı.

Başka bir doktor, "Sakin olun lütfen, burada güvendesiniz," diyerek onu yatıştırmaya çalıştı.

Tuğçe, bu defa bağırmamaya dikkat ederek yavaş yavaş konuştu: "Siz, yetişkin birine sormadan, beynine elektrik vermek ne demekmiş, göreceksiniz. Hepinizi dava edeceğim!" Açıkça tehdit ediyordu.

Doktor, "İznimiz var, Tuğçe Hanım. Babanızdan onay aldık ve böylece tedaviye başladık," dedi.

Tuğçe yine gözlerini kapadı...

<hr>

Kenan Bey; Selen ve Harun'u kendi evine getirdi. Selen gelirken yanında birkaç kıyafet getirmiş, Harun hiçbir şey getirmemişti. Üçü de salondaki koltuklarda otururken, hizmetçi geldi ve yemeğin hazır olduğunu söyledi. Hepsi yemek masasında kendileri için hazırlanmış yerlere oturdular. Selen bu şekilde bir hizmet aldığı için biraz utanıyordu ama yine de duruma ayak uydurdu.

Kenan Bey daha fazla rahat etmesini sağlamak için onu konuşturmayı denedi. "Ee, Selen, anlatsana, neler yapmaktan hoşlanırsın?"

Selen bir an duraksadı, sonra cevapladı: "Dans etmeyi severim…"

"Öyle mi? Ne kadar güzel… Ben o konuda hiç iyi değilim. Hayatım boyunca güzel dans etmeyi istedim ama bir türlü beceremedim. Belki sen bana yardım edersin."

Selen gülümsedi; hoşuna gitmişti. "Benim için bir zevk olur."

Kenan Bey, karısı öldüğü günden beri ilk defa kendisini iyi hissediyordu. Selen ve Harun'un gitmemesi için elinden geleni yapmaya kararlıydı. Bu yüzden konuşmalarına özellikle dikkat ediyordu. Yemek bittiğinde Selen, "Aslında resim yapmayı da severim," dedi. "Çocukken yalnız başıma kaldığım süreler çok uzundu. O sıralarda fazlaca pratik yaptım. Sonrasında da karalamaya devam ettim işte. Yani öyle profesyonel çizimler falan değil ama…"

Kenan Bey masadan kalktı. "Selen, benimle gelir misin?"

Selen "Tabii," deyip kalktı ama şaşırmıştı. Bir anda nereye gidiyorlardı ki? Kenan Bey'i takip etti, üst kata çıktılar ve sonra bir üst kata daha çıktılar.

Kenan Bey bir odanın kapısını açtı, "Gel lütfen," dedi. İkisi birlikte içeri girdiler. İçeride profesyonel şekilde hazırlanmış bir resim atölyesi vardı. Selen duvardaki tablolara baktı. Hepsi eşsiz ve çok yaratıcıydı. Ortada büyük bir masa, masanın üzerinde her boydan fırçalar ve rengârenk boyalar vardı. Selen her an resim yapılmak için hazır olan bu odada büyülenmiş gibiydi. Duvarda asılı tablolardan birine yaklaştı. *"Ne kadar zarif ve yaratıcı,"* diye düşünüyordu. Kendisi hiçbir zaman bu kadar iyi çizememişti.

Kenan Bey "Eşim Hale... O da resim yapardı. Gerçi Harun gittikten sonra yapmayı bıraktı, hatta bu eve taşınırken, yeni bir resim atölyesi istemediğini söyledi. Ben onu dinlemedim, belki bir gün kararı değişir diye hazır tutmak istedim. Ama kararı değişmedi... Eğer istersen, bu oda senin olabilir. Kabul edersen çok sevinirim," dedi.

Selen, Kenan Bey'in bütün söylediklerini arkası dönük hâlde dinlemişti. Kenan Bey onun mimiklerini göremediği için biraz endişe etti. *"Acaba onu daha şimdiden sıkmış olabilir miyim?"* diye düşündü. Selen cevap vermedikçe daha fazla endişelendi. *"Keşke söylemeseydim,"* diye düşünürken Selen döndü ve Kenan Bey'in karşısına geldi. Elini cebine attı ve uyuşturucu paketini çıkarıp uzattı. Kenan Bey paketi aldı ve Selen "Teşekkür ederim," dedi. "O hâlde, bir de dans odası yaptırın ki ben de size borcumu ödeyebileyim."

Kenan Bey elindeki paketi, ceketinin cebine koydu. "Yarın hazırlıklara başlayalım, şimdiden beni bir heyecan bastı," dedi. Uyuşturucudan hiç bahsetmediler. İkisi de esprili sohbetlerine devam edip Harun'un yanına döndüler.

Selen şaka olduğunu sanıyordu ama Kenan Bey gerçekten de dans odasını yaptıracaktı. Tabii kendisi için değil, Selen orada özgürce dans edebilsin diye.

------◆------

Tuğçe gözünü açtığında tekrar boyut değiştirmişti. Nehir boyu koşup hızla uzaktaki yerleşim yerine gitmeye kararlıydı. Uçabildiğini hatırladı ve tüm dikkatini toplayıp kendisini yukarı doğru itti. Tek seferde yapabilmiş ve uçmayı başarmıştı. Yelda Hanım'ın evine gitti; yine verandada oturuyor ve etrafı izliyordu. Yüzündeki o sıcak gülümsemesiyle Tuğçe'yi yanındaki koltuğa davet etti. Oturdu Tuğçe. Nefesini dengeledi ve sordu: "Oylama kabul edildi mi?"

"Hayır, edilmedi."

"Neden?" Tuğçe şaşırmıştı. Çünkü ilk duyduğunda aşırı mantıklı gelen bu fikri neden kabul etmediklerini anlayamamıştı.

Yelda Hanım, "Yaşlı insanların hayatlarında çok fazla kayıp ve pişmanlık olur. Güzel anıları olduğu kadar güzel olmayan anıları da vardır ve bunları hatırlamak hiç de kolay değildir. Geçmiş, geçmişte kalmalıdır. Eğer beynimiz bazı anılarımızı siliyorsa, bunu bizi korumak için yapıyordur. Önemli olan, bu anın içinde mutlu yaşamak, hayatın değerini takdir etmektir," dedi.

"Şu an sırf babam istediği için anılarımı silmeye çalışıyorlar, ne yapmam gerek?" diye sordu Tuğçe.

"Belki de düşündüğün gibi değildir. Kendine zarar veren düşüncelerin varsa, bunlar için sana yardım etmeye çalışıyor olabilirler."

"Bilmiyorum, kendimi bildim bileli korkak biriyim. Özgüvenim hep çok düşüktü, hatta bu yüzden antidepresan ilaçları kullanıyorum."

"Çocukluğunda seni çok korkutan bir gün hatırlıyor musun?"

"Hayır," dedi Tuğçe, çok hızlı cevap vermişti. Düşünmek için biraz beklese, belki bir, hatta birden fazla cevap bulabilirdi ama düşünmeye çalışmadı bile.

Yelda Hanım ise durumu fark edip sessizce bekledi. Sorunun cevabını düşünmek için zamana ihtiyacı olduğunu biliyordu. Tuğçe'nin beynine belli belirsiz görüntüler gelmeye başladı. Öylesine bulanık ve bağlantısızdı ki, ne olduğunu anlayamıyor ama kendisinin çok üzgün olduğunu, babasının ise o sırada etrafta olduğunu anlayabiliyordu. "Babam... Sanırım babam yüzünden." Tuğçe kendisinin altı yaşlarındaki bir zamanını hatırlamış ve hatırladıklarını birleştirmeye çalışıyordu. Karnına bir ağrı girdi, kusacakmış gibi hissetti ve ayağa kalkıp kısa mesafeli voltalar atmaya başladı. "Babam beni yıkamak istemişti. Ama ben istemedim. Soydu beni. Soyundu. Ellerini sabunladı, bedenimi ovalamaya başladı. Sonra bana 'Sen de beni yıka,' dedi. 'Birbirimizi yıkayalım...' dedi. Yanımda diz çökmüştü, ellerimi tutup omuzlarına koydu ve 'Benim gibi yap,' dedi. Kendisi bedenimin üzerinde, sabunlu elleriyle daireler çiziyordu. Ben de aynısını yapmaya başladım. Sonra ayağa kalktı... Boyum bacakları kadardı. 'Hadi, devam et...' dedi." Tuğçe daha fazla dayanamadı ve uzanıp verandadan aşağı kustu.

Yelda Hanım oturduğu yerden kalktı ve Tuğçe'nin sırtına elini koydu ama o, bir anda sıçrayıp uzaklaştı. Yelda Hanım "Korkma!" dedi. "Baban artık sana hiçbir şey yapamaz ama oraya geri dön ve bedeninin kontrolünü bir daha kimseye verme. Geçmişi bil ama takılıp kalma!"

Tuğçe bir kez daha o korkunç ses ve ışığın etkisiyle yere çöktü. Gözlerini açtığında, hastane odasına geri döndüğünü fark etti. Her şeyi hatırlıyordu, en çok da babasını hatırlıyordu. Bu defa çok daha dikkatli olacak, bedeninin kontrolünü geri alacaktı.

Nesrin Hanım'ı huzurevindeki odasına yerleştirdikten sonra Doğan ve Kıymet gitmek için hazırdı, ama Tayfun onu bırakıp gitmek istemiyordu. Nesrin Hanım yol boyunca, Tayfun'a babasına nasıl benzediğini detaylarıyla anlatıp durmuş, Tayfun da onu hayranlıkla dinlemişti. Ayrılacakları zaman hiçbiri iyi hissetmiyordu ama bunu belli eden tek kişi Tayfun oldu. Kıymet onu daha sonra tekrar getireceğine söz verip, gitmeye ikna etti. Hepsi birlikte odadan çıktılar.

Nesrin Hanım son bir kez Doğan ve Kıymet'e baktı; "Torunumla bana beş dakika daha verir misiniz?" diye sordu.

Kıymet hiç düşünmeden "Elbette," dedi.

Nesrin Hanım, Tayfun'a dönüp "Sana bir şey vermek istiyorum. Benimle gel lütfen," dedi. Tayfun kocaman gülümsemesi ile Nesrin Hanım'ı takip etti. Birlikte odasına geri döndüler. Oda, ancak bir kişinin kalabileceği kadar küçük olsa da yine de ferahtı. Güzel ışık alıyordu. Nesrin Hanım tekrar bavulunu açtı. Bu sırada kapının önünde bekleyen Doğan ve Kıymet aynı anda birbirlerine döndü, bir şey söylemek istediler. Doğan "Önce sen söyle," dedi. Kıymet "Hayır, lütfen önce sen söyle," dedi.

Doğan derin bir nefes aldı ve "Benimle evlenir misin?" diye sordu. Öylece, bir anda soruvermişti. Aslında bu soruyu yıllar önce sorması gerektiğini ve çok geç kaldığını düşünüyordu. Fakat Kıymet cevap vermedi. Doğan, Kıymet'in bu şekilde bekleyişinden tedirgin olup, "Cevap vermeyecek misin?" diye sordu.

Kıymet şok hâlinde tuttuğu nefesini verdi ve "Evet!" deyip Doğan'a sarıldı. Son günlerde başına geleceğini düşündüğü kötü şeylerin tam aksine, mucizeler gerçekleşiyor, hayat ilk defa onun da yüzüne gülüyordu.

Doğan kendisine sıkıca sarılmış Kıymet'i bırakmadan; "Sen ne söyleyecektin?" diye sordu.

Kıymet "Tayfun senin öz oğlun…" dedi. Bu sırada Tayfun ise Nesrin Hanım'ın hediye ettiği, dedesinin saatini elinde tutarken her şeyi duymuştu.

<hr>

Doktorlardan biri, "Tuğçe Hanım, nasıl hissediyorsunuz?" diye sordu.

"İyiyim."

"Şimdi size birkaç soru soracağız ve cevaplamanızı isteyeceğiz."

"Tamam, sorun."

"Kaç yaşındasınız?"

"Otuz üç. Hayır, otuz dört… Otuz beş!"

"Ne iş yapıyorsunuz?"

"Bilmiyorum."

"Buradan önce nerede kalıyordunuz?"

"Hapishanede…"

"Hapishaneye neden girdiniz?"

"Birini yaraladım."

"Kaza mıydı?"

Tuğçe duraksadı. "Evet."

"Çocukluğunuza dair, sizi etkileyen bir anı hatırlıyor musunuz?"

"Evet."

"Nedir?"

"Babam bazen beni yıkardı."

"Memnun muydunuz?"

Tuğçe yine duraksadı. "Evet," diye cevap verdi.

"Sinek robot, desem ne düşünürsünüz?"

"Bilmiyorum. Yeni bir teknoloji mi?"

"Teşekkür ederiz, Tuğçe Hanım. Bugünlük bu kadar yeter. Siz burada biraz dinlenin, daha sonra sizi eski odanıza götürecekler. Birkaç güne çok daha iyi olursunuz," dedi ve bütün doktorlar odadan çıktı.

❖

1 yıl sonra...

Tuğçe, akıl hastanesinin bahçesindeki bir bankta oturuyor ve ayağının dibinde duran bavulunu izliyordu. Çok uzun zamandır sadece bir bavul eşya ile hayatını sürdürüyordu. Aslında daha az eşyaya sahip olmak hiç de fena sayılmazdı. Ama yine de eski eşyasına ne olduğunu merak ediyordu. Çok geçmeden annesi geldi. "Yavrum, benim güzel kızım. Sonunda evimize gidiyoruz. Şükürler olsun," deyip sarıldı kızına.

Babası ise gelip bavulunu almış ama Tuğçe'den gözlerini kaçırarak çıkış kapısına doğru ilerlemişti. Birlikte hastaneden çıktılar ve yol kenarında duran arabalarına binip uzaklaştılar.

Tuğçe'nin annesi bir gün önceden, onun sevdiği bütün yemekleri hazırlamıştı ve yol boyu, nasıl bir ziyafete gittiklerini ballandıra ballandıra anlatıyordu. Tuğçe ise tıpkı babası gibi hiç konuşmuyor ve camdan dışarıyı izliyordu. Ne de olsa annesi her ikisi için de konuşabilirdi.

Eve ulaştıklarında annesi, Tuğçe'nin koluna girdi ve onu yönlendirerek, çocukken kaldığı odasına götürdü.

Tuğçe kapıda biraz duraksadı ama annesi bunu fark etmeyip konuşmaya devam etti: "Şimdi güzel bir duş alırsın, sonra da oturup yemek yeriz. Çok zayıflamışsın ama ben kısa sürede sana kilo aldırırım. Bak, burada temiz havlular, temiz kıyafetler var. Senin için hazırladım. İstersen sana duş almanda yardım edeyim."

Tam bu sırada babası, elinde bavuluyla içeri girdi. Tuğçe, babasının gözlerine gözlerini dikip "Ben küçükken, babam da duş almama yardım ederdi. Hatırladın mı baba?" diye sordu.

Babası panikleyip kızardı ama cevap vermedi. Yüzündeki bütün kaslar gerilmişti. Bu garip sessizliği annesi bozdu. "Öyle mi? Ben hiç hatırlamıyorum. Ne zaman olmuştu?" diye sordu.

Tuğçe, babasından gözlerini ayırmadan; "Senin evde olmadığın zamanlarda, anne..." dedi ve duraksayıp devam etti: "Ama garip olan ne, biliyor musun anne? Bazen sen beni sabah yıkayıp giderdin, babam ise birkaç saat sonra tekrar yıkardı. Sahi, baba, neden o kadar temiz olmamı istiyordun?"

Annesi kaşları çatılmış şekilde babasına dönüp sordu: "Doğru mu bu?"

Babası "Hatırlamıyorum..." diye geçiştirmek istedi ama sesi çatallandı; paniği iyice arttı.

Annesi "Doğru mu, cevap ver!" diye ısrar etti.

"Hayır... Yani bazen yıkardım ama öyle birkaç saat sonra tekrar..."

Kesti onu annesi: "Ne demek yıkardım? Madem yıkıyordun, bundan benim neden haberim olmuyordu?"

"Benim de çocuğum, değil mi?" dedi babası ve Tuğçe dayanamayıp söze girdi: "Doğru, senin çocuğundum, baba... Ama garip olan bir şey daha vardı."

Annesi "Nedir o?" diye sordu aniden.

"Babam beni yıkadığı zamanlarda çırılçıplak soyunur, benim de onu yıkamamı isterdi." Annesine döndü ve "Sen neden benimle duşa girip, seni yıkamamı istemezdin, anne?" diye sordu.

Annesi hızlı hızlı nefes alıp vermeye başladı. "Metin, sen bunu nasıl yaptın?" diye dişlerinin arasından tıslayarak sordu.

Babası ise paniklemiş hâlde inkâr etmeye devam etti, ama annesi onu çok iyi tanıyordu; yıllardır aynı evin içinde gördüğü adamın doğruyu söyleyip söylemediğini ayırt edebilecek zekâya sahipti. Bu zamana kadar göstermediği cesareti gösterdi ve kocasının karşısına geçip "Sen kızımızı taciz mi ettin?" diye sordu.

"Saçmalama, kadın! Senin ağzından çıkanı kulağın duyuyor mu? Kız daha yeni hastaneden çıktı. Deli hastanesinden!.. Bunu senin kafan almıyor mu? Deli işte! Ne dediğini bilmiyor. Saçma sapan şeyler söylüyor. Geri götüreceğim onu!" dedi ve Tuğçe'nin üzerine doğru bir hamle yaptı, ama annesi hemen yanında bulunan abajuru alıp onun kafasına vurdu. Adam birkaç saniye ayakta kalmış olsa da sonra olduğu yere bayıldı ve kafasından yere kanlar süzülmeye başladı. Odadaki halı babasının kanı ile renk değiştiriyor, ama ne Tuğçe ne de annesi babasına uzanıp yardım ediyordu.

"Özür dilerim, kızım," dedi annesi. Bunu söylerken gözlerinden yaşlar süzülüyor, girdiği şok yüzünden mimiklerini neredeyse oynatamıyordu. "Lütfen beni affet, bütün bunları tek başına yaşadığın için senden çok özür dilerim. Seni yalnız başına bıraktığım için çok özür dilerim, seni koruyamadığım için çok özür dilerim. Çok özür dilerim, affet beni, kızım!" dedi ve kızının ayaklarına kapandı.

Tuğçe ise yıllar önce kaybettiği öz güvenini şimdi geri kazanmış, ilk defa kendini bu kadar sakin ve güçlü hissediyordu. Ayaklarının dibindeki annesi için dizlerinin üzerine çöktü ve onu iki yanağından tutup gözlerinin içine baktı.

"Seni affediyorum, anne. Geçmişi bil ama takılıp kalma!"

◆

1 hafta sonra...

Tuğçe'nin annesi, babasını öldürdüğü için hapse girmişti. Ancak, hapse girmekten çok, kızına olanları kaldıramadığından, gelecek yıllar içerisinde kanser olacak ve oradan sağ çıkamayacaktı. Tabii henüz bundan haberleri yoktu. Tuğçe, annesinin mahkemesinden çıktıktan sonra eski evinin olduğu sokağı görmek istedi ve bir taksiye atlayıp gitti. Sokağın başına geldiğinde kentsel dönüşüm nedeniyle çoğu binanın yıkıldığını, kalanların ise tamamen boşaltıldığını gördü. Taksiden indi ve eski evine doğru yürüdü. Kıymetlerin apartmanı belli ki yeni yıkılmıştı. Çevresi çelik panellerle kapatılmış ve sokağın tabelası o panellerden birinin üzerine asılmıştı. Tabelayı gördüğü ilk günü hatırladı. Tayfun, *"Noktasız düşün,"* derken

"Sakin Sokak" değil, "Sakın Sokak" anlamına gelen bir espri yapmıştı. Bu, espriden daha çok, bir tespit sayılırdı. *"Acaba onlar şu an ne yapıyorlardır?"* diye aklından geçirdi Tuğçe.

———————◆———————

Doğan ve Kıymet evlenmiş, birlikte yurt dışına yerleşmişlerdi. Ama bu değişiklik hiçbiri için kolay olmamıştı. Sonunda

Geri dönmeye karar verip, tekrar Türkiye'de yaşamayı seçmişlerdi. Artık Nesrin Hanım'ı daha sık ziyaret ediyorlardı. Tayfun her defasında, Nesrin Hanım'ın kendileriyle birlikte eve dönmesi için ısrar etse de o hiçbir zaman kabul etmiyordu, etmeyecekti de.

Doğan ise genel olarak mutluydu ama Kıymet'in son zamanlarda obsesif kompulsif bozukluğu iyice artmış, takıntıları bütün evi ve evdekilerin hayatını bir örümcek ağı gibi sarmaya başlamıştı. Kıymet geçmişte yaşadıklarından arınmak için kendini günde en az on defa yıkıyor, derisini kazıyordu ama ne fahişelik günlerini ne de katil olduğunu unutabiliyordu. Bu sır ona artık kaldıramayacağı kadar ağır gelmeye başlamıştı. Yakalanmamıştı belki ama kendi hapishanesinde, kendi işkencesini yaşıyordu. Doğan da annesi gibi Kıymet'i de kaybetmekten korkup onu psikolojik yardım almaya ikna etmeye çalışıyor, fakat Kıymet psikoloğa gitmeyi hiçbir şekilde kabul etmiyordu.

———◆———

Tuğçe biraz daha ilerledi ve kendi evinin olduğu yerdeki yeni rezidans inşaatına baktı. "Nasıl bir kentsel dönüşüm bu?" diye mırıldandı. On iki kat sayabilmişti... Bu kadar yüksek binalar yapmaya nasıl izin verildiğine bir kez daha şaşırdı. Kendi dairesinin olduğu tarafa baktı. Tuhaf geliyordu her şey. Sanki tamamen yabancı bir yere bakıyormuş gibiydi. Selen'in tarafına baktı. *"Peki ya o nasıldır? Harun'la hâlâ beraberler midir?"* diye düşündü.

———◆———

Beraberlerdi. Selen, Harun'un babasının yardımıyla uyuşturucuyu bıraktı, resim yapmaya başladı; kendisine ait dans odasında saatlerce dans ediyordu. Bir sanat galerisi açtı ve tablolarını sergiledi. Harun ise bir oyuncakçı dükkânı açtı. Mutluydular. Özgürlüklerini kaybetmeden sevilmek istemişlerdi ve istediklerini elde ettiler. Büyük bedeller ödediler ama sonunda kazandılar; artık yaşamlarını takdir ederek yaşıyorlardı...

◆

Tuğçe bu sokağa gelmenin kendisine kötü hissettirebileceğini düşünmüştü, ama hiç de öyle olmadı. Zaten bu sokak artık anılarındaki sokak değildi. Yürüyüp birkaç sokak ötedeki Timur'un dükkânına gitti. Orası yıkılmadıysa onu görebilirdi; heveslendi. Dükkânın olduğu sokağa geldiğinde hevesi biraz daha arttı, çünkü dükkân yıkılmamış, olduğu gibi yerinde duruyordu. Ama yaklaştığında içinin boş olduğunu gördü. Yine de net görebilmek için iki elini cama yaslayıp içeriye baktı. Yoktu kimse... Yerde birkaç parça gereksiz eşya vardı ama Timur yoktu.

Bir ses; "Size nasıl yardım edebilirim?" dedi ve Tuğçe hızla geri dönüp baktı.

Timur sıcacık gülümsemesiyle, elinde "Deren Eczanesi'nin yanındaki dükkâna taşındık!" yazan bir afişi tutuyordu. Tuğçe görsün diye özellikle göğüs hizasına doğru kaldırmıştı. Belli ki onu eski dükkânının camına asmak için gelmişti.

Tuğçe hiç uzatmadan "Aç mısın?" diye sordu ve alt dudağını ısırıp, Timur'un kabul etmesi için bekledi.

Timur "Evet," dedi.

"O zaman çok şanslısın. Bildiğim çok iyi bir mantıcı var."

Yazarın Notu:

Çocuklar aileleri tarafından dengeli bir ölçüde sevgi ve şefkat göremezlerse; çeşitli psikolojik rahatsızlıklar, zararlı madde bağımlılığı, hırsız veya katil olma gibi eğilimler gösterebilirler. Sevgi hayat kurtarır!